GOBOOKS
& SITAK
GROUP©

U0000263

神祕主義至上！為女王獻上膝蓋

Kneel for your queen

—真身—

3

一路煩花

illust. Tefco

Kneel for your queen
秦苒
19歲，身高約175公分。
父母離異，從小由外婆扶養長大。
高三休學失蹤一年，
看似凡事都漫不經心，
其實有不為人知的身分……？

Kneel for your queen
程雋
身高：大約185公分
京城名家程家的三少爺。
智商過人，十六歲開始創業，
十七歲研究機器人，十八歲時去當小民警，
二十一歲當主刀醫生，
目前是雲城一中的校醫。

陸照影
身高：大約180公分
京城名家陸家的少爺，
時時跟在程雋身旁，是程雋的左右手。
將秦苒歸類為自己人，
平常在校醫室負責會診。

Kneel for your queen
秦語
18歲，身高大約167公分。
秦苒的妹妹。
父母離異後跟著媽媽寧晴到林家，
從小學習小提琴，學業成績優秀，
在校內排名前十名，是學校的風雲人物。

Contents

Kneel for your queen

第一章　朝學霸的路上走

——醫院。

秦苒先去病房看了陳淑蘭，而程雋沒跟著進去，獨自去找了主治醫生。

因為程雋一直都在秦苒身邊，主治醫生認識他，所以也沒有刻意隱瞞陳淑蘭的病情。至於程雋本來就是醫生，聽完他的描述，也意識到陳淑蘭的情況是真的不好。只是他是心臟外科醫生，如果陳淑蘭是身體硬體有什麼問題，他可以搞定，這種自然規律他卻不能逆轉。

他一直都知道秦苒在跑醫院，兩人甚至在醫院見過幾次面，但程雋沒有刻意調查過她，也是今天才知道陳淑蘭的病情。之前沒具體地問過，現在才從主治醫生口中得知陳淑蘭缺的那種藥，竟然是實驗室研發的藥，這種藥別說是昂貴了，一般都很少對外開放，那個記者是怎麼從境外找到這種藥的？

程雋從菸盒裡摸出一根菸咬在嘴裡，沒點燃，只慢條斯理地思索著。

外面有敲門聲響起，把程雋從思緒裡拉回來。他微微側過頭，看到秦苒站在門邊。

她手捏著衣袖，小聲開口：「我外婆醒了，要當面謝謝你。」

程雋「嗯」了一聲，把沒點燃的菸扔到垃圾桶，先跟醫生道了謝，然後拉開椅子起身。

秦苒的頭髮還沒完全乾，不過身上的衣服乾了一點，雙手還拉著幾乎長到膝蓋的大外套。

她半仰著頭，臉是有些蒼涼的白。

「冷不冷？」程雋走出門，指尖貼著她的手背，只碰到一片涼意。

秦苒吸了吸鼻子，搖頭，「不冷。」

她今天一天驚魂不定，整個人都是麻木狀態，直到剛剛才鬆懈下來，背後都是濕冷的汗。秦苒側過身，帶程雋去陳淑蘭的病房。

陳淑蘭剛醒來，狀態似乎比以往還差。

「這次是程先生救了我一命吧？」看到程雋，陳淑蘭微微掙扎著要起來。

程雋阻止了她，十分誠懇有禮貌：「舉手之勞。」

寧晴出去打電話給林麒，而寧薇倒了一杯熱水給程雋。她身上穿著粗糙的工作服，把水遞給程雋的時候顯然有些不自在，程雋卻有禮貌地接過來，還說了一聲謝謝。聲音溫潤，舉止有禮，沒有半點的距離感，寧薇身上的不自在就此消散，對面前這個長得十分好看的男人頓時好感度飆升。

「拿好。」程雋跟陳淑蘭說了幾句話，又微微側身，把杯子遞給秦苒。

秦苒靠在床邊，搖頭，「我不渴。」

「暖手。」程雋淡淡開口，聽不出情緒。

「煩。」

秦苒抬了抬下巴，又慢吞吞地接過來，雙手的溫度逐漸回升。

陳淑蘭坐在床上，若有所思地看著她：「苒苒，妳是曠課過來的吧？先回去上課，外婆現在沒事了。」

正巧，兩人剛離開，林家父子就過來了。

寧薇重新倒了一杯茶給陳淑蘭，總覺得有什麼地方很怪異，只是還沒有多想，寧晴就帶著林麒跟林錦軒進來，看到陳淑蘭，她極其激動地趴在床邊，「媽，您醒了就好！」

陳淑蘭病懨懨的，心情也不是很好，「我沒事了。」

她看著林麒跟林錦軒，有十分歉意，「麻煩你們跑這一趟了。」

林麒正了神色，「這事關您的健康，而且都是苒苒前後忙碌，我們還真的沒幫到什麼。」

看陳淑蘭似乎很疲倦的樣子，林麒兩人也沒有多打擾，只停留了幾分鐘就離開病房。

兩人離開病房時，林麒皺著眉微微思索：「CNS是實驗用藥，應該很難拿到，她是怎麼在短時間內拿到手的？」

林錦軒搖頭，思索了一下，遲疑地開口：「聽陳奶奶說，是因為苒苒的朋友剛好有。」

這種藥之前並沒有被封鎖，只要有錢就能買。

「是嗎？那運氣可真好。」林麒愣了愣，感嘆道。

這個答案滿符合情理，他們都找不到任何破綻，而且陳淑蘭在林麒等人眼中也是典型的鄉野婦人，不會說謊，因此兩人都沒有深究。但他們哪想得到，這款實驗用藥是何晨從境外一個老大手裡搶來的，然後被程雋一路開綠燈，從境外護送到雲城……

此時，停在一中外，掛著大眾牌子的黑車上，程木看著秦苒去寢室的背影感嘆道：

「秦小姐的朋友都好窮。」

程雋微微抬眸，挑眉，打斷他：「那個記者拿的是京城第一研究院的開發藥。」

接觸的時間不長，但也不算太短，程雋知道秦苒要不是被逼急了，根本不會打這通電話給他。

他什麼原因也沒問，直接動用關係把何晨從邊境弄過來，並仔細觀察過那個試管，認出了那是研究院的標記。

以為何晨只是一個代購主的程木：「……」

「一院的研發藥基本上都不便宜，一針都是百萬起跳。」

程雋將手抵著唇邊，輕咳了一聲，不疾不徐地開口。

他跟一院接觸過幾次，自然知道行情。程木則攤著一張臉，完全想不通，能拿到這麼貴的藥物的何晨，為什麼身上的那件裙子肩膀上的線頭會那麼明顯？

「那她是怎麼拿到一個試管的？」程木看到秦苒的背影消失在樓梯口，發動車子，往校醫室的方向開。

程雋沒動，依舊靠著車門，壓著聲音說：「不知道。」

實際上，何晨一個單身年輕女性敢去前線報導新聞，還來去自如，這一點就足以證明她應該不是一個普通的記者，從秦苒認識錢隊、封樓誠都有跡可尋，唯獨何晨這個人的身分可能極其不妥，一想到秦苒跟她認識，程雋不由自主地皺眉。

「聽那個記者說，她跟秦小姐是網友。」程木將車開到校醫室旁後停下，「秦小姐之前在網路上幫過她，我認為秦小姐的電腦技術還可以，應該是在這方面幫過她，所以才會趕來雲城。」

有理有據，令人信服，至少程木自己是相信了，因為他絕對想不到，他今天一天就見到了一二九俱樂部的兩個元老級人物，這兩個人更是其中的核心人物。

程雋抬眸看了程木一眼，頓了頓，沒說什麼。

陸照影一直在校醫室值班，中途打電話給程木問過情況，知道了大概的情況。此時沒病人，他就拿電腦出來看資料，見到兩人回來，不由得抬頭，十分興奮：「雋爺，你知道我在看什麼嗎？」

程雋幫自己倒了一杯水，靠在桌邊，低著眉眼慢悠悠地喝著，沒理會他。

陸照影大感無趣，不過還是摸摸鼻子：「一二九開始招募新會員了，估計這次是要招一個。」

程雋正在想秦苒的那件事，本來對陸照影的話不感興趣，但聽到最後一句，他的手頓了頓，眼眸半瞇著：「招新？」

「是啊，不知道這次是哪個人會被找進去。」陸照影把電腦轉過來給程雋看，「就是這個人，估計京城的那些人會搶瘋了。」

一二九的網頁頁面是非常沉冷的黑色。一二九每年都會招新，收的也只是最普通的會員，只能摸到一二九偵探所的門檻，可即使是這樣，京城那些人也都搶瘋了。

「肯定是我的女神！」程木忍不住出聲，「她也會參加這次選拔，肯定能被一二九選中！」

陸照影認真地想了想，摸著下巴朝程木看去：「她的話，很有可能。」

「一定是她！」程木想到這裡，神色忍不住激動起來，「一二九的人都太神祕了，從不露面，我女神要是成為了會員，我有可能得到第一手消息，說不定我還能拿到孤狼的簽名呢！或者邀請一二九的會員參加郝隊的刑偵！」

「沒出息。」

程雋瞥了程木一眼，不鹹不淡地開口，又側身打開玻璃門，進辦公室研究他的人體模型。

另一邊，秦苒回到了寢室。她把身上的外套脫下來放到床上，又拿了套乾淨的衣服去洗澡。把衣服拿到床上的時候，她看到床邊盆栽又多了一盆。這次是一朵紅色的小花，散發著淡淡的香氣。秦苒的腳步頓了頓，她站在床邊，看著盆栽一會兒，伸手碰了一下花瓣，然後笑著拿起毛巾，懶洋洋地轉身去浴室洗澡。洗完澡已經過下午四點了，秦苒想了想，直接去教室上課。

她本來想回來後直接去班上，但程雋執意要她先回寢室洗澡、換衣服。

但她運氣不太好，到教室時倒數第二節課還沒下課，這節課正好是李愛蓉的英語課。

秦苒沒穿校服，裡面穿了一件T恤，外面套著格子襯衫；因為剛洗完澡，襯衫的釦子沒有扣；頭髮因為來不及梳，所以滿亂的。她站在教室門口，懶洋洋地舉手，低著聲音：「報告。」

李愛蓉在九班上課總是很敷衍，九班的人也聽到昏昏欲睡，此時都因為這道尾音略微上揚，彷彿帶著尖鉤一般的聲音驚醒，朝門邊看過去。

「秦苒回來了。」

有人驚喜地開口，頓時小聲議論著，全班都在騷動，聲音直接蓋過了李愛蓉講解的聲音。

李愛蓉「啪」地一下把書扔到講臺。她本來就對秦苒極其不耐煩，因為她班上的優等生秦語因為秦苒直接休學了。李愛蓉把這件事算在秦苒身上，現在耳邊聽到吵嚷的聲音，她如同被點燃火星的爆竹：「秦苒！又是妳，妳給我在外面站好，不許進來！」

秦苒的腳步一頓。她走的時候來不及跟高洋打招呼，等何晨來了，她才打電話給高洋。不過面對李愛蓉，她也沒說什麼，腳步一轉，手插進口袋裡，也不打算進來，眉眼間依舊很酷。

「老師，」九班的最後一排，喬聲懶洋洋地舉起手，「秦苒同學有請過假，她又沒犯什麼記律上的錯誤，讓她站在外面不太好吧？」

他一開口，平時跟著他混的小弟們都出聲了。秦苒在九班人氣可不是普通的高。

「是啊，老師，秦苒又沒犯錯，就讓她進來吧，今天外面風很大。」

九班關係戶多，老師不要的、不喜歡的學生都往這邊塞，除了徐搖光，沒什麼好學生。李愛蓉教這個班的時候十分不情願，平時累積的不滿太多，現在學生們還都不聽她的話，因此諷刺地開口：「怎麼，你們也要陪她一起站在外面？反正你們聽不聽都一樣。」

話音剛落，「嘰」一聲——

喬聲直接拉開椅子，直接往前門方向走。他沒帶英語課本也沒帶考卷，只拿著手機。

他一帶頭，後排幾個早就對李愛蓉有所不滿的學生也站了起來，全都往門外走，離開的都是坐在後面很愛混的一群人。

李愛蓉的眼神帶著譏誚，「爛泥巴扶不上牆，一顆老鼠屎壞了一鍋粥，今天出去的人，整年高三都不要來聽我的課！」

本來其他同學還覺得沒什麼，直到聽到這句話，林思然看了李愛蓉一眼，放下手中的講義站起來，「報告老師，我也想出去！」說完，直接從正門走出去。

「報告——」

一聲又一聲報告。

今天外面一直都是陰天，秦苒本來懶洋洋地趴在走廊的陽臺上，身影消瘦，看起來賞心悅目，沒把這件事當一回事。此時還是半趴著，看著人一個接著一個走出來。

她不由得伸手遮了遮眼，半晌後嘆息一聲……這些人瘋了吧？

如果只是秦苒跟喬聲幾個人，可能還沒什麼，但是一大半的人都湧到了走廊上，這件事就不是能輕易解決的了。

李愛蓉看九班不順眼，此刻也火大了，「好，你們班多團結、多厲害啊！你們這群學生，我也教不起，我看也不用我來教！」

她扔下書，直接去樓下辦公室找高洋上來。

高洋來得很快，他推了一下鼻梁上的眼鏡，沉聲開口：「李老師，有話好好說，別跟這群學生生氣。這些學生都高三了，這樣會耽誤到他們以後的考試跟前程。而且，秦苒同學是外婆病危，下午也有跟我說過，這件事錯不在她。」

李愛蓉是有野心的，她打從心裡看不起九班大部分的學生，也不聽高洋的解釋：「前程，你們班能有多好的前程？」她的目光落在秦苒身上，哧笑一聲：「高老師，你也不看看你們班現在是什麼情況，還前程。」

「李老師，不要衝動。」

李愛蓉是一中英語教學品質最好的老師，聽她這麼說，其他兩個來看熱鬧的老師也勸她。李愛蓉聽不進去，直接打電話叫教導主任過來。

她不想繼續帶九班，實際上，徐校長之前要她收下秦苒時，她就頗有怨言，之後看著高洋收下了，她才想起自己也負責教高洋他們班的英語。

教導主任來得很快。

李愛蓉是學校的重點老師，這時候要換班，教導主任也有些猶豫，因為一中的英語老師少，尤其是帶高三的英語老師基本上都要有資歷。

高三一共有十九個班，有十個老師能帶高三。高洋先問了一位戴黑框眼鏡的李老師。

秦苒在學校的名氣遠遠超過徐搖光，這位李老師聽過，而李愛蓉的教學本領大家有目共睹。連李愛蓉都帶不了的班級，他不覺得自己能辦到，他是選不上優秀教師，但也不想在年末評比的時候拿倒數第一。

「高老師，抱歉，我現在也有帶兩個班。」李老師十分抱歉地看向高洋。

高洋又找了好幾個英語老師，最後只有一位陳老師答應了。這位陳老師比李愛蓉年輕，才二十八歲。其他老師看了一眼陳老師，臉上沒表現出來，但心裡都在笑。陳老師說到底還是太年輕了。

李愛蓉丟下了九班的包袱，感覺一身輕，只是想起秦苒最後的那個表情時，內心又有點不安，總覺得自己忽略了一些什麼，但很快，她又否定了這個想法。她當時將秦苒的檔案看得很仔細，休學了一年，以前的知識不知道能記得多少，更別說一年之前，她的成績也極差。

——九班。

秦苒一直沉默著沒有說話，喬聲本來想開幾句玩笑，但是見到秦苒繃著表情，他撓撓頭，不敢先開口，就這樣走回自己的座位上。

下一節課是自習課，全班的人都埋著頭，下意識地翻開一本書來寫，沒有任何一個人說話。

秦苒往日不是塞著耳機睡覺，就是拿著一本原文書翻看，但今天自習課都過了一半，林思然都沒有聽到聲音，不由得往秦苒那邊看，「苒苒，妳……」

秦苒偏過頭，對上林思然的目光時瞇了瞇好看的杏眼，懶洋洋地笑著，一如既往的吊兒郎當：「我在讀書。」

林思然：「……？」

秦苒往後面靠，繼續拿筆在考卷上比劃，又挑著眉眼，頭也沒抬地說了一句：「好好學習。」

林思然看著她沉默了一下，然後伸手按了按她的肩膀，「妳……妳加油。」然後轉回去繼續寫作業，只是時不時就轉頭去看秦苒，欲言又止。

後面很快就傳來一張紙條，喬聲問林思然秦苒怎麼了。

林思然看著這張紙條半晌，拿起筆，面無表情地在上面寫了一句話。紙條傳回喬聲的手上，已經是兩分鐘之後了。

「哥們兒，我們剛剛太帥了！」後排的幾個人在自吹自擂，「李愛蓉，我早就想踩了！」

一班基本上是全校前一百名的學生，獨立於其他班級之外，多多少少有些優越感，連帶著帶一班的李愛蓉很排斥自己帶的其他班級，動不動就是「我們一班如何如何」，九班對她早就有怨言了，現在要把她換掉，所有人皆大歡喜！

喬聲放下筆，長腿往走道上挪了挪，打開紙條來看。

林思然在上面寫了簡短的兩句話——『她說她要讀書，她想考第一。』

「沒事吧？」喬聲的同桌偏過頭來。

喬聲搖搖頭，怎麼可能沒事，被李愛蓉刺激慘了……

陳老師只帶十九班和高二的文科班，現在又多了一個九班，所以辦公室從高二區搬到了高三教學大樓。

隔天，星期二——

陳老師第一次去九班上課，手裡拿著教材躊躇不前，十分忐忑，辦公室裡的其他老師都關心了幾句。

「九班那群孩子腦袋不差，」物理老師捧著一個保溫杯，慢悠悠地說，「上課也願意聽，那個林思然的邏輯思維極好，進步很快。」

物理老師最近上課很舒心，慢慢地跟陳老師傳授經驗。最近九班的物理很明顯有極大的提升。

陳老師認真地聽著，昨天拒絕高洋的李老師也笑了笑，拿著筆安撫了一句：

「陳老師，別緊張，你們那班有三個學校的風雲人物，養眼。」

話是這麼說，但只是場面話而已，李老師心裡可不這麼想。別說只有一個喬聲就難管教，連李愛蓉都被這個班的人氣走了，年輕的陳老師想要管住這群學生，難啊。

陳老師有些忐忑地來到九班，卻意外發現九班很安靜，她到九班前，幾乎所有人都在低頭寫作業。她下意識地把目光轉向秦苒。

她來一中的時間不長，但聽過不少關於秦苒的傳說，最常聽到的，就是這個老大脾氣不好。

還有就是三年九班是個修羅場，全校的名人就聚集了三個。

只見秦苒坐在窗邊微微靠著牆，低著眉眼，只能看到大致的輪廓，但也格外養眼。她左手拿著一支筆，桌子上攤開的是一本最近市面上很流行的英語參考書，身上穿著其他學生都不太願意穿的校服，看起來非常乖。

畢竟連李愛蓉這個重點教師都管不了九班，陳老師一開始很慌。然而，出乎陳老師的意料，她上課的時候，九班並沒有她所預料的胡鬧或排斥，幾乎所有人都抬頭聽課，認真求知，就連有很多傳言的老大秦苒也抬起頭。尤其是除了徐搖光之外，她發現林思然的英語邏輯思維特別好。

下課之後，陳老師還被好幾個同學攔下來問問題。陳老師清清嗓子，開始為他們一一講解，直到快上課時她才拿著教材，如遊魂般地回到辦公室。

說好的九班上課不聽課，說好的秦苒帶頭看課外書、睡覺呢？這……跟其他老師說的完全不一樣啊！

辦公室裡，沒去上課的老師正在閒聊，看到她回來，都下意識地問了她幾句。

那位姓李的男老師正在改英語考卷，看到陳老師一臉傻愣，心裡對自己的決定更慶幸，嘴上卻安撫道：「九班本來就不好管，陳老師，妳也不必太在意他們。」

今天的氣溫下降，外面有點冷。陳老師回過神來，幫自己倒了一杯熱水，捧在手裡，低聲開口：「不是，九班的學生很聽話，上課認真聽講，下課還問我問題。」

李愛蓉的下一節課是一班的英語課，她在辦公室等這麼久，就是想看看陳老師的反應。聽到陳老師這麼說，她拿著一疊考卷去一班，轉身離開的時候，嘴邊的笑容都是譏誚：「死鴨子嘴硬。」

九班那群學生，上課時會以喬聲為首帶頭打遊戲，也有一群睡覺的人！還安靜聽講，唬誰呢！至於秦苒，比喬聲還我行我素。

李愛蓉就是不希望明年的優秀教師選拔被九班拖累。

辦公室裡的其他老師也覺得陳老師是拉不下臉，一個個嘴上笑著，心裡卻是不在意。陳老師見到他們這樣，也就吞下到了嘴邊的其他話，因為不管怎麼說，他們都不會相信。

中午放學時，秦苒跟著林思然等人去了食堂。到了下午，她才想起來從昨天傍晚到現在，她都把校醫室還有程雋忘了，因此晚上放學之後，她跟林思然說過一聲就去校醫室。

她到校醫室的時候，陸照影正幫一個女生看牙。

「開學的時候，妳來拿過止痛藥吧？妳這樣不行，得趕緊去看牙醫。」

陸照影幫捂著半邊臉的女生拿了兩粒止痛藥，開了一張病假單給她，讓她找個時間好好去看個牙醫，那女生捂著臉道謝。

等到那個女生離開，陸照影脫下身上的白袍，放到一旁：「秦小苒，妳怎麼現在才來？」

聽到聲音，坐在裡面的程雋抬起頭。

秦苒懶洋洋地拉來一張椅子坐，「唔，不是，這個星期六要開始期中考，我在讀書。」

口袋裡的手機響了一下。秦苒瞄了好幾眼，是常寧傳過來的訊息。

自從昨天交換了真實的號碼，常寧會直接打她的電話，再也不用虛擬號碼聯繫她。她猜常寧是要詢問昨天的事，也就沒看訊息，想等回教室再看。

陸照影彎腰打開抽屜，正拿出自己的手機時聽到這一句，他手裡的手機差點掉下來。

聽到一個經常考二三十分的人說出要讀書這種話，還滿驚悚的。

玻璃門沒關緊，裡面的程雋靠上椅背，抬眸鼓勵：「加油，壓力不要太大。」

「我知道。」秦苒點頭。

陸照影：「……」

她還能有什麼壓力……你們兩個瘋了吧……

三個人正說著，校醫室大門外有兩人說話的聲音傳來，可以聽出其中一個聲音是程木，他跟郝隊正走向校醫室裡。

程木偏著頭，驚喜地看著郝隊：「真的？」

平時程木的話並不多，往往說話都是癱著一張臉，鮮少有情緒外漏。

陸照影打開手機，笑問：「什麼好消息，這麼激動？」

「就是……」郝隊清了清嗓子，正要說時朝秦苒那邊看了一眼，意思很明顯。

秦苒端著一杯水，慢慢喝著，瞇著眼睛想先迴避一下，但程木卻直接開口：「我女神真的報名了！陸少，這次一二九要找的新成員肯定是她！」

聽到一二九，秦苒沉默了一下。她一手輕輕敲著桌面，低垂著眉眼，端起茶杯喝了一口。

而郝隊聽到程木想都沒想就直接開口，不由得朝秦苒那個方向看了一眼。幾天沒見，程木怎麼就變成這樣了？竟然一點也不避諱秦苒？

秦苒正慢悠悠地喝著水，連眉頭都沒動一下，對程木說的話沒半點反應。

郝隊一愣，先是疑惑她平靜的表情，然後反應過來——秦苒一個普通的高三生，哪知道一二九偵探所是什麼。

一二九這個組織只存在於特定的一群人眼裡，很少有普通人知道一二九，所以秦苒的反應很正常，如果再問一句一二九是什麼東西，那就更正常了。

只是秦苒只捧著杯子喝水，頭也沒抬，似乎對此一點好奇心也沒有。

郝隊至此就不像之前那麼小心翼翼了，跟陸照影說起詳情。直到吃飯的時候，他們還在聊一二九此次招新的事情。因為程雋這陣子不在京城，而京城最近難得發生了一件大事，是唯一一件有許多人都在關注的事情，各方想要拉攏一二九的勢力都已經安排了人選，去試探一二九。

陸照影對這件事也很感興趣，飯桌上只有秦苒跟程雋在吃飯。

「不是，雋爺，你就一點不好奇程木的女神對……」陸照影還想說什麼，但目光看到秦苒後頓了頓，拿起筷子，「咳，我是說他的女神很可能會被選中。」

「嗯。」程雋沒什麼情緒地嗯了一聲。

說了半天，只得到程雋這個十分敷衍的回答，陸照影不由得看了秦苒一眼，靠上椅背上笑著。

秦苒等他們說完了才咬了一口肉，然後慢悠悠地開口：「接下來這幾天我要專心考試，可能沒什麼時間。」

因為上次幫錢隊查出了地址，最近這幾天秦苒也一直都有來校醫室幫他們處理這些問題。

陸照影因為之前聽秦苒說過這句話，所以反應不大，不過程木沒聽過，他非常緩慢地抬起頭：「秦小姐，妳……是認真的嗎？」

「當然。」秦苒心情很好地開口。

程木看著她，欲言又止，最後還是沒說話。

秦苒吃完就說自己要回教室自習了，陸照影跟程木都十分沉默地看著她離開。

一個高三生，要好好複習、準備明年的高考才對，郝隊覺得秦苒說的話完全沒有問題。之前她沒事就往外跑，這看在郝隊眼裡才叫不務正業。

「她說要好好考試，你們倆怎麼會是這種表情？」等吃完飯，程木把碗收到廚房的時候，郝隊跟在他身後低聲地問：「一個學生的成績還是很重要的吧？」

程木把碗放進水池裡，沉默地轉了轉頭，「我見過秦小姐寫題目，也看過她的考卷。」

「她的成績應該不錯吧？」郝隊想了想，京城裡追程雋的名媛能繞著京城排三圈，都沒有他看上眼的，所以來雲城後，知道有秦苒這麼一個人時才極其驚訝，覺得無論從哪方面來說，秦苒都配不上程雋。但是現在他對秦苒的觀感好了一點，聽到程木這樣說，他覺得秦苒再差也不會差到那種地步，要不然程雋是看上她什麼呢？就是一張臉？

程木擰開水龍頭，靠在水池邊看著他，「啊，她上次有拿考卷來給雋爺簽名，考得最高分的是三十八分。」

本來覺得秦苒成績可能很好的郝隊：「……」

郝隊跟陸照影商量完案件，一臉深思地走出門時，正好看到將車停在校醫室門口的戚呈均。

「戚律師？您怎麼也在雲城？」郝隊的腳步頓住，十分意外。

雲城這麼小的破城市，到底憑什麼聚集了這一群大人物？

戚呈均將車停好，有禮地朝郝隊點頭：「受人所託，來這裡處理一件案子，明天就回京城了，所以我來跟雋爺說一聲。」

雋爺年紀不大，卻因為是程老的老來子，所以身分極高，郝隊知道這一點。不過，郝隊有點好奇是誰的面子那麼大，能讓戚呈均親自來雲城處理事情。

他得知戚呈均來到雲城很長一段時間了，不由得多問一句：「那你見過雋爺身邊的那個小女生嗎？」

戚呈均想了想，回答：「你說秦小姐？」

「你也聽過吧？剛剛程木才跟我說，她考試最高的分數是三十八分。」郝隊站在原地，看了一眼校醫室的方向，然後壓低聲音，「你說，雋爺是看上她什麼呢？她這樣，以後去了京城……」

「郝隊，提醒你一句，那位的人，你最好不要多事。」戚呈均揚了揚眉。

他是被一二九的人請來處理秦苒的事情，憑封樓誠跟一二九，戚呈均就猜到了封樓誠應該跟一二九內部的人有點熟，而秦苒應該是封樓誠的親戚。總之，程雋現在很保護她。

郝隊摸摸鼻子，坐上車要轉動車鑰匙的時候，正好看到手機亮了，收到了一條訊息。

他看了一眼訊息，想了想，拿起來回：『**確實有一個，具體情況不能多說，不過她成績很差，明年能不能考到京城的大專學校都不一定。**』

戚呈均去校醫室的時候，程雋正好拿了外套要出門，程木跟在他身後，陸照影則拿著電腦在玩遊戲。

戚呈均瞥了一眼，看出那是近幾年特別紅的一款競技遊戲，九州遊。

「雋爺，你們要去哪裡？」戚呈均抬頭，有些疑惑。

「去幫某位突然說要努力讀書的小朋友找參考書。」陸照影抽空抬起頭，挑眉笑著。

程木麻木地跟在程雋後面，來到雲城最大的書店。程雋列的書目清單中基本上都買得到，但還有兩套考卷沒有，所以他準備讓人從京城帶回來。

有好幾本書，每科都有。程木低頭，目光複雜地看著這堆書，只有學渣才會明白學渣的心理。他們學渣都是這樣的，會突然說要好好讀書，實際上連三天都堅持不了，買這麼多有什麼用？

結完帳，程木打電話給程金，讓程金去京城的書店找找缺少的幾本參考書。

程金乾脆俐落地應了一聲，然後說起另一件事：『江少似乎發現那個人的動靜了。』

「你說顧西遲？」程木想了想，問了一句。

『是他，他好像整個人消失了，奇怪的是還找不到動靜。』程金說完就要掛電話，『你跟雋爺說一聲。』

程木掛斷電話後，告訴程雋這件事。而程雋拎著一袋書上車，垂著頭，清數著本數，神情漫不經心的。

顧西遲，少年成名的醫生，經常去各個前線做慈善，而程家老爺子一直在找顧西遲。

奇怪的是，他背後似乎有一個神祕人士在幫顧西遲掩蓋行蹤，江東葉摸到了好幾次，但都很快就被人掩蓋掉。

另一邊，秦苒並不知道校醫室的幾個人對她表示要重新做人、好好讀書的反應。

晚自習時，她一直坐在座位上寫習題，九班的人都不敢打擾秦苒。

林思然最近的成績進步得很快，尤其是物理，幾乎是呈直線上升。來問她物理題目的人很多，但是連林思然自己都不太懂她的物理為什麼進步得這麼快……

秦苒正在寫考卷，似乎是因為有點嫌吵，她再度塞上了耳機，微微靠著牆，一手拿著筆，看樣子好像是在寫英語考卷。她答題的速度很快，幾乎一眼掃過去就迅速畫下了一筆，讓人很懷疑她有沒有把題目看懂。

目的性太強，九班的人都在想，她這一次是不是真的被李愛蓉刺激到了，還說要考英語第一，閃瞎李愛蓉的臉。九班的人猜她要考到前幾名太難，倒數還有可能，不過，期中考考完就知道了。

喬聲也坐在秦苒的前面看她寫英語題目，他手裡還拿著一張數學考卷。

秦苒把手放到桌子上，也沒抽出另一本習題，翹著二郎腿，懶洋洋地撐著下巴：

「物理？你來問林思然物理？」

「徐少也不會。」喬聲壓低聲音，朝徐搖光那裡看了一眼。

喬聲雖然不太認真，但他也不是走後門進來的，他的成績不好不壞，一般般，但是比秦苒好。

最主要的是……徐搖光拉不下面子來問林思然問題。

秦苒低頭瞥了一眼喬聲手中的題目，沒出聲。

這題確實有些難度，最近這幾年的物理題目都不簡單，喬聲手中的這題是這次考卷的大魔王，綜合度很高，一中裡能解出來的沒幾個人。

雖然徐搖光在所有科目中是物理最差，但那只是跟他自己比而已，他的物理依舊能排在全校前十名。不過，這題他解不出來也不出乎秦苒所料。

秦苒若有所思地放下手，沒說話。

九班的人都以為秦苒的好學只是一時的。畢竟秦苒跟他們不一樣，他們都是自己考進一中的，有底子，平時還是會聽大多數的課程，在考試前多抓緊時間還有用。但是像秦苒這種幾乎什麼都不懂的人，臨時抱佛腳也沒有什麼用。

只是秦苒一整天都在寫題目，晚自習也幾乎都在寫各科考卷，班上的人也打起了精神，開始有意無意地幫秦苒補習，像林思然會動不動就在秦苒的耳邊背物理公式。

「這次期中考，我覺得應該會考電磁學。」林思然清了清嗓子，「妳知道磁場是什麼嗎……洛倫茲力的大小是qvB，帶電粒子在磁場中勻速運動的基本公式是……反正妳遇到物理題目，把所有公式都寫一遍也能得兩分。」

吳妍退學後，英語小老師就換成一個圓臉的女生，下課就拿著英語詞典來秦苒耳邊背單字。

「苒姊，妳知道abandon是什麼意思嗎？它是……」

秦苒面無表情地拿出一本參考書，擰著眉頭。

知道，她當然知道，那是英語詞典第一頁的第一個單字。

秦苒用校服蒙住頭——她這時候終於知道什麼叫「搬石頭砸自己的腳」了。

「苒姊，我知道妳記性好，可是背答案是沒用的。妳基礎太差，應該補基礎，多背單字……」

秦苒一把掀開蓋在頭上的校服，一下站起身。英語小老師被她嚇了一跳，整個人往後縮了縮。

秦苒把桌子上的書「咚」地一聲扔到抽屜，低著頭，目光清冷，卻非常有禮貌地對英語小老師說：「唔……我去上個廁所。」

女廁裡，秦苒拉開最後一個隔間的門，拿出手機想要打遊戲。

遊戲還沒載入完畢，隔壁隔間的人就小心翼翼地敲了敲門。

「苒姊，妳在嗎？」是夏緋的聲音。

秦苒拿著耳機的手一頓，沒開口。

夏緋了解了，然後坐在隔壁的馬桶上，開始背化學式。

背完一段，她就停一下，然後小心翼翼試探地問：「苒姊，妳還在聽嗎？」

秦苒沉默了兩秒，十分鬱悶地踢了一下廁所的門。匡噹一聲，又急又躁，是老大的標誌。

而夏緋得到了回應，又繼續背化學式。

秦苒：「……」求求你們，做個人吧！

還好，馬上就期中考了。

打遊戲是不可能了，秦苒低著眉眼，把耳機塞回口袋，手機返回主頁面。

她點開常寧之前傳過來但她一直沒有看的訊息，裡面只有一句話——

『一二九今年招新，招募內部人員的要求，妳要不要……出個題目，篩選一下人選？』

一二九很少吸納新鮮血液，一般招收的也只是普通會員，可即使是普通會員，也能在一二九學到不少東西，享有一二九內部會員的資料共享權。而一二九的情報網幾乎遍布全球，就算只是普通會員，能受到的優待也不少。

在這之前，一二九也招收過幾次會員，畢竟每個組織都需要新鮮血液，常寧暗自物色過不少，不過每一次秦苒都沒參與。她在一二九是個神奇的存在，是唯一沒露過面，威懾力卻比常寧還要大的人。

這一次好不容易露了面，常寧怎麼會放過她。

之前吃飯的時候，秦苒聽郝隊跟陸照影說過這件事，所以她也並不奇怪。

隔壁間的夏緋還在為她背化學式。秦苒看了一眼廁所門，表情沒什麼變化，按了按手機，直接回覆常寧兩個十分冷漠的字：『不去。』

她剛傳出去，常寧那邊就急了，直接打了一通電話過來。

秦苒在鈴聲響起之前十分冷酷地掛了。常寧十分執著，打了一通又一通。

秦苒非常嫌棄地看著他的來電顯示，然後起身，伸手不緊不慢地敲了一下隔壁的牆。

夏緋背公式的聲音戛然而止。

秦苒站起來，拉開隔間的門出去，一邊抽出塞進口袋裡的耳機，插上去後接起常寧的電話。

她低著眉眼，一手將耳機塞到耳朵裡，一手打開水龍頭，壓著聲音：「說。」

秦苒通常都會開變聲器跟常寧通話，第一次這麼直接地聽到她的聲音，讓一直覺得孤狼是個摳腳大漢的常寧又沉默了一下，之後才開口：

『妳作為我們一二九的招牌，到時候放出消息，說今年我們招新的題目是孤狼出的，妳想想，會吸引到多少神隱的人……』電話那頭的常寧拿了杯咖啡，站在落地窗邊，語重心長地說：『妳出山都不來點新聞嗎？』

夏緋也跟著走出來。秦苒洗好手，關掉水龍頭，想了想後沒有徹底拒絕：「好吧，我考慮考慮。」

常寧很開心地掛斷了電話。

而夏緋洗好手，又緊跟在秦苒後面開始背公式，秦苒覺得她是個唐僧。

啊啊啊，真的煩！

熬過十分詭異的晚自習，終於回到了寢室。

林思然跟在秦苒身後，還遵循英語小老師的指示，拿了兩本單字本緊跟在秦苒背後。

注意到她的秦苒，拿著手機的手不由得抬了抬，然後遮住眼睛，另一隻手握著戴在胸前，林思然給她的那顆草。

「苒姊！」樓梯口，喬聲追上了她。

「沒事別找我，有事更別找我。」秦苒將手機塞回口袋，腳步沒停下來，不太耐煩地回他。

放下遮住眼睛的手後，那張臉上很冷淡，眉目冷豔，透過微垂的眼睫能看到眼底微微的血色。

最近這段時間，她眸裡幾乎沒有血色，表情也很少不耐煩，但今天下午又開始了。

喬聲等人都以為秦苒是為星期六的期中考感到煩躁，刻意等到放學時去安慰她。

秦苒按了一下太陽穴，精神不太好地回了一句，「好，知道了，煩。」

喬聲立刻抬手，把自己的嘴巴拉上拉鍊。

林思然跟在秦苒後面往寢室走，給了喬聲一個眼神：苒姊今晚火氣有點大，估計是背單字太累了，沒事別惹她。

等秦苒她們走向女生宿舍，喬聲才轉身，看到徐搖光正拿著手機講電話，語氣有點溫和。

喬聲反應過來，猜想電話那頭肯定是秦語。除了秦語，喬聲到現在還沒找到第二個能讓徐搖光擺出這種態度的人。

聽到徐搖光說了一句什麼「魏老師」，他翻了個白眼，等徐搖光講完電話才開口，「秦語？」

「嗯，她到京城了，今天見過了沈家人，沈老爺子特別喜歡她的新曲，會暫時住在沈家。」徐搖光將手機放回口袋，語氣依舊很平靜。

「哼——別跟我說她，我一點也不感興趣。」喬聲沒好氣地說。

徐搖光瞥他一眼：「你那是什麼表情？」

喬聲掏出手機打開遊戲，想了想，還是開口說：「徐少，我是聽林思然說的，你知道吳妍手中那張秦苒的照片是誰給她的嗎？」

聽到這一句，徐搖光的眸色動了動：「……誰？」

「是秦語給她的。」喬聲也是經過深思熟慮才決定對徐搖光說實話，「我是和吳妍確定之後才跟你說這件事的，而且，我都看出來了，就不相信你沒看出來——秦語她也在算計你。」

她的心機是明明白白，喬聲不懂，徐搖光這樣到底是為了什麼？秦語拉小提琴確實很好聽，但是……沒必要著迷到這種地步吧？

徐搖光盯著喬聲的臉看了一會兒，沉默半晌，然後淡淡開口：「嗯，知道了。」

……等了半天就一句「知道了」，這是什麼反應？

「徐少！」喬聲撓撓頭，不太理解。

「你說的我知道，不過她現在沒造成任何實質性傷害。」徐搖光已經轉身走向宿舍了。

喬聲看著他離開的背影，乾脆俐落，與往常沒什麼兩樣。

*

衡川一中這次的期中考是在週六日兩天，這段時間秦苒都在水深火熱之中，度日如年。

週六早上，照常早自習。

秦苒最近幾天的精神狀態不太好，前一段時間幾乎沒出現的血絲又出現了。

林思然每天晚上起來上廁所都能看到她在背英語單字，九班的人也不太敢觸她眉頭。

早自習下課時，秦苒跟林思然說了一聲，沒跟他們一起去食堂，自己去了校醫室。

而徐搖光跟喬聲沒去食堂吃早飯，是去外面的早點店吃麵。兩人過去的時候，魏子杭已經點了一份牛肉麵，正在吃。

「只有你們？」魏子杭慢悠悠地在吃麵，一雙鳳眸微微瞇著，風神清絕，頓時覺得這個福利社的格調跟他不符。

「她去校醫室了。」喬聲坐在他這桌，拿著菜單開始點麵，「今天考試，你還敢吃蛋？」

他瞥了一眼魏子杭碗裡的雞蛋，但魏子杭只吃著麵，也不理會他。又是跟秦苒一樣的老大。

等麵的期間，喬聲跟徐搖光閒聊，「徐少，你昨天跟秦語說的魏大師是誰啊？他收了秦語？」

徐搖光搖頭，表示不知道，「聽說魏大師去美洲了。」

秦語去了京城之後，雖然還會聯繫他，但聯繫的時間少了很多，這一點徐搖光很清楚。

魏子杭本來不清楚兩人的對話，一直到聽到這裡，他吃蛋的手頓了一下。

「說起來，魏大師跟你都姓魏，」說到這裡，喬聲微微笑著看向魏子杭，「你不會就是那個魏大師的家人吧？」

魏子杭瞥了他一眼，依舊高冷地沒開口。

「我是開玩笑，你別當真。」

麵來了，喬聲拿起一雙筷子夾起麵，「看你這囂張的模樣，不像是人家藝術大師的親戚。」

魏子杭成名後就是一個混混，混黑道的，還認識幫派老大，而能讓林家人看重的魏大師肯定是有文化素養的人，這兩人不管從哪個方面來說，都不在同一個層級。

另一邊，秦苒也在校醫室吃完了早飯。

陸照影特地幫她訂了補腦的大餐，秦苒慢吞吞地吃完了。

吃完回教室的時候，九班的人差不多都到齊了，都在拖著桌椅，開始布置考場。

秦苒慢悠悠地跟著他們一起拖自己跟林思然的椅子，馬上就被前面的男生搶了過去，而秦苒也沒再跟他搶。

「苒苒，妳的狀態好了很多呢。」林思然看到秦苒擰了三天的眉頭鬆下來，不由得驚訝地說。

秦苒拉了拉自己的外套，只「嗯」了一聲。語氣也很平靜，沒有之前低斂著的那股不耐煩。

林思然本來還擔心秦苒今天會緊張，畢竟秦苒昨晚很不耐煩，但現在看她的狀態似乎很好，瞬間就放心了。

這次的時間安排跟高考一樣，嚴格得要命。

座位是按照之前月考成績安排的，從一班往後排，成績在中游的學生就去階梯教室考。

秦苒每次都是雷打不動的最後一名，很明顯地在最後一個考場。

第一科，九點考國文。

秦苒只拿著一支2B鉛筆塗答案卡，又拿了一支黑筆答題。

「苒姊，妳沒帶橡皮擦嗎？」

喬聲的同桌也在最後一個考場。他看到秦苒只拿了兩支筆，想想對方的囂張作風，拍了一下腦袋。也對，老大怎麼可能會有橡皮擦這種東西。他立刻雙手捧起自己的橡皮擦，九十度彎腰地送去給秦苒，「苒姊，您用，選擇題的時候可以擲骰子。」

秦苒：「……」

她坐在最後一排的最後一個位子，靠近階梯教室的門口，李愛蓉監考隔壁班時路過這裡，很自然就看到了這一幕。

秦苒就是九班的典型標誌，不管在哪裡都是人群中的亮點，一身既匪又有點頹廢的氣質。

李愛蓉一眼瞥過去，眸光晦暗。

就算是最後一個考場，一中學生的品質都不會太差，就算沒稿紙，至少也帶了筆袋或橡皮擦。就只有秦苒，除了寫字用的筆，其他什麼都沒有，這樣像個能好好考試的學生嗎？

李愛蓉心中的不安完全消失，壓根懶得跟監考老師說什麼，收回目光，轉身走去隔壁考場。

這次的期中考無論從考試時間、內容還是監考標準來看，都嚴格按照高考的標準，而且還是全市的第一次聯考，校方十分看重，每個考場都有兩個老師監考。

不過，監考最後幾個考場的老師顯然沒有特別認真，放好遮罩器之後，就坐在前面喝茶聊天。

鈴聲響起，老師開始發考卷。

「大家知道規矩，不要抄，也不要拿手機，遮罩器在這裡，還有要上廁所老師陪你一起去。」

「遮罩儀都出來了，這麼嚴……」

「期中考而已，沒必要吧……」

底下一陣哀嚎。誰也沒想到會這麼嚴格。

考卷從前面一排往後傳，倒數第二排的人知道秦苒是校花兼連魏子杭都會怕的老大，做了半天的心理建設才小心翼翼地把考卷遞過去。

秦苒把放在一旁的校服穿上，咳了咳，教室裡很安靜，她就低著聲音：「謝謝。」

第二排的學生一本正經地轉過頭，小聲地回了一句：「不會。」

秦苒先翻了一遍考卷，然後看看右手，又看看左手，擰起眉。

啊，用哪隻手呢？

第二章　被發現了

預備鈴聲過後，正式考試的鈴聲很快響起，兩個監考老師悠閒地一前一後晃著。

監考老師是一男一女，男老師就站在後排，將整個考場的考生攬在眼底。

其他考生都已經開始在答案卡上塗自己的學號了，那個坐在最後一排的女生坐在位子上看著自己的手發呆，在這群人中顯得極其怪異。不過，最後一個考場本來就聚集了一群人鬼龍蛇，監考老師也不是第一次監考這個考場了，並不在意。

奇怪的是，那個女生本來是用右手塗學號，寫名字的時候又換回了左手。

左撇子？

男老師忍不住踩著小碎步往前走了一步，不經意地看了一眼。這個女生用左手寫字有點慢，但字跡卻一板一眼的，不像其他人那麼飄。

而秦苒開始掃視考卷。

國文考卷依舊是考閱讀理解及選擇題，從閱讀理解的選擇題就開始挖坑坑人，整篇文章也晦澀難懂，各種語法長句一起來。一開始就這麼難，已經有人開始看不下去，發起牢騷。

「靠，期中考就這麼難。」有男生小聲開口。

喬聲的同桌坐在秦苒隔壁那組的前面，因為秦苒平時動不動就不耐煩，所以他有點擔心她的狀態。一偏頭，卻看到秦苒正在翻考卷……看來狀態還可以，看完閱讀理解就答題。

後面的監考老師一直很注意秦苒，發現她雖然寫得慢，但是沒有停過，幾乎沒有思考的時間，信筆就來。秦苒翻了一下考卷，每道題目都答到重點。寫完前面的題目，她才翻到最後一張看作文題。

這個時候，最後一間考場內已經開始騷動了，有人趁老師不注意時開始傳選擇題的答案。都是最後一間考場的人，誰會比誰好到哪裡去。

秦苒還在慢吞吞地寫著作文，她的左手寫字是真的很慢。

那位極其注意她的男老師還在擔心她寫字這麼慢，能不能按時交卷，最後發現她雖然寫得慢，但幾乎不停歇，也就放心了。

等秦苒寫完交卷的時候，時間還剩下二十分鐘。

秦苒打了個呵欠，把考卷放到一旁，摸出了一支刀削鉛筆，考卷就大咧咧地放在一邊。

三年九班的班花，就算把考卷擺在其他人面前，他們也不會多想，最多就是看看老大的考卷填了幾格。

上午的國文考完，班上的反應還不算特別激烈。但等到下午的數學考完，整個高三的學生都在唉聲嘆氣。

「最後兩個大題，我有一題沒寫。」

晚自習時，一群人坐在一起討論數學考卷，一個男生心如死灰地開口：「然後我看了一眼出題人，是候德龍。」

候德龍，是省內專門研究競賽題目的狂人，經常出高考考卷。

一中的學生不是沒做過候德龍出的考卷，但他們沒想到，期中考學校就來了這個大招。

「徐少，你數學考卷有寫完嗎？」喬聲寫得不多，本來考完十分疲倦，一聽到班上的人討論也沒那麼心急了。

徐搖光是校內數學最好的一人，當時入學的時候，他本來應該分在一班，但最後聽說高洋是帶九班，所以就來了九班，因為高洋曾帶過數學競賽班。

「最後一題沒寫。」徐搖光的聲音依舊言簡意賅。

他拿著手機，低頭把下午的數學考卷傳給秦語。

明天還有兩場考試，班上有些人已經開始對答案，問了徐搖光幾題後痛心疾首。

喬聲就問他們：為什麼要不死心地問徐搖光答案？這不是急著造孽？急著被傷害嗎？

全班只有秦苒依舊十分淡定，夏緋坐在她前面，剛想要為她背化學時，秦苒隨手抽出一本生物習題出來，慢吞吞地看向她：「妳都不用回去複習嗎？」

夏緋「喔」了一聲，才開始問秦苒的狀態如何。

秦苒平時在考試時從來都不寫，要不然就抄林思然的，抄的時候還總是能避開正確的答案。

林思然擔心國文那麼長的考卷，她都沒有看完。

考試前，他們就跟秦苒說過，遇到不會的就抄抄題目。遇到選擇題就什麼都不管，全選C，依照他們出題的概率，C的可能性最大。這次跟徐搖光對了選擇題，C的比例也非常可觀。

秦苒拿著筆，開始寫習題，這本化學習題是程雋今天新買的。她漫不經心地「嗯」了一聲。

第二天，上午考自然，下午是英語。

自然是物理、化學、生物三科一起考。

考前，跟秦苒同個考場的男生謹遵喬聲的吩咐，為秦苒背各種公式，又叮囑她全選C。但這一次秦苒的運氣不太好，其中一位監考老師是李愛蓉。

秦苒跟男生都沒有看李愛蓉。

李愛蓉卻故意停了一下，似笑非笑地看著兩人：「平時不努力學，臨時抱佛腳有什麼用？」

李愛蓉在監考的時候就一直盯著兩人。不過這兩個人一直低頭寫考卷，連頭都沒抬。

前面六題選擇題是物理題，把各種電學、磁場學、運動學混合在一起。秦苒看了第一次，拿筆在稿紙上算了算，本來想寫下又突然停下，看著這些物理題半晌才動筆。

這些題目不像國文一樣字多，秦苒提早了一半的時間交卷。

下午，秦苒交卷的時間就更快了，聽完聽力三十分鐘後，她又花了三十分鐘寫後面的題目，就是塗答案卡和寫英語作文的時候多花了一點時間。

因為這個週末考試，秦苒等最後一場英語考完才要去找陳淑蘭，程雋跟陸照影在校門口等她。

「考得怎麼樣？」陸照影問了一句。

秦苒想了想，然後開口：「還行吧。」

陸照影觀察了一下她的狀態，然後點頭，表示了解。

中午有個學生因為拉肚子進了校醫室，跟陸照影說了一下這次的考試有多難。

兩人本來還怕她這次考試會壓力太大，不過看她好像跟往常沒什麼兩樣，也就沒多說什麼。

*

衡川一中的效率特別高。因為還要算平均分數、全市排名，老師們吃完飯就加班改考卷。

老師們一邊拿著答案跟得分標準對照，一邊閒聊，「這次太難了，學生們都很崩潰，我也沒想到他們竟然會請侯德龍來出考卷。」

雖然知道數學考卷難，但看到學生們的最後幾道大題空很多，這些老師也憂心忡忡。

這次期中考是全市聯考，又要跟死對頭雲城一中競爭，重要程度不亞於期末考。不僅是每個班的平均分數會拿出來跟全市比較，幾間學校還按照前幾年的比例算出了分數線，劃分成一、二、三線。

這一次倒好，因為數學這樣，分數直接到了三線。

侯德龍老師是想區分出優等生，而一中是要挫挫高三學生的銳氣，什麼難就出什麼。

好在侯德龍老師沒有變態地刪掉選擇題，依舊給了學生們選擇的機會，不然這次會全軍覆沒。

從填空題到後面的大題，基本上每個人只寫了幾個，前面還有人只寥寥寫了幾題。

把答案卡翻一面，後面的幾個大題幾乎都是空白。也不是全部空白，每題都還有個「解」字或者「證」字。老師們開始想要不要給寫了「解」跟「證」的學生一分，紛紛抱著保溫杯，開始懷疑自己是不是教的方法不對。有一句話不是說「考試不給你發揮一下，你還以為自己教得多好？」嗎？

直到有位老師翻到了一張考卷。

他看著這張考卷的第一面，愣了半晌都不捨得放下——這個人好像第一面全對。

他下意識地翻到第二面。

出乎他的意料之外，第二面的三道大題也寫了。第一次看到後面大題也都寫滿的考卷，他就一邊拿著答案，一邊對照著改。

「高老師，這是你們班的……徐搖光嗎？」改考卷的徐老師不由得感嘆一聲，指著這份考卷問高洋，「選擇題沒看到，但是後面的大題滿分，你看看。」

這次侯德龍出的題目太難，一中基本上是全軍覆沒，只能分辨出天才跟普通人，吊車尾的學生跟普通人根本分辨不出來。數來數去，只有參加過數學競賽的徐搖光能寫完這份考卷。

「徐搖光？」高洋推了一下眼鏡，好奇地看過來，「後面的大題滿分？」

他看過這份考卷，侯德龍這次是來真的，最後一題完全是競賽題，還是國際競賽才會出現的魔王題。如果是之前在競賽班培訓的時候，徐搖光有可能寫得出來。

他看了一眼徐老師手中的考卷，搖搖頭，「這不是徐搖光的字跡。」

這份考卷寫得很工整，但字裡行間卻有股又輕又慢的熟悉感。而徐搖光的字跟他的人一樣，微草，還帶著一股傲氣，這麼工整的字確實不是徐搖光的字。

「那大概就是潘明月了，她是個潛力股。我記得她剛來我們學校時數學還不及格，真可怕。」

其他人開始議論紛紛。

但這些人改完了其他考卷，最高分是八十六分，被高洋認出了徐搖光的考卷，也找到了潘明月的考卷，唯獨滿分的考卷被放在一旁。

不時有老師改到人格分裂，覺得是不是自己平時教得不好，所以一個個都三不五時就來翻一下這張滿分考卷，回一下血再繼續奮鬥。

教一班的數學老師則喜氣洋洋。

另一邊，在醫院的秦苒並不知道一群老師正圍繞著她的考卷議論紛紛。

因為是星期天下午，醫院裡只有外婆，護工正推著她在樓下逛。

寧晴跟寧薇昨天來過，此時都不在。秦苒接過護工手中的輪椅，推著陳淑蘭。

「考試考得怎麼樣？」陳淑蘭說得很慢又很輕。她壓低聲音，又咳了兩聲。

秦苒懶洋洋地推著陳淑蘭往前面那群孩子的方向走，隨口應道：「還可以吧。」

陳淑蘭點頭，將手搭在輪椅上，「那就好，別離得太近，小心我身上的病氣傳給孩子們。」

秦苒很想說「您是器官衰老，並沒有什麼病，有什麼病氣？」，但是想想，她要是說了，老太太肯定有辦法讓她閉嘴。

於是她轉了個方向，把陳淑蘭推到不遠處的噴泉旁。

「妳去病房把我的包包拿來。」陳淑蘭有點睏了，但還是不想回病房，手抵著唇輕咳兩聲，讓秦苒去病房拿東西。

秦苒拿著手機，漫不經心地把小朋友不小心扔到這裡的球拋過去：「您要包包裡的什麼？」

「就一個盒子，木盒子。」陳淑蘭和秦苒描述了一下盒子的模樣。

陳淑蘭的東西很少，只有一個包包，其他衣服都是寧晴重新幫她買的。

秦苒從包包裡翻出一個木盒子，看起來有些年頭了，還是一個密碼鎖。她手摸著下巴考慮了一會兒，想不通她外婆怎麼會有這種玩意兒。

下樓的時候，那幾個小朋友站在陳淑蘭身旁，笑嘻嘻地仰頭跟陳淑蘭說著什麼。

秦苒過去時，正一本正經地跟陳淑蘭說話的小男孩忽然轉過頭，不時瞄向秦苒。

秦苒把東西遞給陳淑蘭，坐在一旁的長椅上，一手撐著下巴，一手拿起手機滑了滑。

眉眼低斂著，沒開口，但是又酷又冷，一股生人勿進的氣息。這些小孩看著她躊躇了半晌，都不太敢接近。

手機裡全是班級群組的訊息。

喬聲：叮咚，自然、英語全軍覆沒。

仲達：＋1

後面就是一群蓋樓的。

喬聲：我問過一班的同學，據說潘明月的數學最後一大題一個字都沒寫 @徐搖光，徐少，你寫了多少？

徐搖光：沒寫完。

喬聲：突然安慰。

陳淑蘭拿到木盒子後放在膝蓋上，伸手撫摸半晌，最後看了一眼坐在一旁的秦苒。想了半晌，忽然開口：「苒苒，妳外公……」

「啊，」秦苒抬頭靠在長椅上，像是知道陳淑蘭要說什麼一樣，語氣很平靜，「我不要。」

陳淑蘭頓了頓，她最近看起來像是老了不少。

天氣似乎又變得陰暗，風灌進脖子裡，有些涼意。

秦苒垂眸，面無表情地把校服外套的拉鍊拉上，護工則提醒秦苒把陳淑蘭推回去。

*

一晃眼的時間，就到了星期一。

大部分的考卷都已經改完，星期一上午時，已經有人聽到風聲說這次的成績不高了。

學校的行政部正在排名單、統計成績，無論老師還是學生都很緊張。

中午自習時，去辦公室交作業的化學小老師十分神祕地回到教室：

「我看到幾個老師拿考卷回來了！分數應該統計好了！」

這個消息就像個炸彈，引爆了整個班級。

「你有看到成績嗎？有看到排名嗎？」其他學生立刻湊過來問。

「我去的時候正好看到陳老師拿著一疊答案卡過來，分數應該還在列印。」化學小老師摸摸腦袋，「我估計下午上課就會發那些考卷了。」

聽他這麼說，九班的這些學生就更心急了，不過急也看不到什麼。

「徐少，你不去看看？」喬聲也很心急。

班上的人對這次考試都全力以赴，李愛蓉因為秦苒棄他們離開了，其他人都怕秦苒會因此有心理壓力。

而喬聲覺得，如果徐搖光出馬，說不定能比各位老師早一步拿到成績單，畢竟他有關係在，所以在一旁使勁地催徐搖光去辦公室拿成績單。

徐搖光正在看手機，一手在拿筆畫著什麼，跟喬聲說話的時候有些漫不經心，「不去，我已經估算好分數了。」

喬聲一頓，然後翻了個白眼。

徐搖光是理智型的，每次考試時寫錯的題目他都心裡有數，估算分數的時候只有國文會有兩三分的差距，極其變態。

喬聲撇了一眼，見到徐搖光正在研究昨天上午的物理考卷。他手邊擺著兩份稿紙，一份應該是自己寫的，一字不差地都寫了下來，至於另外一份——

喬聲注意到徐搖光放大的手機螢幕上顯示著一份紙張，如果所料不差，應該是秦語寫好傳來的計算過程，徐搖光正在研究。

喬聲看了半晌，覺得沒什麼意思，轉過頭看了一眼秦苒。

秦苒依舊用校服蓋著頭，一條黑色的耳機線順著校服袖子垂下來，應該是在睡覺。

秦苒這幾天為了考試，課外書沒看，遊戲沒打，還飽經整班同學的摧殘，可以說很慘。

喬聲想了想也沒打擾秦苒，側身去跟前後左右的人討論這件事情。

與此同時，樓下辦公室內，各科老師已經拿到各科的考卷，因為都是答案卡，沒什麼好看的。

這些老師都放下考卷，打開電腦，從老師群組裡撈出教導主任剛傳過來的統計表來看。

每次李愛蓉都特別積極。因為每次發表成績，她的學生都在前五十名，這一次也不意外。

她先看他們班的總分，毫無意外，潘明月是總分第一。

這次考完之後，李愛蓉也跟一班其他科的老師討論了一下，這次的題目出奇地難。而潘明月的總分七百零九分，校排名第二名，若無意外，那個第一名就是徐搖光。

潘明月的萬年老二也不是什麼新鮮事了，李愛蓉開始看單科的英語成績。她十分重視自己班上的英語成績，只要有自習課，都會讓一班學生寫各種英語複習題、英語考卷。

這份表格是統計好的，選好科目，一刷新就會出現五列。第一列是姓名，第二列是成績，第三列是班級排名，第四列是全校排名，第五列是全市排名。

潘明月的各項數字是這樣的——潘明月，一四三、一、三、四。

前面兩項沒毛病，但是第三個數字是什麼情況？李愛蓉立刻坐直身子。

全班第一，全校才第三？

學校裡除了徐搖光，還有第二個人能贏過潘明月？能贏過她教的學生？

李愛蓉看過英語考卷，難度很高，聽力深奧，填空題很多陷阱，閱讀理解晦澀難懂，全是陌生

的單字，很多人寫完應該連意思都不懂。

應該是哪個學生運氣好吧。即使是這樣，李愛蓉皺起眉，不太滿意這一點。讓徐搖光拿第一就算了，怎麼能被其他學生超過潘明月？

李愛蓉本來還想找潘明月的考卷出來，看看她到底哪裡考不好，就在這時想起了辦公室裡的其他人。

「李老師，你們班的英語成績怎麼樣？最高分多少？」林愛蓉側身看向坐在她隔壁，上次拒絕過高洋的李老師。

因為他拒絕了帶九班的事情，李愛蓉跟他的關係好了一點。

「還可以，最高分一二一，年級四十五名，班上有四個人的英語排進了年級前一百名。」李老師笑了笑，顯然對這個結果十分滿意。

年級前一百名基本上有一半都是一班的學生，其他大概有四十名左右被十八個班平分，他們班能分到四個已經算非常好了。

李愛蓉笑了笑，不太在意，有種孤傲感：「喔，那運氣是真的好。」她目光一轉，看向陳老師的方向，頓了頓才問：「陳老師，你們班這次的英語成績應該不錯吧，平均分數多少？」

陳老師沒有回答，只是愣愣地看著電腦顯示的頁面。

陳老師的表情有點奇怪，該不會是成績考得太差，和預期的有落差吧？

其他老師相視一眼，沒說話，只有李愛蓉嘴角勾著笑。她喜歡戳陳老師的傷疤，就端著一杯茶往陳老師那邊走，「我看看，你們班徐搖光考多少？」

走到陳老師這邊，她微微彎腰，看到陳老師的電腦頁面上確實是九班的成績。

每次考試，徐搖光跟潘明月的成績都特別接近，所以李愛蓉估算過，徐搖光這次的成績大概是一百四十四分到一百四十五分左右。

她直接看第一名的資料，手中的茶頓住。

第三列，班級排名，一。

第四列，年級排名，一。

這些都沒什麼，但是第五列卻震驚到了李愛蓉。

第五列，全市英語排名，一。

——第一！全是第一！

衡川一中一向偏向理科，徐搖光也是理科好，國文、英語都一般般。

徐搖光什麼時候英語也能考到全市第一了？他是考了幾分？

李愛蓉目光一瞥。

第二列分數，一五〇！

「滿分？」

李愛蓉精神一晃，目光瞥到第一列的名字後，徹底失聲——秦苒？

其他老師聽到滿分都圍過來看。各科老師都一起討論過，這次要考滿分應該會很難。

「滿分？這麼難的考卷，還有人考滿分？」李老師很意外，「選擇題最後一題，中間兩個選項的單字我都不認識，還是查了字典才知道的生僻詞。」

「徐搖光吧？」

李老師擠在最前面，後面有一個人在看到上面的成績後，念出了第一排的名字。

「秦苒？」

站在陳老師身後看分數，並且議論紛紛的聲音全都沒有了。眾人面面相覷，臉上的表情相當微妙。

秦苒的大名，就連高一一心唯讀聖賢書的書呆子都知道，更別說是高三的任課老師。

跟她名聲齊名的，就是她不符合衡川一中實力的成績。關於她的傳言，從開學就在傳了，她似乎是個不良學生，聽說資料是一塌糊塗，月考、週考能考出兩位數就算不錯了。

她能考滿分？那要把徐搖光跟潘明月這兩個鎮校之寶置於何地？

李愛蓉看了一下第二名——徐搖光，一百四十五分，全校排名第二名，全市排名第五名。

很符合她的預測，只是……

李愛蓉將杯子放到桌子上，雙手環胸，冷笑不止地看向陳老師，滿眼嘲諷：「陳老師，我不過是不教她而已，她就算再憤怒，也不能連市聯考的答案都弄到手吧？當我們都是瞎子嗎？嗯？」

這時候，秦苒還趴在桌上，沒睡著，只是蓋著頭。

答案還沒公布，林思然正在跟前面的人對答案，瞥見秦苒的手動了動，不由得戳戳她的手臂，湊過來小聲地開口：「妳的英語有沒有全選C啊？」

她向徐搖光借了英語考卷，對過答案，這次的英語選擇題有四十二分是C。

秦苒慢吞吞地抬起頭來，聽到林思然的問題，她茫然了一瞬才反應過來：「沒有吧。」

「沒有？」林思然拔高聲音。

有那麼一瞬間，她很想搖醒秦苒。

「那妳選了什麼？A、B還是D？」

她又算了一下，側頭跟秦苒說：「選A的話，那妳有可能三十分，不少。」

其實秦苒也睡不著，她隨手拉下蓋在身上的校服，慢悠悠地穿上。

她只略微挑了一下眉，沒立刻回答。

林思然看著她的表情，忽然想起了一種可能，僵硬地抬起頭，「妳不要告訴我，妳是憑自我感覺寫的？」

在她的印象中，苒姊是個非常奇特的人，每次考試都能準確完美地避開正確答案。

秦苒咳了兩聲，因為趴得有點久，她的嗓子有些啞。她按著嗓子，十分隨意地說：「是吧。」

完了。

林思然麻木地轉過了頭，林思然前面的男生也面無表情地看著秦苒，頓了幾秒後捂住心口，痛心疾首地轉回頭。

喬聲注意到這裡的情況，下意識地抬眸，「怎麼了？」

「苒姊毅然決然地憑著自己的感覺寫了英語！」

全班一陣靜默。英語小老師一臉幽怨地看著秦苒。

林思然不肯死心，試圖拯救一下：「苒姊，妳說一句妳是騙我們的吧。」

秦苒「啊」了一聲，目光在這幾個人身上掃過：「我拒絕。」

林思然陷入沉思，喬聲則想開口說「苒姊就是不一樣的煙火」時，高洋走了進來。

教室裡的喧囂聲忽然止住。

只見高洋默不作聲地站在秦苒這一排的桌子旁，看著秦苒，嘴角動了動，想說什麼，最後又放棄，直接開口：「秦苒，妳……妳跟我出來一趟。」

秦苒沒有絲毫意外地跟著高洋出門，步伐不緊不慢，不慌不忙，表情淡定，肅肅蕭蕭。

秦苒跟在高洋身後來到教導主任的辦公室，裡頭有幾個看熱鬧的老師。

丁主任已經是第四次在大場面見到秦苒了，因為她跟封樓誠、校醫室的那位都有著千絲萬縷的關係。

丁主任的態度算得上和藹：「秦同學，妳知道妳自己考的分數嗎？」

秦苒點了點頭，氣場很足，語氣十分囂張，「當然，除了自然之外，應該基本上都是滿分。」

李愛蓉滿眼嘲弄，似笑非笑地看向秦苒，「說妳智商不高，確實是不高。要是考到及格邊緣，我們可能還不會這麼興師動眾，妳一不小心五科都考到了全市第一，抄得這麼厲害，是生怕別人不知道嗎？」

其他老師聽到這裡，都非常難言地看向秦苒。

「是妳做的嗎？」丁主任頓了頓，又問秦苒，「還是妳不知道是從哪裡得來的答案？妳老實跟主任說，沒關係的。」

丁主任知道秦苒的背景強，下意識地為她開脫。

作為高三教導主任，他當然聽過這位新晉校花的事蹟。丁主任也為秦苒處理過三件事情了，從演講、照片再到秦語的小提琴事件，實際上都跟秦苒無關，這次丁主任相信秦苒也是被人陷害的。

「主任！」這明顯偏袒的話讓李愛蓉表情一愣，眼眸微微一縮，「您這是什麼意思？」

丁主任看她一眼，「小孩子年紀小，偶爾糊塗一次也很正常。」

說完，丁主任用眼神示意秦苒認個錯，然後他就把分數抹掉，這件事就當作什麼也沒發生，他能大事化小，小事化無。不然說白了，無論是誰在秦苒背後搞鬼，這個作弊的名聲是跑不掉，在檔案上也會狠狠留下紀錄。

丁主任原本覺得，秦苒肯定懂他的意思，然而——

秦苒臉上露出一個笑，十分清淡地開口，「沒，沒有任何人給我答案，是我自己寫的。」

丁主任一愣。這跟他預想的不太一樣啊，他連忙用眼神示意秦苒，這種時候可千萬不要說這種話。他張了張嘴，「秦苒同學……」

丁主任的話還沒說完，就被李愛蓉搶先，她唇角的弧度很深，「秦苒，妳親口承認這是妳寫的考卷了嗎？」

李愛蓉有點想笑。

丁主任要是存心想包庇秦苒，李愛蓉沒有辦法搞出什麼大事，可惜秦苒這個人腦子有洞，丁主任都給她臺階下了，她竟然還死豬不怕開水燙，也不想想看，這種分數是她能考到的嗎？

丁主任皺起眉，有些緊張地看向秦苒，想讓秦苒明白他的意思。

秦苒確實看了他，不過沒有意會到他的深意，只是漫不經心地點了點頭，「如假包換。」

生怕秦苒反悔，李愛蓉先拿出自己剛出的下個月月考的題目給秦苒。

題目還沒出完，只有單選題跟填空題，但難度跟分量很夠了。不僅如此，她還找看熱鬧的幾個老師當場出題。

她先把英語考卷放在辦公室的空桌上讓秦苒做，也同時讓其他老師現場出題。當然，怕高洋包庇秦苒，李愛蓉沒有讓他出題，而是找了另一個數學老師。

丁主任急躁地看著秦苒，眉宇間擰著擔憂。但秦苒什麼也沒說，當她決定好好考試的時候，就預料到了這樣的情況。

她直接坐下，開始寫李愛蓉出的英語題目。

十五題單選題，跟二十題填空題。比期中考的題型還簡單，幾乎一眼就能看出答案，秦苒全部做完，花了不到十五分鐘的時間。

李愛蓉滿臉嘲弄地看著她，等她寫完，就連忙拿過考卷，從第一題往下看。看著看著，表情變得僵硬，從譏誚轉成了震驚。

丁主任一直觀察著動向，看到李愛蓉的表情變了，就隱約料到了結果。跟他預想的有些不同，他也很驚訝地抬頭看著秦苒。

與此同時，一個數學老師的題目出好了。這個數學老師也是教高三的，題目都是綜合型，十分有難度，運算也很複雜。

秦苒將三題全做完，沒超過二十分鐘，這還是因為她左手寫字特別慢。

那位數學老師不信邪地拿過考卷，到旁邊拿辦公室裡的考卷跟紙演算答案。算出答案後，他坐在辦公桌旁，滿臉複雜。

緊接著就是生物老師，他拿著秦苒的答案思考人生。他出的是四對染色體的遺傳學、光合作用與呼吸，還有細胞的超級化圖形。每一題都要大量的知識跟課外知識，尤其是遺傳學的推導，他就算是正常做，光那一題他也要用十分鐘畫出遺傳圖。

然而，秦苒在他的眼皮底下用十分鐘做完三道題目就算了，還全對。

這幾個老師沒說答案，但其他人已經從他們的表情中猜到了答案。

丁主任這次真的被嚇到了，看著秦苒半晌，都說不出話。

一旁的高洋顯然也沒有想到這個結果，他在那位出題的數學老師面前看看題目跟答案，時不時轉頭看著秦苒，像是第一次見到她。

整個辦公室內，最淡定的就是秦苒。

她捏了捏自己的手腕，抬眸笑道：「還剩化學，要請個化學老師來嗎？」

來看熱鬧的老師中並沒有化學老師。這麼多科考試裡，就只剩下化學還沒重考。

聽到秦苒的話，其他人都看著她，回不了神。尤其是李愛蓉，她自從拿到秦苒寫的那份英語考卷後，就忘記自己在想什麼了。下個月月考的考卷她沒有出完，但每一題她都是根據其他題型自創的，別說是秦苒，連她自己都還沒整理出答案。

她看著秦苒用不到十五分鐘做完的這三十五題，一時間震驚難言。

秦苒？她怎麼會做得這麼快？這個學生她還不清楚嗎？檔案上混亂一片，一堆前科，上課從來不會認真聽講，她怎麼可能會寫對？

辦公室裡，只有高洋第一個反應過來，他清咳了兩聲，但人還沒回神，「丁主任，我去叫化學老師來出題。」

其他老師也隨即緩過神來，面無表情地想，英語、數學、生物難道還不夠證明嗎？還叫什麼化學老師？再叫一個老師過來懷疑人生？

幸好丁主任也回過神來了。他沉默了一會兒才艱難地開口，臉上帶著和藹到不行的笑意：「高老師，不用再叫化學老師了，我相信秦苒同學沒有作弊。」

頓了頓，丁主任又看向辦公室裡其他的老師，問道：「你們有什麼意見嗎？」

其他老師連忙否定。他們哪會有什麼意見？這件事已經不需要再多說什麼了，秦苒有沒有作弊顯而易見。

主任轉過頭，又像慈父一樣地看向秦苒跟高洋：「你們先回去吧。」

高洋回到辦公室。

從那天改考卷時引起了數學老師們的轟動，就知道秦苒的數學考卷能讓一個數學老師多震撼。他盯著秦苒的答案卡，秦苒的字跡比開學的時候進步不少，也難怪他改考卷的時候沒認出來。

高洋正想著時，忽然間靈光一閃。他的手微微顫抖起來，半晌才讓自己平靜下來。

中午自習已經下課了，外面有不少學生在閒晃，高洋壓抑著自己顫抖的手，叫一個學生進來，讓他去找秦苒。

秦苒來得很快。她正微微低頭，拉起校服的拉鍊。

「高老師，您找我有事嗎？」秦苒收起懶洋洋的姿態。

高洋深吸了一口氣，秦苒能看到他搭在茶杯邊的手正小幅度地顫抖。

秦苒很意外，她抬了抬眸，額角的黑髮很自然地滑過眉骨。

「兩個月前，徐校長把妳託付給我們班的時候，」高洋的手頓了頓，努力讓自己的聲音聽起來不那麼飄，「順便給我看了一張去年的奧賽題考卷。」

高洋的手邊是秦苒的數學答案卡，他昨天在改考卷時，就已經看過無數遍的答案卡。

候德龍出的考卷一向很難，這次考試的最後一題，融合了候德龍出競賽題目的風格，最後一小題要是放在競賽題中都是魔王題。除了秦苒以外，全軍覆沒，連徐搖光都不能倖免。

但秦苒解出來了。

不可避免地讓高洋想起第一次在校長辦公室見到秦苒時，徐校長給他看的去年奧賽題的考卷。

那份考卷跟他現在手中的一樣，解題思路完美，邏輯縝密，步驟簡明扼要，拿分點一步都不少。

唯一不同的是，徐校長給他的那份考卷字體大氣恣意，文字功底深厚，一看就是有練過的，跟他現在手中的答案卡不一樣。

腦子裡輾轉想過無數個念頭，高洋得出了一個結論，目光落在秦苒放在校服拉鍊上的右手，炯炯有神：「秦苒，妳兩隻手都能用對吧？」

正常的左撇子，怎麼會用右手拉拉鍊？

秦苒拉拉鍊的手頓住了。半晌，她捏了捏自己的手腕，笑著說：「是啊。」

高洋握著茶杯的手發緊，不由自主地靠上椅背。半晌才讓自己平息下來：「妳參加了奧賽？」

但是不對，高洋一直都很關注奧賽，只要她參加，一定會拿到名次。他回憶了近兩年的奧賽，確定沒有秦苒的名字。

「因為一些事情，沒趕上。」秦苒「啊」了一聲，有些風淡雲輕，「老師，您別告訴其他人，我不是左撇子，但我也不打算用右手。」

「為什麼？」

秦苒垂眸，長睫覆蓋。半晌後，高洋聽到她有幾分沙啞的聲音：

「因為我的右手做過不可饒恕的事。」

下午第一節課是高洋的數學課。

秦苒回到教室，上課鐘聲已經響了，但班上還是不太安定。

一個中午過去，有些成績被公布出來了。

喬聲把腳放在走道上，手抵在唇邊開口：「知道嗎？我們學校有一個數學考滿分的。」

「靠，誰這麼變……態？」喬聲的同桌沉默半晌。

聽到這句話，還在看秦語傳來的考卷答案的徐搖光頓了頓。

他側了側頭，轉頭看喬聲。喬聲想了想，也問：「徐少，是你嗎？」

徐搖光搖頭，若有所思地開口，「我只有一百四十一分。」

喬聲的同桌被他那一句「只有」噎了一下，然後生無可戀地開口，「那應該只有潘明月了吧，這女的這麼變態嗎？」

一行人正說著，高洋從門口出現，班上討論的聲音瞬間消失，所有人的目光都在他身上。高洋手上拿著兩樣東西，一個是選擇題的答案卡，一個是後面大題的答案卡。把兩疊東西放到講桌上，他就轉身把一大張表格貼到黑板旁。所有人都知道那是排名表，但因為在上課，不敢離開位置。

高洋貼完後，讓數學小老師在講臺上發數學考卷。

分數由低排到高，大多數都在七八十分左右，分數很集中。

「林思然，一百一十九。」

分數唸出來的時候，全班轟動了一下，這是第一個超過一百分的。這麼高分，尤其是林思然的成績之前並不出色，全班都很意外，包括徐搖光也抬頭看林思然的方向。

「徐搖光，一百四十一。」

徐搖光上去拿考卷，卻沒從數學小老師手中接下來。他腳步一頓，清冷地看向數學小老師。

數學小老師本來以為發完徐搖光的考卷，就沒有其他考卷了，但徐搖光的考卷底下還有一張，他愣愣地看著最後這張考卷。

第三章　徐老的繼承人

半晌，數學小老師才反應到自己還沒把徐搖光的考卷遞給徐搖光。

他放開手，而徐搖光接過自己的考卷後走向座位。

數學小老師這才茫然地抬頭，似乎聽到了自己僵硬又古怪的聲音：「秦苒，一百五十。」

班上的人本來還在議論這次的數學考卷太難了，候德龍就是不想讓普通學生及格。

全班五十幾人，幾乎有三十個人在七八十分徘徊，還有十幾個人在九十幾分徘徊。剩下的寥寥幾個在一百零幾分左右，只有一個林思然異軍突起，考了一百一十九。

至於徐搖光的一百四十一，其他人雖然驚嘆，但他們同班三年了，早就知道了徐搖光的變態程度。人家是參加過數學奧賽的，怎麼能比？

直到數學小老師念出這一句話，全班陷入難言的寂靜。

喬聲舉起手，他以為自己聽錯了，站起來開口：「你多念了一個零吧？」

秦苒站起來拉開椅子，低著眉眼上來拿考卷。數學小老師把考卷遞給她，忍不住多看了她一眼。她的表情平靜，沒有過多的驚訝，眉宇間依舊低斂著往日的漫不經心。

她一直都是這種狀態，似乎有著少年人的傲狂，往日其他人都不敢惹她，然而今天在數學小老師眼裡，卻覺得有些說不出來的神祕。

全班依舊平靜。

考卷發完，高洋就拿著新考卷站在講臺上，手上拿著一支粉筆，語氣倒是一如既往的和藹：「大家這次數學考得很好，平均分數比上次高了不少，尤其是林思然同學，進步特別快。這次的題目特別難，大家不要灰心，高考是不會有這個難度的，全市只有我們班的秦苒同學考了滿分。」

班上依舊鴉雀無聲。

夏緋等人都不敢置信地看著老師。您是怎麼把秦苒同學考到滿分的這件事，說得這麼自然？

「班級排名、年級排名、市排名還有各科成績都出來了，大家下課自行查看。」高洋說完，繼續低頭講解題目。

題目很難，就算是選擇題，計算量也特別大，高洋用了一節課只講完四道選擇題。

下課鐘聲一響，高洋還沒走出教室，班上同學就急不可待地去看成績。以往他們都是衝著自己的成績去的，這一次，他們是衝著秦苒的成績。

很快，他們在第三排找到了秦苒的名字。

——秦苒，總分六百四十六，全班排名二，年級排名九，全市排名二十。

這些都不算什麼，最閃瞎眼睛的是後面那排單科成績。

國文，一百四十六，一，一，一。

數學，一百五十，一，一，一。

英語，一百五十，一，一，一。

化學，一百，一，一，一。

生物，一百，一，一，一。

在六科中，只有物理那一科極其顯眼。

物理，零。

這成績比徐搖光排名第二的成績還亮眼，除了物理那一欄零分的騷操作。

九班的人此時都回不了神，都統一看向正拿著手機，似乎在傳訊息的秦苒，眼神有點發愣。

林思然先找回了自己的聲音，但還是有些飄：「苒苒啊，我的眼睛是不是花了……」

秦苒傳著訊息的手指沒有停下來，「我好像說過，我的題目都是自己寫的，沒抄答案。」

林思然被秦苒噎住了。好像……確實……沒有說過……

九班的人這個下午都異常地沉默，接下來的三節課，每科老師進來都是三部曲。

第一，誇秦苒。

第二，誇徐搖光。

第三，誇林思然。

忽然出現了一個考到全市第一的黑馬學生，老師們都爽到不行，走路帶風。

與此同時，高三教學大樓下的辦公室——

陳老師拿著教材回來，其他老師紛紛恭喜。

「陳老師，恭喜恭喜，你們班出現了英語考滿分的學生，全市獨此一個，你們班這次的英語也有大幅提升，林思然也考了一百三十分，都不比一班差。」

陳老師已經笑了一下午，嘴角根本不下來，「都是學生自己努力的，我沒做什麼。」運氣好，當然是運氣好，其他老師心裡自然知道，陳老師才帶九班三天，能教九班什麼？但正是因為這樣，他們才更加眼紅，這是錯失了一個得意門生！之前拒絕過高洋的李老師心裡也懊悔不已，他臉上雖然笑著，心裡卻在發苦。

秦苒雖然有一門物理是零分，但辦公室裡的人都在猜她的物理肯定不差，只是不知道為什麼物理一題不寫。

「高老師，你才是人生贏家！」

老師們又轉而恭喜高洋，恭喜的同時，有人下意識地看向李愛蓉。

秦苒剛來衡川時，學校本來準備把秦苒給李愛蓉，但是李愛蓉堅決不要才分給了高洋。李愛蓉還因此當眾暗諷過高洋是個撿破爛的，而她的事業心有多強，辦公室的其他老師都心裡有數。

當初她不要秦苒，不就是為了衝業績？然而現在算來算去，她卻把一個頂尖的，可能是下一屆榜首的苗子親手推給了高洋。

當初徐搖光是自己要轉班的，李愛蓉為此還嘔氣很久，所以她對九班積怨已久。但現在沒人逼迫她，學校還曾經要把秦苒分到她的班級，卻被她親手拒於門外。

老師們自然知道老師的想法，尤其是李愛蓉這種野心強的老師，她還想得到下次的優秀教師。這件事本來板上釘釘的，現在發生這樣的事，這個優秀教師會不會是她還是個未知數。畢竟，秦苒的分數……物理暫時看不出來，但沒有意外的話，跟其他科差不多。

市榜首還只是小事，搞不好，秦苒到時候會拿個省榜首或全國榜首。若真是這樣——

所有人都下意識地看了李愛蓉一眼，李愛蓉那個優秀教師基本上是打水漂了。

而李愛蓉怎麼可能會不知道這些老師在明裡暗裡地打量自己。她被這些人打量到有些惱怒，又因為秦苒的騷操作，一口氣直接堵在胸口。

如果說秦苒跟徐搖光一樣，是她自己不願意來一班的也就算了，但她不是。李愛蓉很清楚，是她自己把秦苒親手推給了高洋。有什麼會比曾經被自己握在手中卻親手推拒的機會還令人窒息？

李愛蓉心思煩躁地拿著自己的包包，準備回家吃飯，但走不到兩步，就被一個學生攔住了。

「李老師，徐校長找您。」

學校裡神出鬼沒的徐校長？李愛蓉十分疑惑，開學兩個多月，她只見過徐校長兩次，還都是因為秦苒，不知道他找自己有什麼事。

李愛蓉拿著包包，又轉向校長辦公室。

而校長辦公室裡，丁主任也在，他正在跟辦公室裡的兩人解釋過程。李愛蓉推門進來時，很奇怪地，第一眼看到的並不是徐校長，而是坐在徐校長身邊的年輕男人。

他坐在椅子上，姿態有點懶，一手放在桌子上，一手拿著茶杯，指尖漫不經心地敲著杯沿。清舉獨絕，低垂的眼睛很懶散。

「聽說妳不教九班了？」徐校長百忙之中抬起頭，看了一眼李愛蓉，「因為秦苒同學？」

李愛蓉心下一驚，感覺有什麼不對勁。她不敢直接回答，只委婉地說：「我也不知道她……」

當初在看秦苒檔案的時候，李愛蓉著重看了兩個地方，一個是成績，那是一塌糊塗，另一個是家庭背景。李愛蓉只知道她有個生病的外婆，父親在寧海村打工，其他都很模糊，所以她毅然拒絕了這樣的學生。說不教九班時她也有考量，認為自己有辦法應對喬聲家，她的各項針對也只是針對秦苒，反正她眼裡，秦苒也翻不起多大的風浪。

李愛蓉正想著時——

「不管妳知不知道，我們學校的宗旨是以教學品質為標準，以情感教育為核心，妳知道自己犯了什麼大錯嗎？」徐校長將筆往桌子上一扔，開口道。

她渾身一僵。她知道自己錯了，但她當初以為學校不會為了秦苒這個人跟自己計較。畢竟秦苒的成績太差，而她帶的是一班，她根本想不到一向很少在學校出現的徐校長會管這種小事。

「這件事是秦苒自己開口的，我並沒有說不教他們。」

李愛蓉現在已經完全忘了秦苒的成績，背後冒出一陣冷汗。

「妳看看學校論壇怎麼說吧。」徐校長示意丁主任把手機給李愛蓉看。

李愛蓉拿著手機的手有些不穩，強逼著自己看完論壇裡的內容，臉上沒了血色。

程雋放下茶杯，看了一眼手錶後站起來，有禮地開口：「徐老，這件事您應該明白了，麻煩您解決一下，我得回校醫室了。」

他的表情很淡，但氣勢十足。從開始到現在只說了這一句話，卻讓人忽視不了。

徐校長站起來，點點頭，把程雋送出門外，「程少，慢走。」

等程雋走了，徐校長才看向李愛蓉：「李老師，不管從哪個方面來說，從身心各方面打壓一個孩子畢竟不好，因為妳是一班的班導師，在這個時候處罰妳對一班學生不太好，所以這件事暫且記著。」

徐校長說完就揮揮手，讓李愛蓉跟丁主任出去。

李愛蓉卻覺得渾身的血都在倒流，徹底涼透。

她不知道自己是怎麼出來的，這幾天外面的風很大，一吹來，她整個人冷到有些發顫。

她覺得自己往上爬的教師前途到此為止了，精緻的妝容也掩蓋不了她臉上的蒼白：

「丁主任，校長為什麼會突然管這件事？」

丁主任看著她，搖搖頭，實在忍不住開口：「妳應該記得，開學時我叫妳少去校醫室吧？剛剛那位程少就是校醫室的那位，他是秦苒的監護人。」

一直很忐忑的李愛蓉眼前一黑，忽然想起今天中午在主任辦公室時，丁主任就極其維護秦苒。那時候她還很疑惑，現在李愛蓉完全懂了。

「但我明明記得，秦苒的家庭資料上寫著她父親只是一個普通工人！」李愛蓉額頭冒出冷汗。

丁主任看了李愛蓉一眼，側過身，語氣很平淡：

「當初秦苒是徐校長招進來的，妳想想，徐校長什麼時候親自招攬過學生？」

李愛蓉完全愣在原地。當初不要秦苒，一是因為她的成績，二是因為她沒什麼背景，但是現在……

李愛蓉深吸了一口氣，現在的她只能希望秦苒的物理成績不好，至於高考省榜首什麼的……不是秦苒才能讓李愛蓉稍微平復心情。

不會是她，肯定不會是她，李愛蓉摸著自己的心臟，抿抿唇。

秦苒來學校兩個月，一開始以新晉校花之名揚名全校，每節下課都有不少人來瞻仰新校花，但秦苒通常不是趴著睡覺，就是用一堆書擋住自己，很少能看到她的臉。之後雖然每天都還是有人來，但數量明顯變少了。

而今天下午，整個高三都知道了秦苒那玄幻的成績，都前來瞻仰。當然，他們看不到秦苒的臉就直接進九班看九班的排名表，九班的人因此接待了一批又一批的人。

人又多又雜，秦苒忍到下課，把鴨舌帽扣到頭上並壓低到只能看到下頷，直接從後門出去，瞻仰她的人甚至為她開了一條路。

秦苒直接去了校醫室。

整間校醫室裡只有陸照影一個人，此時沒有病人，他只披著白袍，微微靠在椅背上。他看到秦苒來，立刻坐直身體，「秦小苒，放學了？」

秦苒整個下午被吵到頭痛，她坐在椅子上，垂著眉眼「嗯」了一聲，心情明顯不太好。

陸照影頓了頓。他也是今天逛論壇才知道前幾天秦苒那麼努力學習，是因為她那個英語老師。主要是陸照影沒見過這樣的老師。

論壇裡把李愛蓉跟九班發生的事情原原本本地寫出來，裡面還有幾個人說李愛蓉有多勢利眼。秦語明明比潘明月高，卻讓秦語坐潘明月前面，還讓潘明月教秦語學習，不過就是因為林家，還說了李愛蓉離開九班的過程。陸照影看完就覺得火大，現在還只是高中，老師的野心就這麼大？

想到秦小苒這個不愛學習的人為了這個老師把眼睛都熬紅了，陸照影就把這件事添油加醋地跟程雋複述了一遍。

此時看到秦苒低垂著眉眼，一身的氣息很頹廢，陸照影就想到今天應該公布考試成績了，秦小苒肯定是考不好。陸照影在心裡罵了那個李愛蓉好幾遍，然後低聲安撫地開口：「秦小苒，沒事，考不好又不要緊。妳想想，妳的電腦技術這麼好，又不是只有這一條出路。」

程木跟郝隊剛踏進校醫室，就聽到陸照影在安慰秦苒。兩人對視了一眼，程木面無表情地想著：他就知道，雋爺買的所有參考書都沒用；而郝隊一臉複雜地看著秦苒，顯然從那天過後，他就更不太懂雋爺看上她什麼了，不過因為戚呈均的警告，郝隊沒有開口說什麼。

就在這時，上次那個牙痛的女生又來了，她捂著半張臉，痛到不行。

陸照影暫時放下安慰秦苒的事，語重心長地跟那個牙痛的小女生說話，讓她趁早去找牙醫，怕鑽子也不能這樣。

不過那個女生只說了一句話就捂著臉，一直盯著秦苒看。陸照影也不奇怪，秦苒這張臉在一中太出名了。他也偏過頭，繼續安慰秦苒，「一次考不好沒關係，高考還有一年呢，妳以後努力，一定能考到大學。」

他正說著，一直看著秦苒的牙痛女生終於反應到他說了什麼，有些面無表情地看向陸照影。

陸照影摸摸下巴：「妳看我幹嘛？」

那女孩收回目光，張了張嘴，目光又瞥向秦苒，最後「嘶」了一聲。

「陸醫生，上次的止痛藥沒用。」

「牙神經發炎，就算吃神藥也沒用。」陸照影又扔兩顆止痛藥給女孩，靠上椅背，「長痛不如短痛。」

陸照影繼續幫這女孩寫假單，一邊寫還不忘安慰秦苒，「到時候，就算妳考零分也沒事。」

他翹著二郎腿，隨意地說著。

陸照影其實還有其他思量——到時候秦苒就算沒考到大學，他跟程雋都有辦法，不過陸照影不打算跟秦苒說這些。

而秦苒低頭看著手機，聽到陸照影的話，漫不經心地隨口應著：「喔。」

卻不知道陸照影的話在程木和郝隊兩人的內心丟下一塊巨石。他們非常有默契地對視一眼。

聽陸照影的語氣就知道他的潛意思就是，秦苒不管考多少分都能進京城。不說程家，光是陸照影一個人，想要在京大拿到學生名額也不是什麼大事。最重要的是，陸照影肯定會把秦苒塞到電腦系。數來數去，秦苒也只有電腦厲害了。

想到這裡，程木看了秦苒一眼，眼神裡有著一絲明顯沒什麼收斂的羨慕。想當年，他拚到頭都禿了才被程金帶著勉強考到了京大，這還是因為他有十分加分，不過他因為分數不夠，沒考到政法系，被調到了考古系，而秦苒躺著都能去電腦系。

秦苒本來一手撐著下巴，一手拿著手機，慢悠悠地不知道在跟誰傳訊息。感覺到程木看過來的目光，她偏了偏頭，手上沒停，眉卻挑起來：「有事？」

「沒。」程木收回了目光。

程木嘴上不說，心裡卻在瘋狂吐槽：妳這個傻子，妳知不知道剛剛陸少對妳允諾了多大的一塊蛋糕！妳竟然還能這麼淡定！

果然，人跟人是有差別的。程木低頭開始傳訊息給程金——

『啊！』

『啊啊啊啊，檸檬精上線.JPG。』

坐在他身邊的郝隊想的也差不多。只是因為戚呈均不輕不重的警告，他不太敢表現出來，也拿著手機，伸手滑到好幾天前他沒回的訊息，上面寫著：

『你別看不起她，雖然她考不上大學，但是陸少都說了，考不上也會幫她留一個京大的名額。放心，你明年一定會在京城看到她。』

這時，陸照影已經幫那個同學寫好了假單，讓她明天拿著請假單去找老師請假。

那女孩慢吞吞地接過請假單，忸怩躊躇著就是不走。就在陸照影懷疑這女孩是不是要找自己告白時，那女孩忽然抬頭：「陸醫生，您能不能給我一張紙跟筆啊？」

她因為腫著半邊臉，說話有些含含糊糊，不太清楚。

陸照影順手撕了一張紙給她，又把剛剛寫假單的筆扔給她。

那女孩接過紙跟筆，站起來醞釀了半晌，然後走到秦苒面前，把手上的紙跟筆遞給秦苒，恭恭敬敬地說：「秦學姊，能幫我簽個名嗎？」

正在按手機、傳訊息的秦苒一臉茫然地抬頭：「……？？」

第一次被人提這種要求。

秦苒頓了頓，沒什麼表情地看向那個女生，想了想就伸手接過來，用左手簽了兩個十分工整的字後遞回去。

因為牙痛，那女生的臉上基本上沒什麼表情，懨懨的，接過秦苒的簽名後雙眼一亮，低頭十分認真地摺好，非常小心地放進了口袋。

校醫室的三人相互看了一眼，幾乎都是一臉呆愣。

陸照影一向話多，他翹著二郎腿，挑著眉看那個女孩說：「妳跟秦小苒要簽名幹嘛？她是什麼明星嗎？」

郝隊跟程木都有些好奇地等著女生回答。

「我數學不好，」女生看了一眼陸照影，「準備拿秦苒學姊的簽名回去拜拜。」

「妳數學不好，不應該拜候德龍嗎？妳拜她幹嘛？」陸照影下意識地問。

沒錯，問出了他們的心聲。郝隊跟程木兩人在心裡點頭。

而秦苒自身難保。

「因為秦苒學姊這次期中考，把候德龍出的變態考卷考到了滿分。」那女生收回目光，忍不住又看了秦苒一眼，小聲開口：「全市只有她一個滿分呢。」

連候德龍都能征服的女人，高二、高一知道消息的學弟妹們，又在校花的名號上為秦苒添上極其神祕的一筆，想要拜秦苒簽名的人可不只她一個。

校醫室一靜。

陸照影的手頓了頓，用手掏掏耳朵，然後看向那個女生：

「抱歉，我覺得我剛剛耳朵可能有問題，妳說什麼？」

「秦學姊的數學考了滿分，全市唯一一個滿分，考得比高三的徐搖光還好。而且聽其他學長說，秦苒學姊不僅是數學滿分，生物、英語、化學都是滿分。」女生說完，跟秦苒說了一聲，又跟陸照影道了謝才捂著臉頰往門外走。

「小徐少也在這裡？」郝隊低聲開口。

程木點頭。

小徐少是徐老的孫子，繼承了徐老的天賦，小學時，數學在他們圈子裡就是無人匹敵，如雷貫耳。

「秦苒不僅考了滿分，還是在小徐少沒考到滿分的情況下，考了滿分？」郝隊心裡湧起一股難以形容的震撼。

郝隊下意識地低頭看手機，看著自己剛才傳出去的訊息：『**京城裡隨便找一個人的智商都比她高吧。**』

啊，臉好痛。

他收回這條訊息，然後抬頭看向秦苒，這個人以後要是到了京城……

程雋回來時，就看到秦苒坐在一旁玩遊戲，其他三個人則在思考人生。

「怎麼回事？」他脫下風衣外套，低頭把襯衫的袖子挽起來，眉眼清然。

陸照影跟他說了秦苒的成績後，程雋也沉默了一下，然後看了秦苒一眼，唇稍微抿起。

很好。

秦苒默默抬手把頭上的鴨舌帽壓低，試圖遮擋程雋的眼神。

「雋爺，我們這邊有消息了。」郝隊站起來，神色嚴肅地將查到的資料遞給程雋。

程雋收回目光，坐到一旁，伸出一隻手慢悠悠地翻看。陸照影則拿出手機看學校的論壇。

「啊，對了。」陸照影看到熱門貼文都是膜拜學神、膜拜秦苒的，不由得笑了，「秦小苒，妳考得這麼好，得給妳獎勵啊。」

說完，他手機扔到桌子上，然後起身去櫃子旁，打開有密碼鎖的櫃子，從裡面拿出幾張門票。

「給妳，陽神的表演賽門票，我也是欠了好大的人情才拿來的，沒有人會有比我更好的票。」

陸照影不追星，但他喜歡玩遊戲，九州遊是他唯一玩的遊戲，而ＯＳＴ是他唯一喜歡的戰隊。九州遊這款遊戲的普及度很高，戰隊裡五個人的熱度不亞於一般明星。尤其是隊長楊非，隨便一則動態都能有六七萬則的評論，那張臉被粉絲們戲稱為可以靠臉吃飯，偏偏要靠才華，顏值直逼現在演藝圈無可爭議的第一顏值擔當，秦修塵。這樣的熱度連普通的二線明星也很難達到，介於二線跟一線之間。

可想而知，他們表演賽的門票可謂是一票難求，陸照影怎麼可能搶得過那些瘋狂的女粉們。不過表演賽還有幾天，網路上的票還沒開賣，陸照影能拿到這幾張票，背景也不會簡單到哪裡去。

秦苒若有所思地看著陸照影獻寶似的給她的門票。

「秦小姐，妳收下吧。」程木回過神來，「這些票真的很難拿到，ＯＳＴ戰隊是雲光財團旗下的，雲光財團妳知道吧？亞洲第一財團，他們不缺錢。」

秦苒放下手機，沒什麼情緒地開口：「那我更不能拿。」

「為什麼不要？妳不是陽神的粉絲嗎？」陸照影硬將門票塞到她手裡。

秦苒抬起頭，好看的眉眼緊鎖著。她看著陸照影，似乎在困惑她什麼時候變成陽神粉絲了。

陸照影則靠在她身邊的桌子上，低頭笑著，眉眼有股傲氣，「還瞞我？」他伸手點了點秦苒頭上的黑色鴨舌帽，「妳要不是ＯＳＴ的粉絲，會做一個他們的內部高仿帽？」

聽到陸照影的話，秦苒不由得伸手摸了摸頭上的鴨舌帽。

「很多粉絲都會做他們的高仿帽，到時候去看表演賽時，妳會發現每個人都有一頂。他們從來不出周邊，這種帽子只有內部人員有。」陸照影顯然很有經驗，他伸手要拿下秦苒的帽子：「他們內部的帽子後面有一個獨家編號，是高仿帽沒有的……」

陸照影不是很清楚ＯＳＴ內部的事，但也知道他們的隊員是雲光財團的人。雲光財團不缺錢，也從來不會利用ＯＳＴ戰隊來撈錢，所以粉絲想要他們的周邊都要自己做高仿，想要見他們只能去各種比賽。而梨子臺的綜藝節目在他們拿下冠軍後曾想邀請他們來，吸引一波人氣，主要是想要邀請顏值擔當的隊長楊非，但都被拒絕了，可以說是史上最慘的粉絲。因為這些表演賽的票也不多，每次才接近一千張，幾十萬的人搶這一千張票，不亞於千軍萬馬過獨木橋，他們也不搞黃牛之類的，想要票，只能靠手速跟網速。

這次ＯＳＴ戰隊的表演賽加起來有四場，陸照影自知自己搶不過，就讓程木找了一個內部關係，好不容易才拿到了三張票，另外還有表演賽加見面會的票，他也沒有拿到，所以他能拿一張給秦苒可以說是割肉了。而程木知道過程中的艱辛，所以剛剛才會叫秦苒收下。

秦苒面無表情地伸手按了按腦袋上的鴨舌帽，要陸照影別動。

「好吧，不動就不動，」陸照影收回手，「一個高仿帽就這麼寶貝，說妳不是粉絲我相信，真的。」他把手上的門票塞到秦苒手上。

秦苒低頭看著手上的票，想了想，還是慢吞吞地塞進了口袋，陸照影還叫她拿回去就要鎖起來，別被其他人看到了。

另一邊，程雋跟郝隊的事情談得差不多了。

「資料還差一點。」程雋拿來電腦就放在桌子上，然後偏過頭看向秦苒，手敲著桌子，不緊不慢地說：「等妳弄完，讓他送過去給錢隊。」

因為之前秦苒要考試，那幾天程雋都沒讓她參與這件事，秦苒坐到電腦前，低頭開始工作。修長的手指按著黑色的鍵盤，極其分明，整個校醫室只剩下敲鍵盤的聲音，她低下的側臉極其認真。

郝隊站在秦苒身後看著她。實際上他到現在都還沒有回過神，他看著面前的秦苒，跟他一直以來認為的相差太大了，總覺得有些陌生。

這時，程木的手機響了。他看了一眼，是程金，走到外面接起來。

程金的手邊有一堆參考書，語氣沉緩地說：『雋爺要的參考書要寄過去嗎？』

程木頓了一下。若是以往，他肯定會說要馬上寄過來，但是現在……

他看了一眼玻璃門內，沉默半晌後開口：「你等等，我問問雋爺。」

秦苒還在篩選數據，程雋半靠在桌邊，垂著眼睫。

程木想了想，走到他身邊壓低聲音說：「雋爺，程金的電話，問那些參考書……」

「寄過來吧。」程雋沒抬起眼眸，聲音清遠。

程木點點頭，拿著手機又出去跟程金說話，「雋爺讓你寄過來。」

『好，不過那麼多，做得完嗎？』程金看著手邊的一堆參考書，想起程木跟他說過的話，又緩緩開口：『就算要抄答案也很費力吧。』

「能，秦小姐能做完。」程木有些心累地開口。

『這幾天，你叫秦小姐越叫越順口了，看來她很不錯？』程金想了想，程木前陣子雖然也會叫她秦小姐，但跟今天的語氣不太一樣。

程木「啊」了一聲，「明年你們就知道了。」

——晚上。

晚自習時，九班的人一個都沒少。這時候通常都沒有課，物理老師卻捧著一個保溫杯，慢悠悠地晃過來，為他們講解了兩題選擇題，計算公式布滿了整面黑板。

過程中，物理老師誇了徐搖光，又著重於誇獎林思然：「林思然同學進步得異常快速，老師非常看好妳。」

九班的人整個下午都在聽老師們誇獎林思然他們，完全免疫了。

等到下課後他才跺著步伐敲了敲秦苒的桌子，咳了一聲後開口：「秦苒，妳來辦公室一趟。」

今天依舊有點冷，還有風，秦苒穿著灰色棉衣，聞言就抬起頭，伸手把課外書扔進抽屜。

到了辦公室，物理老師放下手中的教材：

「秦苒同學，妳是不是對我非常不滿？為什麼物理考卷一題都不寫？」

他指著成績單最後一排，非常顯眼的「０」字。

秦苒低下頭，模樣很乖又很正經，「報告老師，我不會。」

物理老師：「……」我相信妳才有鬼。

班上的人看著她跟老師離開，湊在一起討論起來。

「就知道物理老師肯定會找她。」喬聲抬起頭，往後面一靠後挑起眉。想了想，他又戳戳徐搖光的背：「徐少，你說秦苒為什麼物理一個字都沒寫啊？她是不會，還是騷操作？」

徐搖光看著教室門口的方向，目光依舊清冷地搖搖頭：「不知道。」

好吧。喬聲想不通就放棄了。

「啊，喬聲，你看這個貼文，開始拜學神了。等等，我把苒姊的數學考卷傳上去。」喬聲的同桌去找林思然拿秦苒的考卷回來。

幾個人嘻嘻哈哈地聊著，後排忽然有人想起了一件事，「聽說我們班有新生要轉進來。」

「你怎麼知道？」喬聲的同桌好奇地開口，都高三了還有人陸續轉來，他們班今年特別熱門。

「晚上吃飯時，我聽我叔叔說的。」何文同學是丁主任的親戚，暫時住在丁主任家，「他跟我嬸嬸說本來要放在一班，但是因為李魔頭那件事，又放到我們班了，是個女生。」

喬聲微微翹著腿，並不好奇這件事，只戳著手機，「你們有誰搶到OST的票嗎？」

他一開口，全班大半部分的人都長嘆一口氣。

秦苒吃完飯就回教室了。

校醫室裡，陸照影吃完飯，靠在沙發上開始喝茶，忽然想起一件事。

他一下子站起來，打開手機，翻出一中的論壇，手快速地滑著，終於翻到了自己要找的評論。手點著那條評論，半晌沒回過神。

「陸少，怎麼了？」程木正在跟郝隊說話，兩人都看向他這邊。

「我在看一中的論壇，說秦小苒的數學是唯一一個滿分，比徐搖光還要高。」陸照影現在才反應到這些事。

程木點點頭，「是啊，所以我們之前聽到的時候很詫異。」

「她一百五十，徐搖光一百四十一。」陸照影的腦袋轉過來，「這些題目是奧賽題，是候德龍出的，這是不是代表她數學的邏輯思維比徐搖光還強？」

程雋正在弄自己的人體模型，聽到陸照影的這一句，他頓了頓。

「應該是吧？」程木跟郝隊相互看了一眼。

他們搞不懂，陸照影遲鈍就算了，怎麼反應還這麼大？

但陸照影沒跟兩人解釋什麼，他震驚的不是秦苒考得比徐搖光高，而是另外一件事。

「徐老這麼多年來一直沒找繼承人，甚至離開了京城，在這裡當校長，」陸照影靜了一下，看向程木兩人，「你們說徐老待在雲城，是不是是想叫秦小苒做他的繼承人？」

徐校長早就跟他們說過他找到了一個繼承人。他跟程雋一開始懷疑過徐校長說的是不是真的，畢竟兩人翻遍了雲城，也沒找到一個可能被徐老看中的人，直到今天，他被一個驚雷炸醒。

其實想一想，這一切也不是無跡可尋——徐校長怎麼會認識秦苒？還有秦苒手受傷的那次，徐校長大驚失色，之後每天都會來校醫室看秦苒的手。

陸照影坐回沙發上，拿起杯子灌了一杯冷水，試圖讓自己冷靜。

「不會吧？」郝隊看了一眼陸照影，搖頭：「京城那麼多人他都沒看上，數學比她好的人也不少，A大數學研究院都是一群研究數學的狂人，徐老挑繼承人又不只是看計算邏輯。」

京城有多少人盯著徐老繼承人的位子，要是就這樣被這種不聲不響的女生拿走了，要把研究院的那些人往哪裡擺？

「還有，以徐老的身分再加上他的繼承人，別說她是個普通人了，就算是京城的那些人也拒絕不了吧？徐老如果真的有這個意思，她現在早就去京城了，還會在雲城？」郝隊覺得陸照影想太多了，不管徐老怎麼選，也不會放棄京城那一堆青年才俊，來雲城這裡找一個高中生。

反正無論從哪方面來說，郝隊跟程木都不太相信。畢竟如果真的是這樣，京城都要引起震盪了。

郝隊想了想，繼續說：「陸少，徐老要是真的在雲城找了一個名不見經傳的人回京城，徐家人也不會服氣吧？」

陸照影坐在椅子上不動，低著頭似乎在思考什麼。而郝隊跟程木互看了一眼，乾脆去取車過來。

兩人離開後，陸照影這才抬起頭，不自覺地摸了一下耳釘，側頭看向程雋：「雋爺，你說當初徐老跟我們說的那個繼承人，有幾分可能是秦小苒？」

按照情理上來說，確實不太可能。徐老在京城的地位與秦苒相比，就像是大象跟螞蟻。

你說一個大象會找一個螞蟻當繼承人嗎？如果不是因為徐校長跟他們說過物色到了繼承人，陸照影也不會想到這一點。

程雋拿起放在桌子上的銀針，低著眉眼，似乎在想什麼。他的表情一貫地慵懶，但總能讓人信服。

半晌後，他才理直氣壯地開口：「不知道。」

陸照影：「……」

*

錢隊的辦公大樓——

錢隊他們查起案子來就沒日沒夜的，大廳裡現在人影穿梭，燈火通明。

「陸先生，」錢隊正在跟別人開會，看到三人就從椅子上站起來，順手接過程木手中的文件：「秦小姐這幾天在做什麼，這麼忙，今天才有空？」

聽到錢隊說起這個，程木沉默了一下才略顯疲憊地開口：「她要考試，前幾天在複習。」

錢隊點點頭，沒說什麼。只有涉及到秦苒的時候他才會多話。

他拿著資料就要去找技術人員，而郝隊跟程木站在大廳中間，不敢亂動。

「錢隊，你就這麼相信秦小苒？」陸照影端起了一杯茶，狀似無意地開口：「錢隊，她才高三，你們以前是怎麼認識的？為什麼你們好像都很尊敬她，只要涉及到她，就絲毫不懷疑？」

「以前一個案子認識的。」錢隊言簡意賅。

「三年前的一個案子嗎？」陸照影側過身看著錢隊，壓低了聲音。

錢隊沒說話。

「那就是她了，三年前你們在寧海鎮的案子，那個撼動刑偵界的追蹤調查跟她有關吧？」陸照影看向錢隊，目光炯炯，「秦苒究竟是誰？」

錢隊頓了頓，「陸先生，無可奉告。」

陸照影本來也只是隨便說說，沒想到錢隊的反應還有點大。他看著錢隊離開的背影，不由得伸手摸摸耳釘，陷入深思。

——翌日，星期三，上午最後一節，生物課。

生物老師一臉喜氣洋洋地把考卷翻開。

「我們昨天講完了選擇題吧？今天我們從最後一大題講起，最後一題是遺傳圖，一共要設計四個遺傳基因、四個顯隱性位置，有點複雜，我們先請一個同學幫我們疏通一下……」說完，生物老師的目光在教室裡轉了一圈。

秦苒拿著筆的手一頓，面無表情地把頭藏到一堆書後面。

生物老師灑然一笑：「我看到同學躍躍欲試的目光了，好，秦苒同學，就是妳了！」

……不是，你什麼時候看到我躍躍欲試的目光了？

秦苒抬手把筆扔到桌子上，拉開椅子站起來，沉默又冷淡，眉宇間似乎籠罩著一團黑氣。

九班的學生已經見怪不怪了，現在秦苒平均每節課都要被點名三次。

做完這題，秦苒坐回座位，翻出一本原文書來看，生物老師看到了，但也沒說什麼。

下課之後，秦苒慢吞吞地等其他學生離開。其他人知道她的習慣也都沒打擾她，卻沒想到李愛蓉正站在教室門口等她。

秦苒抬起頭，一雙漆黑的眼睛盯著李愛蓉看了半晌，看得李愛蓉不由自主地往後退了一步，秦苒才露了十分吊兒郎當的笑，把鴨舌帽扣在頭上，雙手插進口袋，「李老師，您找我有事？」尾音輕佻又刺人。

「秦苒同學，上次的事情，老師要向妳道歉。」李愛蓉低下頭。

秦苒原本以為她是來找麻煩的，沒想到是想跟自己道歉。她挑了挑眉，看著李愛蓉道完歉就落荒而逃的身影，摸了摸下巴。她有些疑惑，李愛蓉這種人，現在應該在某個地方暗暗詛咒她成績下滑，或者物理成績不好才對，怎麼會突然來跟自己道歉？

秦苒還來不及想什麼，手機忽然響了一下，她看了一眼——是寧晴。

沒接，直接掛斷。

與此同時，雲城醫院。

寧晴放下手機，皺眉幫陳淑蘭拉了拉被角，「苒苒沒接我電話。」

陳淑蘭閉著眼睛，臉色不太好看。

「那就別讓她去了，她還在高三，明年要高考，這一來一回太久了，浪費時間。」

聽到陳淑蘭這麼說，寧晴拉著被角的手一頓，嘴角輕輕抽搐了一下，想說秦苒她上不上課有什麼區別嗎？但陳淑蘭有病在身，她也不想在這件事情上多說，只說：「帶她去一趟京城也好，京城遠比我們雲城繁華，去那裡一趟，也讓苒苒見識一下，說不定回來就會努力讀書、想要考京大了，或者答應封家去封氏。」畢竟封家在京城也占了一角。

「有什麼好見識的。」陳淑蘭的眼睛微微閉著，聲音也有氣無力的，「林家在雲城還算得上是地頭蛇，去了京城，無論在哪裡都綁手綁腳，有哪裡好？」

聽到陳淑蘭這麼說，寧晴的心情忽然很煩躁。

當年她跟秦漢秋結婚時，看上的就是秦漢秋的臉，可惜秦漢秋光有一張臉，並不上進，一輩子的目光只在寧海鎮這個小地方。至於陳淑蘭的眼界一直都很低，她跟寧晴說秦漢秋很老實，但老實有什麼用？現在誰讀大學不往大城市跑？誰會甘心待在一個鄉村城鎮？

所以寧晴才會跟秦漢秋離婚，才能找到林家。

「媽，您就別說了，您懂什麼？苒苒就是跟您待在一起久了，個性才會跟您一樣。」寧晴打斷了陳淑蘭，「我待會兒去問問苒苒。」

陳淑蘭的精神不好，她也知道寧晴一向很貪心，所以不再跟寧晴多說什麼，直接閉上眼睛睡著了。

寧晴一直待在醫院，等到陳淑蘭睡著後才輕手輕腳地站起身。她沒回去，而是去了陳淑蘭的主治醫生的辦公室，敲敲門。

「有事嗎？」主治醫生停下手中的筆，詫異地看向寧晴，又指了指對面的椅子，「坐。」

寧晴坐好，把包包放在腿上。

「醫生，我媽的病究竟是怎麼回事？前幾年還好好的，怎麼輻射這麼嚴重？我問過了，老家那邊也沒有化工廠這些東西。」

「不是近幾年，應該是十幾年前就受到了輻射，期間應該也有一直在吃藥，」醫生手扶了一下眼鏡，「不過因為最近這幾年她的身體陷入衰老期，這些病狀才會一併爆發出來。」

「那……」寧晴抿抿唇，又想起一件事：「CNS，這種藥真的很難拿到嗎？」

「很難。實驗室的實驗藥，我們醫院現在是拿不到的，」醫生正了神色，「只能靠秦小姐。」

聽到醫生這麼說，寧晴的臉色更加複雜。

現在陳淑蘭的病好轉了之後，寧晴才有心思想其他的事情。那種實驗藥連林錦軒都無法在短時間內拿到，秦苒的朋友是怎麼拿到的？她怎麼會有這種朋友？什麼時候交的？

寧晴跟醫生聊完後，又回病房待了一下午，等到一中快放學時才離開病房，又打了一通電話給秦苒，沒接通。

她叫司機開車帶她去一中找秦苒。

——一中，下午放學。

秦苒又被老師叫了一下午，跟她所預料的情況一樣，所以有些心累地半靠在牆上。

「苒姊，要一起去食堂嗎？」喬聲一行人在商量怎麼混入ＯＳＴ的表演賽，多留了一會兒。

秦苒想了想，把鴨舌帽放在抽屜裡，又慢悠悠地拿起保溫杯，「我去校醫室。」

因為去食堂又會被一群人圍觀。

喬聲點頭，他最近也不太喜歡去食堂，「那我們一起下樓。」

一路上，喬聲跟何文都在聊楊非的事。

「我想起來了。」喬聲手上轉著的籃球一停，「苒姊，妳也是ＯＳＴ的粉絲吧？我們下個星期準備假扮成工作人員溜進現場，妳來不來？」

被硬貼上ＯＳＴ粉絲標籤的秦苒已經不反駁了，她懶洋洋地開口：「不去。」

三人走到樓下，看到正在路邊等著的沐盈。

「表姊！」沐盈朝秦苒使勁揮手，「學長好。」她身邊還有好幾個她的同班同學。

喬聲看了她一眼，漫不經心地嗯了一聲，有種少年人的輕狂。

秦苒也停了下來，語氣無波無瀾，只是微微瞇著雙眼，輕佻又銳意沖天，「什麼事？」

沐盈忍不住看了一眼喬聲，然後小心翼翼地開口：「大姨有事要找妳，在外面的路口。」

「我知道了。」秦苒沒表情地開口。

「苒姊，那妳先出去，我在這裡等妳。」喬聲微微低頭。

他在徵詢她的意見。

秦苒很淡定，她將手插進口袋，沒什麼表情地說：「不用，你去打球吧。」

「好吧。」喬聲看到秦苒離開了，才拋著球去球場。

等兩人都走後，沐盈身邊的幾個人才有些不敢置信地說，「真的是妳表姊啊？喬少感覺好聽她的話。」

沐盈當然感覺到了，有些複雜地看向秦苒的背影，「嗯。」

寧晴的車就停在路邊，很好找。

「說。」秦苒直接拉開副駕駛座的車門坐進去，說話言簡意賅。

寧晴坐在後面，正拿著小鏡子塗口紅，抬起眼說：「就是，上次跟妳說去京城的事……」

一句話還沒說完，秦苒拒絕得很乾脆：「不去。」

「為什麼？」寧晴的手一頓，收起口紅。

她有些想不通，那麼多機會，秦苒說放就放。尤其是封家，最讓她心裡淌血的就是這件事。

她們都是她的女兒，現在秦語有著落了，寧晴希望秦苒也能有個底。

秦苒頓了頓，半晌才開口：「京城沒什麼好的。」跟陳淑蘭一模一樣的回答。

「妳就是跟妳外婆在一起久了，才會跟她一樣。」寧晴咬了咬唇，她現在有點後悔那時候把秦苒丟給陳淑蘭，才把秦苒帶出現在的個性。

秦苒有些不耐煩了，把手放在車門上。

「妳說，京城有什麼不好的？」寧晴看著後視鏡裡的秦苒。

「就是不好。」秦苒直接打開車門，雙眼稍稍瞇著，表情很暴躁，「別來找我了。」

她下了車，直接離開。

晚上，秦苒從校醫室裡慢悠悠地拎著一壺水出來。

快晚自習了，九班後面的一群人在興奮地議論什麼。秦苒咳了兩聲，坐回椅子上，難得看到喬聲跟徐搖光也在討論。依據喬聲所說，能讓徐搖光感到興趣的事情並不多。

秦苒慢悠悠地從抽屜裡拿出一本書，又扭開杯蓋。

「苒姊，妳知道嗎？我們班有新生要來。」喬聲看到秦苒，立刻朝她揮手，神色興奮：「妳知道是誰嗎？」

秦苒沒什麼興趣。她翻開書，心情不太好地回答，「不知道。」

班上的其他人也很疑惑，只是有個新生，喬聲的反應有點太大了，這個新生是不是有點名聲？

「喬聲，苒姊都來了，你就別賣關子了。」有人催促道。

喬聲看了秦苒一眼，一隻腳放在自己的椅子上，勾著唇笑：「女生，孟心然。」

「我靠，竟然是她？」

「我記得她不是跟ＯＳＴ戰隊一起在京城嗎？怎麼會來我們學校？」

「應該是回來高考的吧。」

班上大部分的人好像都聽說過孟心然，紛紛騷動著。

喬聲說完後，餘光看向秦苒，秦苒依舊低斂著眼眸，手中慢悠悠地翻著書，聽見他的話，臉上的神色卻沒有一絲變化。喬聲頓了頓，很是疑惑，難道他真的猜錯了？苒姊並不是ＯＳＴ的粉絲，要不然怎麼聽到孟心然要來，半點反應也沒有？

一行人吵吵鬧鬧的，直到第一節晚自習開始才收斂。

因為剛考完試，考卷上出現了很多新題型，又難又很花時間，老師們上課需要的時間不夠，最

第三章　徐老的繼承人

近兩天都是占用晚上的晚自習。

物理老師又揹著手走進了九班，把考卷往桌子上一放，只講了一個填空題，既要分析各種磁場、各種粒子運行軌跡，又要分析各種力……複雜又繁瑣，一道題目講完，一節課的時間所剩不多，物理老師就放下了考卷，不再講解題目，他就在教室裡走來走去，最後停在秦苒跟林思然這一排。

秦苒桌子上依舊擺著一本原文書。

她一隻手撐著下巴，一隻手捏著書的一頁，眉眼懶洋洋的，看得出來是強行睜著眼，眉眼還有些不耐煩。

物理老師的腳步頓了頓，然後把手中的考卷捲起來，語重心長地說：「有些人啊，物理要是好一點，想考第一還不容易嗎？物理要是考個滿分，說不定省榜首都能拿到手，到時候多少名門學校等著妳來挑……」

班上其他人本來在重算物理老師剛才講解的題目，聽到物理老師又開始了，好幾個人都忍不住趴在桌子上笑。

喬聲接下一片坐在走道旁的男生遞過來的洋芋片，咬了一口。想了想又用筆戳徐搖光的背：「徐少，你說秦苒到底會不會物理啊？」

徐搖光的神色冷淡，聽完喬聲的話，他頓了頓，然後抬頭看了一眼秦苒，眸裡似乎有些波動，最後搖頭：「不知道。」

「苒姊這波操作太騷了。」喬聲沉默了一下，然後縮回手，靠上椅背，「你說一個字也不寫是什麼意思？讓人看不出來她的物理到底好不好嗎？」

當然，他們沒有人在猜秦苒到底會不會物理，畢竟其他科都那麼好，物理肯定會，就是不知道是不是也跟數學一樣逆天。

喬聲下意識地看向秦苒，對方依舊垂眸在看一本外文小說。

「喬聲，孟心然什麼時候來我們學校啊？」喬聲的同桌靠過來問孟心然的事情。

喬聲收回了目光，「不知道，你叫何文去問他小叔。」

——林家。

「心然，多吃點獅子頭，家裡的廚師知道妳要來，特地做的。」林麒坐在主位上，一身儒雅。

「謝謝姑丈。」

說話的女生穿著米色棉衣，黑長髮。袖子挽起來一截，露出一支銀色的精緻手錶，上面有幾顆不同花色的寶石點綴著，一雙手白皙纖長，看得出來是精心養育。她的話不多，但言辭跟一舉一動之間卻自帶高高在上的感覺，這是雲城富家千金所沒有的一種氣質。

寧晴跟秦苒沒談攏，回到林家時整個人都很疲憊，在飯桌上沒開口。

孟心然吃了幾口就放下筷子，抽出一張紙巾擦擦嘴。

林麒伸手夾了一筷子的菜，偏頭看向寧晴：「語兒的表演賽開始了嗎？」

「小姑已經在安排了。」

因為孟心然在，寧晴在飯桌上頗不自在，總覺得孟心然是一面鏡子，映照著她所有不妥之處。

「昨天晚上沈老爺子還聽了語兒的現場演奏，她下個星期有個表演賽，希望能拜師成功。」說起這個的時候，寧晴臉上才有了笑意。

「我也聽婉兒說了，沈老爺子很喜歡語兒。」林麒點點頭。

孟心然一直沒什麼開口說話。她跟寧晴之間也確實很尷尬，她是林錦軒的表妹，她的小姑本來應該是林麒的老婆，但小姑死後，就變成了寧晴。

她聽到林麒的這一句話，這才抬起頭，「沈家？」

寧晴拿著筷子的手一緊，笑了笑，「是啊。」

「沈家在電子網路的行業中，還是很有地位的。」孟心然淡淡開口。

「夫人，表小姐早就被雲光財團內定了，以後肯定是要去雲光財團工作，所以對電子網路行業十分了解。」張嫂端了一杯茶過來給孟心然，笑著開口。

雲光財團？那是什麼？

寧晴有些不解，但她跟陳淑蘭不一樣。她疑惑，卻不會表現出來，還會裝成自己很懂的樣子。

她笑了笑，「那真好。」

孟心然端起茶杯抿了一口，看了眼寧晴，似乎看穿了寧晴的內心，卻沒再回答。

寧晴臉上的笑漸漸僵硬。

「姑丈，我吃完了，先上去休息，今天趕飛機有些累。」孟心然喝完茶，將茶杯放下後起身，朝林麒開口。

林麒點頭，聲音溫和，「去休息吧，明天早上我送妳去找丁主任，什麼時候要去上課就看妳吧。」

秦苒過來時只有司機接送，而孟心然，林麒就算放下手邊的工作也要去接送，由此可見差別。

等孟心然上了樓，寧晴的表情還很恍惚。她不知道林麒亡妻的情況，林麒跟林錦軒每年過年都會去亡妻家那邊，但從來不會帶寧晴去，她知道的有關林麒亡妻的資訊，都是林家人提的，聽說是一個極其完美的富家千金，本家這幾年還搬到了京城。

寧晴知道自己除了一張臉，什麼都比不上林麒的亡妻，所以極其重視秦語的教育，而秦語也不負所望。這麼多年來，寧晴第一次見到林麒亡妻那邊的家人，心裡有點不好受，一頓飯都沒吃幾口，直到晚上跟秦語視訊之後，寧晴才恢復過來。

次日，林麒帶孟心然去找丁主任。

「因為出了一些事，暫時把孟小姐從一班改到九班，」丁主任端著一杯茶，笑了笑，「林先生、孟小姐，你們覺得可以嗎？」

孟心然穿著黑色的外套，挽起袖子，露出一截手腕。

「對我來說哪一班都無所謂，丁主任，這是我的檔案。」孟心然直接拿了一個檔袋給丁主任。

丁主任隨手接過來，打開一看，裡面是一份非常漂亮的履歷，孟心然看起來外語不錯，還參加過演講比賽，其他科要是在一班都是佼佼者，是有可能爭奪市榜首的黑馬。這份檔案要是放在雲城一中或者其他學校，一定能引起他們的高度重視。

但是——孟心然非常不巧地來到了衡川一中。

先不說潘明月這個一直默默無聞，卻非常穩定的可怕黑馬；再者就是徐搖光，每科都極其恐怖，還曾經跟高洋去國外參加過奧賽，最後就是這次期中考突然殺出來的超級黑馬秦苒，除了物理，其他每科都比徐搖光還恐怖。

孟心然的成績雖然好，只是暫時連潘明月都比不上，丁主任都看過把候德龍的考卷考到滿分的秦苒了，所以在看到孟心然的考卷時，他的表情還滿平靜的。他隨意翻了翻，就放到了一旁。

「待會兒去輔導老師那裡領一套校服，明天或者下個星期一就能去九班報到了。」

孟心然的目光追隨著她的檔案。見到丁主任臉上似乎沒有任何波動，孟心然有些不懂丁主任是沒有認真看自己的檔案，還是忍住了震驚。

一中還在上課，校園內沒什麼人走動。林麒帶孟心然去領了校服跟書本，現在才問她：「妳準備明天來上課，還是星期一再來？」

「星期一吧。」孟心然戴上一個寬大的黑色墨鏡，回道：「不想被一群學生騷擾。」

林麒知道她是校園小明星，笑了笑，「這不是代表妳的人氣高嗎？」

十一月初，氣溫變化大，早晨的時候下了一層霜，中午卻很熱，晚上突然又有了寒意。

秦苒晚上放學來校醫室的時候，很騷地只穿了一雙涼鞋，裡面依舊是長袖襯衫，外面一件校服外套。程雋從裡頭拿出一雙新的拖鞋給她，看著她換拖鞋，他就靠在門邊挑著眉，聽不出語氣地說：「騷啊，苒爺。」

秦苒吸吸鼻子，擺手：「還好，還好。」

程雋臉上沒什麼表情，只懶懶散散地靠著牆，「妳的衣櫃裡只有校服？」

夏天是校服，秋天是校服，快入冬了，還是校服。

「啊，我窮。」秦苒的雙眼微微瞇起。

她不喜歡逛街，商場人多又吵，衣服大多都是陳淑蘭幫她準備的，她買衣服的話，大概會跟何晨一樣去路邊攤，把衣服包好，丟下一疊錢就走人。

會穿拖鞋是因為中午回宿舍時太陽很大，她才換了鞋，誰知道晚上又寒風呼嘯。

這個理由可以，程雋很服氣，但是他想知道的是為什麼上次在校門口，她能給她表弟一袋名牌衣服？

他沒有說話，只是轉身去沙發上把毛毯拿出來，扔到秦苒身上。然後又低下頭，想了想，拿出手機傳了一條訊息。

訊息很快就有了回覆。程雋看完，慢吞吞地看向秦苒，看了一會兒又低頭回訊息。

陸照影在整理病歷卡，聽到兩人的對話，他偏過頭，一眼就看到秦苒換下來的破洞涼鞋。

「騷，確實騷。」陸照影把手上的病歷扔到桌子上。

程木跟郝隊忙了一天回來後，也聽到陸照影這個大嘴巴提起秦苒換下來的破洞涼鞋，那雙涼鞋不知道穿幾年了，有股歷史的厚重感。兩人都蹲在地上瞻仰了一會兒，在想秦苒到底有多窮。

秦苒則披著程雋的專屬毛毯，坐在椅子上拿著電腦，用一隻手戳著，不動如山。

程木很快擺好了飯菜。

「陸少，今天早上出門時，我好像看到了孟心然。」程木幫陸照影找關係拿過ＯＳＴ的票，和

內部有點熟：「她好像來衡川了。」

陸照影漫不經心地吃著飯，聽到這句話後一愣，抬頭很興奮地說：「真的，你見到她了？」

程雋沒什麼動靜，依舊慢條斯理地吃飯。而秦苒從腦子裡把「孟心然」這個名字找出來——是九班的新生，她抬起眼，漫不經心地問：「孟心然？」

陸照影立刻為秦苒介紹：「孟心然妳都不認識？她是九州遊中我唯一佩服的女性。是個女職業選手，就是ＯＳＴ第二戰隊的，她手速特別快，幾乎能追上陽神，超厲害，神乎其神，ＯＳＴ戰隊排行榜上的手速NO.３！」

陸照影在瘋狂吹捧的時候，秦苒也咬著筷子在思索。ＯＳＴ有個叫孟心然的成員？

而程木嚇到有點傻住，「她一個女生，手速是ＯＳＴ戰隊第三？」

「沒錯，」陸照影是網癮少年，也是ＯＳＴ的鐵粉，一提起這個就精神十足，「陽神手速高達六百零七，那個孟心然跟陽神比過，手速五百起跳，比第三的易紀明高了三十，刷新了第三名的記錄，我看過她留下來的記錄。」

「厲害。」

程木大學的時候也玩過這個遊戲，沒有陸照影那麼迷，但也知道一些。聽完就唏噓一聲。

秦苒聽著兩人的對話，夾了塊排骨，慢悠悠地想著。

手速又稱ＡＰＭ，一般正常的職業選手會在三百到四百左右。九州遊對手速的要求極高，能到五百是超越了普通職業選手的平均記錄。那個孟心然確實有打職業賽的天賦，難怪ＯＳＴ戰隊會破例讓孟心然一個女生參加職業戰隊。

不過這一切跟她沒什麼關係。

陸照影說完又看了一眼秦苒，放下筷子，「等等，妳不認識孟心然？」

秦苒還在吃飯，隨口應了一聲，「是啊。」

不是，妳一個ＯＳＴ的粉絲，竟然不認識孟心然這個ＯＳＴ的新銳成員？

陸照影轉過頭，面無表情地看向秦苒。

「我說了，我不是ＯＳＴ的粉絲。」秦苒吃了一口飯，抬起的眼睛微微瞇起。她對上陸照影的目光，翹著二郎腿挑起眉笑，「你不信。」

陸照影還想說話，一直沒怎麼開口的程雋就敲了敲桌子，「先吃飯。」

「妳不是ＯＳＴ粉絲，為什麼會有帽子？」吃完飯，陸照影打開電腦，準備打一場遊戲。

秦苒拉了拉身上的毯子，又拿出手機，隨手點開訊息軟體：「網路上隨便買的。」

陸照影一邊等著遊戲更新，一邊側頭看著秦苒，手摸著耳釘，似乎在估量她這句話的可信度有多少。

電腦遊戲更新完畢，陸照影操控著遊戲人物去了競技場。但他忽然想起了什麼，取消匹配，側頭看向秦苒，挑眉：「妳有帳號吧？雙排一局？」

陸照影見過秦苒玩遊戲，但大多是刷副本材料，沒見過她玩競技場。

九州遊是款ＰＶＰ跟ＰＶＥ遊戲，除了遊戲自帶的人物背景之外，玩家還可以自行創造人物牌，ＰＶＥ就是由玩家操控人物牌對戰。自行創造的人物牌大多數都沒什麼意思，而兩年前，因為有人逆天地創造了兩張攻擊性卡牌，使自行創造紅了一段時間，但現在很少有人會創造人物牌。

「妳競技分數多少？什麼分位的？」陸照影遊戲打得不錯，雖然他不是職業選手，但手速也達到了三百，在業餘中絕對算得上是高手。

「我的競技積分兩千零七十八，宗師九星級。」陸照影的手還搭在滑鼠上。

九州遊有七個分段，初級菜鳥、中級菜鳥、高級菜鳥、學徒、大師、宗師、至尊。每個分段有九顆星，滿星才能晉級。這個遊戲沒有任何容錯，要看卡牌搭配跟個人操作意識。遊戲裡大多都是菜鳥到學徒的分段，至於大師級高手，就要嚴格要求個人手速、意識、大局觀了。

陸照影是宗師九星級，不跟那些職業選手比，在平民遊戲玩家中算得上是超級高手。

秦苒搖頭，「我沒有宗師級別的帳號。」

遊戲裡只有同分段的人才可以匹配。

陸照影下意識地認為秦苒應該是沒玩到宗師級別，然後點頭，「我見過妳的手速，大概在兩百左右，比一般人高得多，段位應該在大師級別吧？也很厲害。」上次在錢隊那裡，陸照影有幸見識到秦苒查定位的過程，對她的手速有大概的判斷。

當然，陸照影忘了一點——秦苒那次因為右手受傷，沒有完全好，不能用力。

星期六，十一月快中旬時，天氣越來越冷。

秦苒中午下課時，抽空去了一趟銀行。銀行今天的客人特別多，她看了一眼在排隊的人，轉頭就去貴賓室轉了一筆錢。出來的時候，依舊是經理親自送她出來的。

轉完錢之後，秦苒搭公車去醫院看陳淑蘭。她到的時候，寧薇跟寧晴他們都在，而寧薇在幫陳淑蘭收拾東西。

「媽，這麼老的東西還留著幹嘛？」寧晴站在一旁，看寧薇把袋子裡的東西一一理好，不由得開口。

之前帶陳淑蘭來時，寧晴就說過什麼東西都不用帶，她會準備好，但陳淑蘭還是帶了一堆舊物過來，破舊到寧晴都不好意思當著護士的面拿出來。

寧薇倒是笑著，「媽就是念舊。」

「有幾樣是我要留給苒苒的。」陳淑蘭咳了幾聲，氣若遊絲，「還有幾樣是要給語兒跟小楠他們分的。」

「外婆，不用了，您留著自己用吧。」沐盈被陳淑蘭提及，立刻站起來開口。

沐楠坐在另一邊，表情冰冷，語氣卻很和緩，他很酷地點點頭，「謝謝外婆。」

陳淑蘭點點頭，沒說什麼，「那妳不要的，我給妳哥吧。」

沐盈無所謂地回應一聲。

這時，寧晴的手機正好響了，是秦語傳過來的視訊邀請。秦語一張漂亮的臉被寧晴放大。

『媽，您看到沒有？這裡就是我要上臺的地方。』說完，秦語微微側身，展示她背後富麗堂皇的歌劇院，『很多明星都在這裡開過見面會。』

寧晴點點頭，紅光滿面地開口：「京城的表演廳就是不一樣，比我們雲城的氣派多了。」

秦語又儘量把手機拿遠，讓寧晴等人看看背後的風景。很快，秦語身邊的沈家人就有人問秦語一些表演的事情，秦語一一回答，不卑不亢，回答的內容官方又高端，沐盈湊過去小心地看手機螢幕。

寧晴又偏了偏手機，想讓秦苒多看一眼。

秦苒不知道京城建築跟大馬路有什麼好看的，她沒抬起頭，只低頭慢悠悠地削蘋果。

「妳外婆留了一些東西給妳。」寧晴看了一眼秦苒，沒說話，直接轉過鏡頭，給秦語看寧薇擺在外面的東西。

在京城的秦語透過鏡頭看了一眼，地上擺著的東西雜七雜八，不多，但似乎都有些年紀了，都十分破舊。秦語顯然沒有興趣，只微微笑了一下，『媽，我不用了，留給表妹跟表弟吧。』

掛斷電話後，寧晴的心情好了很多。她偏了偏頭，笑咪咪地看向沐楠，「想不想要以後跟你二表姊一樣，去京城？」

「不知道，以後能考到哪裡就去哪裡。」沐楠拿過另一把刀，把秦苒削好的蘋果一一切好，放在盤子裡。

沐盈卻有些憧憬，「大姨，二表姊是要在那個表演廳表演嗎？」

病房裡的人只有沐盈愛跟自己聊這些，寧晴就點點頭，「沒錯，她要拜師，沈家老爺在她未來老師的表演會上幫她爭取了幾分鐘，過幾天有時間，大姨給妳票。」

不久後，外面又是黑壓壓一片，下雨了。雨勢很大，寧薇一家跟寧晴都陸續回家了。秦苒沒帶雨傘，她本來想走進雨裡，不過雨勢太大，砸在身上很冷，地上都起了一層雨霧，也讓她的外套濕透了。

口袋裡的手機響了一聲。秦苒看看雨勢，想了想，沒繼續走，就停在大門邊接起電話。

*

程木今天跟錢隊出去了，他開走了車，陸照影就順路將自己的車開到醫院給程雋。

「雋爺，我問過錢隊，秦小苒絕對跟他有關係。」陸照影看了一眼後視鏡裡的程雋。

對方半靠著車門，眼眸黑漆漆的，似乎在透過車窗看著什麼。陸照影很是疑惑，順著他的目光看過去，一眼就看到了在大門邊的秦苒，她似乎在跟一個人說話。

看背影是個身型高挑的男生，扣著鴨舌帽。從這個方向看不到男生的正臉，但能看到鴨舌帽下的側臉。

陸照影窺探到了一絲熟悉感，他渾身一顫，在駕駛座上坐直，整個人都快瘋了。

「那……那是……」

第四章　找死

聽到聲音，程雋微微抬起頭，聲音沒什麼波動地說：「認識？」

雨霧很大，從這邊看向秦苒像是隔了一層紗。

陸照影點點頭又搖頭，他打開車門，覺得自己腦子要炸了：「不知道，但是很像楊非。」

說完，陸照影就下了車，一路小跑到大門邊。

楊非？程雋沒聽過這個名字，只轉頭看向窗外，手放在車窗上漫不經心地敲著，整個人也靠著車門，黑色的襯衫被壓得有點皺。直到視線裡那個高挑的身影離開，程雋才沒什麼表情地收回手。

——醫院大門。

陸照影一路跑到秦苒身邊的時候，秦苒身邊的高挑男生壓了壓帽檐，走進雨裡。

近距離下，帽檐下的臉更加清晰。楊非的長相十分有個人特色，在演藝圈裡也能比過一票明星。陸照影敢肯定，這個戴著鴨舌帽的人就是陽神。

腦子裡瞬間閃過陽神幾場十分著名的戰役。他是三年前在ＯＳＴ異軍突起，這三年來，ＯＳＴ瘋狂稱霸世界的各種賽季，他的個人能力跟強大的天賦，不知道拯救了整個隊伍多少次。

可以這麼說——無數位職業選手跟玩家都是以陽神為信仰，能在競技場單殺一次陽神，就值得他們錄下來，炫耀一輩子。

「秦小苒，妳認識陽神？」陸照影看到追不上楊非了，覺得自己快瘋了，愣愣地看向秦苒。

秦苒似乎在想什麼，像是現在才反應過來一般，慢吞吞地轉過頭：「你說誰？」

眉眼挑起，似乎很驚訝。

「就是楊非啊，陽神！ＯＳＴ戰隊的那個！」陸照影著急地開口，要不是程雋坐在不遠處的車上，陸照影都要伸手去搖秦苒的肩膀了，「妳連楊非都不認識嗎！」

秦苒「嗯」了一聲，然後又抬起眼，手指著楊非的方向，聲音不急不躁地說：「就是剛剛問路的那個人？他就是你說的陽神？」

陸照影錯愕地看著秦苒，對方的衣服有些濕，眉眼挑著，表情一如既往，懶散中帶著一點肆意。眼睛漆黑，沒有一絲激動或類似的表情。

陸照影徹底佩服了。他現在開始覺得，秦苒真的不是楊非的粉絲，也不是ＯＳＴ戰隊的粉絲，甚至根本不認識楊非，不然怎麼可能這麼平靜？

「問路？妳運氣可真好，他怎麼不來問我？」陸照影嘀咕了一聲，又站在原地看著楊非離開的背影半晌，這才轉向秦苒，「走吧，雋爺也在車上。」

秦苒沒帶傘，本來想攔計程車，現在陸照影在，正好。

兩人小跑到車上，身上都濕了，陸照影就把溫度調高了一些。

程雋從後面拿出一條深色毯子，遞給秦苒並開口問：「妳外婆怎麼樣了？」

秦苒隨手把毯子披上，名貴的毛皮就這樣沾到了水。

廢了。

後視鏡裡，陸照影看著這一幕，又面無表情地收回了目光。

一個是真敢拿，一個是真敢用。

「不好不壞，不知道能撐多久。」秦苒往後面靠了靠，身上的寒意似乎還在往骨子裡鑽，她偏著頭，目光看向車窗外。

車子駛動，等走到一半時，秦苒才發現車子並不是開往學校。

二十分鐘後，車子停在一處別墅面前。

地段很好，位於雲城市中心，或許是因為下雨，周圍不吵鬧，別墅自帶一個面積不小的花園。

車剛停下來，別墅的電子大門就自己打開了。

一位穿著灰色長袍的老者走出來，他撐著一把黑綢傘，手裡拿著另一把沒打開的。他下意識地把手中沒打開的黑綢傘遞給駕駛座的陸照影，自己準備去幫從後座下車的程雋撐傘。只是他腳步還沒動，陸照影就把手中的黑傘遞給下車的程雋。

程雋伸手撐開，走到另一邊的車門，周圍的雨形成霧色，他停在車門邊，形相清臒。

很快，另一邊車門被打開，一個身上隨意披著深色毯子的女生走下來。因為背對著老者，看不太清楚眉眼，只能看到她低頭從後座車門走出來時卓越又冷削的側臉。

老者拿著傘，微抬了一下眉眼。

「程管家，我們先進去吧。」陸照影摸了摸手臂，「好冷，我得先去洗個熱水澡。」

程雋跟秦苒已經先進門了。

「妳先洗個澡，不然容易著涼。」程雋直接帶她去樓上的一間房間：「裡面程管家應該準備好了浴袍，都是新的，衣服我待會兒送上來。」

秦苒點點頭，看了一眼房間的陳設，是以米白色為主調的田園風。

剛剛雨太大，衣服幾乎都淋濕了，她把毯子扔到架子上，走進浴室。

口袋裡的手機又響了，是錢隊。秦苒還沒脫下衣服就接起電話，開啟了擴音，把手機放在梳粧檯上，調整水溫並隨意地開口：「錢隊？」

『秦小姐，這邊有點事，可能需要妳確認。』電話那頭的錢隊將車停在一中門前，人靠在駕駛座上，『我在一中門外。』

「我不在一中。」秦苒把頭髮紮起來，「在城中別墅區。」

錢隊跟陸照影商量事情時來過程雋家，他知道秦苒說的是哪裡，『好，那我過去。』

——樓下。

「程管家，京城那邊有寄東西過來嗎？」程雋從樓梯上下來，步伐不緊不慢。

程管家從廚房那邊出來，微微頷首，「早上有一包衣服放到倉庫了，我這就去拿。」

「不用。」程雋轉身上樓，眉眼蕭疏。

程管家在大廳發愣。

「管家，別發愣了。」陸照影洗了個戰鬥澡，不到五分鐘就洗好了。他大大咧咧地穿著一件浴袍下來，「你們家程公子遇到我們家秦小苒，所有折扣都要打上好幾折。」

程管家笑了笑，又問：「這位秦小姐是您的親戚？」

「那倒不是，她是雲城一個鄉鎮的高三學生，最近這段時間才轉來衡川一中。」陸照影替自己倒了一杯水，「就是江東葉之前被發配過去的那個鄉鎮。」

程管家自然有聽說過江家人集體被發配的事，他沉吟了一下，「這麼偏遠啊？」

「就是啊。」陸照影慢悠悠地開口，想了想，又幽怨道：「你知道嗎？她連陽神都不知道，她之前不知道過得有多苦啊。」

「以後要帶去京城？」程管家又輕聲詢問。

陸照影偏頭笑了笑，「不然呢？」

程管家又跟陸照影說了今晚的菜單，這才垂眸，微微思索。

那就麻煩了。這女孩沒什麼身世背景，恐怕他要多花點心思，現在才高三，得趁她去京城之前教她一些東西。京城裡有很多人盯著，她要是說錯了一句話、做錯了事，影響會格外地大。那裡就是個如狼似虎的地方，尤其是站在程家的位置上來看。

程管家想了想，又低頭掏出口袋裡的小本子，開始記錄一些東西。

——樓上。

程雋拿了一個箱子，又敲了一下秦苒的門，聲音低緩：「洗好沒？我把衣服放在妳門外……」

他住的地方都是沒有女傭人的，年邁的也沒有，所以才沒有讓其他人來送衣服。

本來程雋想把衣服放在門外，等她來拿，只是他剛想放手，門就從裡面打開了。

秦苒鬆鬆散散地披著一件浴袍，綁帶鬆鬆散散地綁著，襯得她的身影越發削瘦。浴袍應該是男士的，在她身上有點大，能看到領口處如同絲緞的脖頸白得刺眼。她手上還拿著一條毛巾，隨意地擦頭髮。

因為動作，隱隱約約地，能看到肩膀處靡麗的紋身。

程雋放下箱子，有禮地往後退了一步，「衣服放這裡。」

「好，謝謝。」

秦苒放下毛巾，隨手拿起來。程雋悄悄移開了目光。

秦苒關上門後翻了翻箱子。裡面有很多衣服，都是這個季節的，也是她的尺碼。她隨手翻出一件黑色棉衣穿上。

外面，陸照影穿著浴袍捧著一杯茶，慢悠悠地走上樓，遠遠就看到客房前的這一幕，於是靠著花型樓梯的扶手直笑，「雋爺，你這樣不行啊。」

這種幾乎發乎情，止乎禮的禮貌性避讓讓陸照影嘖了一聲，「要不要我教你幾招，程公子？」

程雋的表情沒什麼變化。他走了幾步，又想起了什麼，擰著眉頭，似乎很不悅。

「你回房間把衣服換掉。」

換衣服，換什麼衣服？陸照影低頭看看自己的浴袍，他平時在別墅就是這樣穿的啊。

「真是講究。」陸照影拉拉浴袍，想一想，還是走回自己的房間去換衣服。

秦苒換了一套衣服，看了一下手機。上面顯示著錢隊之前傳的訊息，他差不多要到了。

等她吹完頭髮，走到一樓大廳時，程管家才看到這個女生的樣貌。他見過不少帝都名門望族的名媛，那些人無論是外貌還是氣質儀態，無一不是絕佳的。即便如此，程管家在看到秦苒時，還是很驚豔。

這女孩跟他見過的名媛不一樣。

她眉眼低斂，看得出來生得精緻，張揚恣意到讓人忍不住斜視，骨子裡的隨性跟少年的遊戲人間遮不住，這是一位無論放在什麼場合都讓人忽視不了的女孩。程管家覺得，會被這個女生吸引是再正常不過了。

「秦小姐，您有什麼想喝的嗎？」程管家的語氣輕緩，態度謹慎而認真。

秦苒坐在沙發上等錢隊過來，「不用，謝謝。」

程管家幫她倒了一杯程雋常喝的茶，又問：「秦小姐家裡還有什麼人？」

「外婆。」秦苒看了一下手機。常寧剛剛傳來一條訊息，問她考慮好了沒有。

程管家又陸陸續續問了她好幾個問題。過程中，程管家對秦苒的形象豐滿了起來。

兩人沒聊多久，錢隊跟程木一行人就進來了。

「程管家。」程木恭敬地叫了一聲。

程管家點頭，他站起來，態度依舊很恭敬，「錢先生，我上去找陸少，你們稍等。」

錢隊之前來過，程管家知道他是刑偵大隊的隊長，郝隊、陸照影跟程木他們都很尊敬他。

程管家上樓去找陸照影，錢隊沒注意他，直接拿了一台電腦給秦苒，一身雨氣，「妳看看。」

秦苒打開電腦，一眼就看到卡住的頁面，程木跟郝隊都圍過來。

程管家帶著陸照影下樓時，看到一群人圍在秦苒身邊，順口一問：「他們在幹嘛？」

「是請秦小苒幫忙分析資料吧，這次估計滿棘手的。」陸照影皺了皺眉。

「秦小姐不是學生嗎？」程管家一愣。

「是個學生啊，聽說她外公是幹這個的，她自學過網路程式設計。」陸照影腳步不停地下樓。

程管家的腳步頓了頓，音量也微微拉高：「自學的？怎麼不讓程火來雲城，讓一個高中生插手這件事，要是出差錯怎麼辦？」

從程管家的角度來看，秦苒還只是個高中生。錢隊跟程木他們現在辦的是大案子，讓一個高中生來參與，未免有點過於兒戲了。

陸照影揚了揚眉，笑道：「那倒不至於，秦小苒很厲害的，你別瞎操心。」他旁敲側擊過錢隊好幾次，沒套出秦苒的具體身分，但也套出了一些事情。

順著樓梯往下走，程管家有些擔憂地跟在陸照影後面。他心裡還是有些沒頭緒，總覺得陸照影對秦苒有些太過縱容了，一個高中生，再厲害能厲害到哪裡去？

「差不多了。」秦苒按了一下確認鍵，頭微微偏著，跟錢隊說話：「待會兒跟你隊裡的那個技術人員……」

程管家跟在陸照影身後就聽到秦苒的聲音，中間還夾雜著幾個技術用詞。

錢隊跟程木幾個人都聽得非常認真，而程木看到秦苒放下電腦了，就走到一旁，重新泡了一杯茶給秦苒。他將茶放到秦苒面前，態度十分恭敬有禮。

秦苒一手敲著鍵盤，一手端起茶喝了一口，想了想，她又抬頭，語調輕緩：「程木，你去樓上的客房，把我放在桌上的手機拿過來。」

程木點點頭，絲毫不遲疑，「好。」

他又轉身問管家秦苒住在哪間客房才上樓，恭敬有禮。

程管家這才有些驚愕。他知道程木，是經常被程雋帶在身邊辦事的得力手下，因為從小就在程雋身邊，基本上只聽程雋的話。程家其他人都使喚不了程雋身邊的人，包括程老爺子，但現在程木竟然這麼聽這位秦小姐的話？

等錢隊跟郝隊走了，程管家忽然發現一個問題——所以說錢隊他們來不是找陸照影的，而是特地來找秦苒的？

程管家心裡有很多疑惑，但什麼也弄不清楚，只憋在心裡，十分急躁，如同有個貓爪子在撓。

程木的工作做完後，沒跟著錢隊等人一起出門。陸照影拿電腦下來玩遊戲，想起了楊非的事，跟程木吐槽秦苒連楊非都不知道的事。

「秦小苒，妳登入遊戲，我帶妳飛一把。」陸照影登入帳號。

秦苒靠在沙發上，看著手機，頭也沒抬，「沒有宗師級的帳號。」

程雋從樓上下來，大廳裡開了空調，不是很冷，他脫下風衣，就穿著一件黑色襯衫，袖口捲起，露出一截細瘦的手腕。

「我想起來了，」陸照影看著程雋，摸著下巴，「那傢伙有。」他指著程雋笑，又低頭跟秦苒說，「那個帳號以前是程公子的老婆，一堆極品卡牌，還有少見的內測卡牌，就算他現在不玩了也誰都借不到。不過妳要借，他肯定會答應。」

秦苒覺得很疑惑，微微偏過頭：「雋爺也玩遊戲？」看他的樣子，不像啊。

「當然，三年前的九州遊比現在還要紅，他可是在遊戲上花最多時間的一個人，ＯＳＴ戰隊還曾經邀請過他，要不是——」說到這裡，陸照影止住話，「雋爺，你的帳號呢？」

程雋坐在對面的沙發上，隨手拿起一杯茶，漆黑的雙眼看向秦苒，「妳要玩遊戲？」

「是啊，」秦苒本來不太想玩，卻被陸照影帶出了好奇心，「你段位最高多少？」

九州遊這個遊戲有隱藏積分，只要程雋曾經達到宗師或宗師以上的段位，就算掉下來了也能跟陸照影匹配。

「至尊吧，忘記了，妳看看。」程雋打了個呵欠，顯然心情不太好。

他慢吞吞地報出了一串英文跟密碼，程管家掏出一張紙跟筆幫秦苒記下來，等他拿著紙跟筆找到秦苒時，卻發現秦苒的記性極好，一遍就記住了。

點擊確認，秦苒看到所有的英文字母拼起來的單字——lonely——hawk001。

秦苒的手一頓。

這一晚，秦苒沒怎麼玩遊戲，慢吞吞地用左手操控著卡牌跟在陸照影後面，陸照影每次瀕死時，秦苒一個回血或者保命大招就來了。

「秦小苒，妳意識不錯啊，反應也很快。」一次兩次可以說是運氣，但第Ｎ次時，陸照影發現了不對勁。他偏過頭看秦苒，語氣很惋惜，「就是手速慢，妳的手速要是能達到孟心然的一半就好了。」

秦苒看了他一眼，沒說話。

——星期一。

九班期待已久的新生終於來了，喬聲等人透過窗戶看到孟心然跟在高洋身後。她沒穿校服，長得很漂亮，氣質獨特，就是眉宇間有些傲氣。這股傲氣跟徐搖光與生俱來的傲氣不同，也跟秦苒眉宇間帶著遊戲人間的肆意不同，是帶著銳氣，盛氣淩人的，讓人有點不太舒服。

「孟心然，妳跟夏緋坐在一起。」高洋讓夏緋的同桌往後挪一下。

丁主任說這位孟心然來頭不小，讓高洋憂心忡忡的。有喬聲、徐搖光、秦苒這三個風雲人物還不夠，再加上一個孟心然，九班的成分太複雜了。

夏緋只覺得孟心然的衣服太精美了，小心翼翼地不敢碰，只跟孟心然打了聲招呼，而孟心然點點頭，沒說話。

一下課，開始有其他班的同學過來看新生，九班的前後門都是這樣的人。

「聽說是孟心然？ＯＳＴ戰隊的那個？」

「是啊，真的是她，參加過一次聯賽，她那張臉我認識的！」

不過孟心然不太好接近，很高傲也很冷。

喬聲坐在後面一排手摸著下巴，他看著孟心然，心裡有一種詭異的錯覺。

總覺得孟心然某一方面特別像秦苒，特別是不親近人的樣子。不過秦苒與孟心然就是正版與盜版的差別——秦苒身上那種「別煩老子」的氣場跟孟心然「不親近人」的氣場完全不一樣。

他本來很期待這個新生，但是現在人真的來了，他卻不太想接近。這麼想著，喬聲就瞥了一眼秦苒。她蓋著外套，正趴在桌子上，只看背影也讓人覺得十分不好惹。

「孟同學，陽神本人怎麼樣？」前面一排的男生轉過頭，興奮地看向孟心然，「雲光內部是不是很好？妳去過雲光財團的大樓嗎？」

孟心然低頭翻了翻書，「一般般。」

「那妳有陽神他們表演賽的票嗎？」男生撓撓頭。

孟心然沒直接拒絕，只是風淡雲輕地笑，「我晚上問問楊非還有沒有票。」

「靠，能跟陽神直接聯繫，我酸了！」

班上的男生驚呼，女生也大驚小怪的，孟心然對這種情況卻見怪不怪。班上的同學跟她預料的一樣，基本上都來跟她打招呼。畢竟來了一個幾乎是明星的同學，還是在學校裡掀起了軒然大波。

不過，班上有三個人有點異樣。孟心然關注了一下。

一個人擋在書後面，是她從來沒見過的女生，頭上蓋著校服，上課睡覺老師也不管她。

孟心然皺了皺眉，覺得應該是成績太差，老師放棄了。

另外兩個就是喬聲跟徐搖光。喬聲她沒注意，但徐搖光……孟心然總覺得這個名字有點熟悉。

晚上放學時，孟心然整理好書才離開。她發現教室門口站著一個男生，他手上拿著一隻筆跟一張紙，忸忸怩怩地，臉很紅。

孟心然下意識地開口，微笑著：「簽名？需要寫什麼祝福語？」
男生愣了一下，臉更紅了，越過她看向裡面，結結巴巴地說：「不，不是，我找秦苒學姊。」
孟心然要去接紙跟筆的手一頓，一句「你不認識我？」差點就說出口了，但又忍住。
「苒姊，放學了，起來幫妳的小迷弟簽名。」沒跟孟心然說過話的喬聲走到秦苒的桌旁，用腳踢了踢她的椅子，動作卻不粗魯。
秦苒慢吞吞地從桌子上爬起來，拿起保溫杯的水喝了一口清清嗓子，然後十分敷衍地幫那個男生簽了個名字，真心十分敷衍嫌棄。
孟心然沒看到秦苒的正臉，只看到背影，不過這樣的態度……也會有粉絲？
那個男生卻感恩戴德地拜謝：「謝謝秦學姊！」拿著一張紙，彷彿是寶貝。
孟心然皺了皺眉，不知道這個女生究竟是誰。

次日，喬聲跟徐搖光來得不早不晚，到的時候九班很是瘋狂。
「怎麼回事，這麼吵？」喬聲坐在椅子上，看到秦苒趴在桌上似乎很煩躁，他就揚起聲音。
班上的吵鬧聲小了一半。看得出來，他在九班的威信特別高。
「喬聲，是這樣的。」何文壓低聲音，聲音裡都是興奮與激動，「孟心然手裡有三張票！」
喬聲架到桌上的腳一停，站直身體，「三張？」
「我親眼看到的。」
內部人員，有三張票並不奇怪。喬聲並不懷疑，他坐在位子上有些心不在焉。如果說沒有票他還能死心，就去找他爸，扮成工作人員到內場，但是現在有票，喬聲沒辦法壓抑了。他想了想，抽出一張白紙，在上面寫了一行字叫人遞給孟心然。

不過孟心然沒回。

何文找機會跟喬聲說話：「孟心然很高冷，基本上不看紙條，每天寫紙條給她的人太多了。」

除了秦苒，喬聲還沒見過有哪個女生會對自己這個態度。

他靠上椅背，笑道：「她很行啊。」

中午吃飯時，喬聲拉著徐搖光，一起笑咪咪地去找孟心然。

「孟同學，知道食堂在哪裡嗎？我們帶妳去？」

孟心然看了他一眼，沒拒絕，淡淡地說了聲謝謝。

一連三天，喬聲吃飯都會叫上孟心然。

「你們不是還有個朋友嗎？不叫她一起吃飯？」孟心然的目光掠過徐搖光，問了一句。

喬聲擺手，「不用管她，她才不會跟我們一起。」

孟心然若有所思地點點頭，不再說什麼。

期中考過後，秦苒就不再去食堂吃飯了，喬聲知道她要去校醫室。

——校醫室。

秦苒拿著手機慢吞吞地往裡面走，坐在外面的陸照影皺著眉，「秦小苒，妳沒事吧？」

好像上次從別墅離開後，秦苒就是這一副樣子，沒什麼精神。

秦苒不太在意，她靠上椅子，隨手把手機拿出來：「沒事。」

「那後天OST的表演賽，妳要去嗎？」陸照影手轉著筆，臉上露出一個笑。

秦苒喃喃開口：「我也在想。」

「什麼？」陸照影沒聽清楚。

「沒什麼。」秦苒打開手機遊戲，隨口一句，「見面會的票你找到了沒？」

秦苒想起了這件事。

陸照影則嘆氣：「妳以為雲光財團的票這麼好弄嗎？對了，妳應該沒聽過雲光。」

秦苒瞥他一眼。

這時，屋內的程雋叫她，秦苒隨手把手機扔給陸照影，「幫我打一局。」

陸照影連忙接過來，接手了秦苒的這一局遊戲。

是九州遊的手機版。打完之後，陸照影一瞥遊戲主頁面，他才發現秦苒的帳號竟然是一區的，跟雋爺一樣，是內測帳號？陸照影有點詫異，他正在思考時，秦苒的手機忽然響了。

是一通視訊通話。

「秦小苒，妳有視訊電話！」陸照影叫了一聲，低頭看了一眼，備註只有一個字——揚。言簡意賅的備註。

陸照影盯著這個頁面半晌，不過他有禮貌地沒窺探別人的隱私，只在秦苒出來時好奇地問一句：「秦小苒，你朋友？」

跟秦苒相處了這麼久，陸照影對秦苒也算了解，要被她劃分為朋友不太容易。

秦苒從裡面出來後隨手接過手機，看了一眼，臉上的表情沒什麼變化：「算是吧。」她到外面去接。

看她表情那麼平淡，陸照影就沒多問，應該不是多重要的人。

陸照影坐回自己的椅子上，拿著手機看群組。

江東葉：生無可戀.jpg

江東葉：@程雋 你說句話

陸照影一看就知道江東葉在尋找顧西遲的途中又經歷了波折。

他往旁邊翹著腿，悶聲笑道：「雋爺，江少在找你呢。」

程雋在裡面，依舊不緊不慢地弄著人體模型，聽到這一句，他頭也沒抬地說：「顧西遲？」

「賓果！」陸照影打了個響指，「進入死巷了！」

程雋把手術刀放到一旁，聲音依舊很漫不經心，把手抵著唇邊咳了一聲：「找我也沒用，我只是一個醫生，能幫他什麼。」

陸照影：「……」

程雋慢悠悠地觀察自己的人體模型，不理會陸照影。口袋裡的手機響了一下，他隨手摸出來，接起。

「爸。」

『老江大壽，就在這個月底，你到時候回來一趟？』那邊的聲音有些渾厚。

程雋靠著桌子站著，從側面看去，兩條腿很長，「到時候看情況。」

程老對這個最小的兒子一向沒什麼要求，『好。』

＊

——京城。

掛斷電話後，坐在房間裡的中年男人忍不住朝程老開口：

「爸，你也太縱容三弟了吧？這麼多年了，你看他做成了什麼像樣的事？部隊不好好待，研究院帶了半個月就離開，家裡出錢讓他開公司，一年不到，他那個公司要不是有二妹在幫忙經營，早就倒閉了。」

「年輕人，心思浮躁，很正常。」程老站在書架前，他頭髮花白，臉上溝壑很深卻精神抖擻。

中年男人張了張嘴，看向程老。

這位老爺子嚴謹了大半輩子，卻在面對那個老來子時打了折扣，幾乎是無底線的縱容。現在在京城，誰不知道程家雋爺？在京城是誰也不敢招惹的一個人，派頭比程家的任何人還大。

與此同時，林家——

「心然，新同學、新環境如何？」林麒夾了菜問道。

孟心然夾了一口菜，語氣平淡：「還行，就是衡川一中的學生喜歡大驚小怪。」

那些人動不動就問她ＯＳＴ內部，要不然就問她雲光財團的事，一個個沒見過世面的樣子。

「妳是小明星，他們問妳不是很正常嗎？」林麒又笑了，「這個小地方哪能跟你們京城比。」見過的最高長官也不過是新聞上的封樓城。

寧晴坐在另一邊吃飯，聽著兩人的對話，她想知道孟心然為什麼是小明星，但沒有問。

「妳在九班對吧？我記得苒苒也在九班，妳們見過嗎？」林錦軒拿著筷子想了想，對孟心然說。

「苒苒是誰？」孟心然抬起頭。

「秦苒是語兒的姊姊，也在九班。」林麒推了一下金框眼鏡，語氣溫和。

孟心然也聽過秦語，至於秦苒，孟心然之前並沒有從林家人嘴裡聽過，此時聽到麒跟林錦軒這麼一說，她才把秦苒跟林家人連結起來。秦苒給她的印象有點深，不過她怎麼樣都沒有把秦苒的模樣跟寧晴聯想在一起。

「聽過，」孟心然淡淡地回了一句，「但沒說過話。」

晚飯後，張嫂上樓送牛奶給孟心然，態度恭敬而謹慎。

「張嫂，我為什麼沒有在林家見過秦苒，她不是秦語的姊姊？」孟心然接過牛奶，沒有馬上喝。

「她不住林家。」提起秦苒，張嫂皺了皺眉，顯然不想多提。

她還以為那個冷酷的女生到底是誰，卻沒想到只是秦語的姊姊，連林家的繼女都算不上。孟心然看著張嫂不屑的態度，點點頭表示了解，沒再多問。

張嫂下樓後，在轉角處看到拿著手機發呆的寧晴。

「張嫂。」寧晴收起手機跟張嫂一起下樓，在路上旁敲側擊了好幾句。

「表小姐是ＯＳＴ戰隊的成員，就是九州遊的職業選手，帳號的粉絲有一百多萬，在網路上很出名。」張嫂緩緩開口。

寧晴不知道什麼是ＯＳＴ戰隊，聽到職業選手時，她不太在意，覺得是玩網路遊戲的而已。不過又聽到張嫂說粉絲有一百多萬時，寧晴張了張嘴，一愣：「一百多萬名粉絲？」這麼多？

張嫂一看寧晴的表情，就知道她看不起玩遊戲的，抿唇笑道：

「夫人，您可能不知道，ＯＳＴ戰隊是雲光財團的，戰隊的人以後都是雲光財團的成員。」

再次聽到雲光財團這個名字，寧晴只笑了笑，什麼也回答不了。

這是一種非常無力的感覺。她知道，在這個圈子裡無論自己怎麼爬，看到的都不過是冰山一角。

她拿起手機，去房間打給秦語。

星期五，孟心然的桌旁又圍著一群人。

「那個孟心然，我看了一下她的微博，竟然有一百多萬粉絲。」坐在秦苒前面一排的男生回過頭，把查到的頁面拿給後面兩個人看，但是只看到秦苒的一個後腦勺。

秦苒來得很早，正趴在桌子上，把校服墊在手下，似乎在睡覺。

儘管她趴著也很不好惹。

林思然看了那個男生一眼，壓低聲音，「別吵她。」

「這個孟心然家裡真有錢，那支手錶要一百多萬。」另一個男生也壓低聲音，偏頭跟林思然他們說話：「我的渡劫局在她的指導下終於過了，遊戲打得好，長得又好看，家裡還有錢，人生贏家。」

班上的人很喜歡看孟心然玩遊戲，她手速快，操作到位，觀念也好，指導人時也是一語中的，她每天幫忙玩遊戲都有不少人錄影。

上午第二節課的二十分鐘下課，喬聲見到秦苒從桌子上爬起來了，他走過來找秦苒，趴在她的桌子上開口：「苒姊，孟心然有內部票，明天妳要不要跟我們一起去看表演賽？」

秦苒拿了一本書出來，翻過一頁，揚眉：「不去。」

何文拿著手機跟在喬聲後面，聽聲音似乎是在玩遊戲：「啊啊啊我死了，快死了！晉級賽不想輸啊！」

吵吵吵，頭好痛。

秦苒記得他，之前她被李愛蓉拒之門外的時候，他是第一個跟喬聲出來的。

「給我。」秦苒靠上牆邊，又捏了一下手腕，要何文把手機給她。

「苒姊，妳幹嘛？」何文抽空看了一眼秦苒。

秦苒看了一眼他手機的介面：「幫你晉級。」

「不用了，苒姊，妳別開玩笑，我還是去找孟小姐吧。」何文連忙開口，「苒姊，妳別打擾我，我現在時間很緊繃，要是這張攻擊牌死了就沒救了！」說完就轉身去找孟心然。

秦苒摸摸鼻子，然後慢吞吞地繼續看書。好吧。

中午吃完飯，秦苒在中午自習時通常都不會來教室，九班的人都知道。

孟心然吃完飯回來，拿出抽屜裡的包包，想要把入場門票拿出來。

身邊又圍了一群人，「孟同學，我們沒買到票，也讓我們瞻仰一下！」

孟心然拉開拉鍊，往裡面摸了摸。

沒有摸到票。

孟心然淡定的表情一變，她把包包裡的東西都倒到桌上——只有一堆貴得要死的瓶瓶罐罐跟口紅，半張門票也沒看到。

圍著的人面面相覷，而孟心然雙手握拳，臉色鐵青，「中午是誰最先來教室的？」

其他圍著的人面面相覷，斂起了臉上的笑意。

孟心然的票弄丟了。

「今天中午是我跟學習股長最先來的，我們兩個都沒有拿。」兩個同學的臉色一變。

孟心然不知道想起了什麼，大步走到秦苒的桌子面前。

來這個班上這麼久了，她也知道秦苒每次都是最後一個走。她臉色冰冷，雙眸寒光畢現，想也沒想就伸手推倒秦苒的桌子。

嘩啦啦——桌子上的參考書、抽屜裡的情書還有一堆外文書都掉到地上。

全班都安靜了。

夏緋連忙開口：「別動苒姊的東西，她不會……」

孟心然沒說話，連手都懶得用，只用腳踢了踢地上的一堆東西，很輕地——一張門票從外文小說中掉出來。

孟心然看著這張從書中掉出來的入場票，沒有伸手去拿，只是看著圍在身邊的人冷笑一聲，也沒有說話，只是臉上的笑容看起來很嘲諷。

秦苒最近中午很少在教室自習，林思然來得還要比秦苒早，一來就看到一片狼藉。

她的桌子被推到一旁，秦苒的桌子則倒在地上，地上有一堆零零散散的情書跟課外書，然後是亂七八糟的一堆複習資料。

「苒苒的書桌怎麼變成了這樣？」林思然蹲下來開始撿書，又抬起頭看向前桌，瞇起眼：「你們倆打架了？」

「沒，我們哪敢在她這裡打架？」前面的男生縮了縮頭，又垂下眼簾，低聲開口：「妳快把苒姊的東西收起來吧，我們都不敢動她的東西。」

秦苒平時看起來吊兒郎當的，卻沒在班上動過手、發過脾氣，但她是老大等級的人物，連魏子杭都願意當她的小弟，找遍整個一中，也找不到一個真正敢惹她的人。

林思然本來在整理書，看到前面同學的這個反應，她又緩緩放下書，站起來掃視了一眼九班。

九班的人來得差不多了，沒來的人其實很顯眼——喬聲、徐搖光、秦苒和新來的學生孟心然。

「說吧，到底怎麼回事？」林思然把自己的桌子搬到原位，平靜地開口。

其他人面面相覷，然後吞吞吐吐地說了孟心然的事。

「妳先把苒姊的東西收起來吧，不然待會兒她來了，肯定會生氣。」前面又開口。

到時候就是修羅場了。

林思然把自己歪掉的書扶正，聽到前桌說的話，眼神一點一點地變冷，「不收。」

班上其他人一陣驚訝。

「沒膽面對苒姊，當時怎麼沒有人攔住她？」林思然站在原地，看到秦苒很寶貝的原文書頁面上有個很淡的腳印，她笑了，掃視了一遍全班的人，眼神冷漠：「這些書就放在這裡，誰也別動。」

九班的其他人不敢說話，氣氛格外壓抑。

另一邊，喬聲跟徐搖光都還在外面吃飯，這兩個人對吃還是非常講究的。

明天要去看ＯＳＴ戰隊的表演賽，喬聲決定中午吃火鍋慶祝一下。本來打算找孟心然一起來，不過孟心然的口味偏甜。

辣鍋熱氣騰騰，上面有一層紅油翻滾。喬聲吃了一口肥牛，辣得到處找冷飲喝。他放在座位上的手機響了好幾聲，被服務生提醒才看到來電。

喬聲一邊燙青菜，一邊按下接聽鍵：「何文，你找我幹嘛？」聲音慢悠悠的，還能聽出愉悅。

何文的聲音卡在喉嚨裡，很是緊繃，『喬聲，大事不妙，我們班地震了！』

「震什麼震？好好說話。」喬聲還在撈菜。

『那個孟心然把苒姊的書桌推翻了！』何文深吸了一口氣，嚴肅地開口。

喬聲的手一頓，瞇起眼來：「怎麼回事？你慢慢說。」

『孟心然的門票弄丟了，卻在苒姊的書裡找到了。你快點回來吧，再不回來，真的要大地震了。』

喬聲放下筷子，抽出一張紙巾擦擦嘴，眼眸微微瞇起：「你等我回來。」

徐搖光坐在他對面的位子上，聽到他說的話，微微瞇起眼。

喬聲跟徐搖光很快就回去了，兩人回到九班時，九班異常沉默。

秦苒跟孟心然兩個當事人都不在，只有林思然坐在位子上，正在寫一本習題。

喬聲看了一眼，那本習題是秦苒給林思然的。林思然在這段時間內的進步有目共睹，雖然不說，但是這些人都知道林思然的進步跟秦苒有很大的關係。

喬聲皺眉看著散落一地的書，還有滾落到一旁的幾根棒棒糖。

秦苒前後兩桌都隔得很遠，他直接走進去，彎腰開始撿書：「李思然，妳怎麼不把苒姊的書撿起來？」

還沒撿起一本，就被林思然阻止了，「喬聲，你最好別動。」

她聲音聽不出任何波瀾。

「苒姊記性好，她走的時候書擺怎麼樣她都記得，你就算擺好了她也知道。」林思然寫了一個字，實在靜不下來，索性又放下筆。

「靠！」

喬聲踹了一腳前面的桌子，匡噹一聲，班上其他人都不敢抬頭。

林思然臉上依舊沒什麼表情。

喬聲索性拿出手機打了通電話給孟心然，第一次被孟心然掛掉了，第二次孟心然才接起。

『你看到那張票了？』孟心然語氣嘲諷。

喬聲在地上掃了一下，看到一張飄落在地上，有一角還夾在原文書裡的門票。

「妳太衝動了，苒姊不會做這種事情。」喬聲靠著林思然的桌子，聲音很沉。

『不會？那我問你，我的票怎麼會在她的書裡？』孟心然坐在咖啡店裡，冷笑，『班上就是她最後一個走，不是她，會是誰？』孟心然靠在椅背上，不緊不慢地用勺子攪拌咖啡，笑容諷刺。『所以喬聲，你打這通電話是什麼意思？維護她？』

孟心然不知道除了秦苒，還有誰會拿她的票。這種囂張且沒有任何遮掩的行為，跟秦苒的為人還真像。

「這件事還是要當眾說清楚，我也沒有維護她，但她的為人我信任。妳先回來，這件事我幫妳查清楚。」喬聲深吸了一口氣。

『還要查什麼？她書裡的票就是最好的解釋，難道你要說那張票是她自己的？』孟心然覺得很可笑，『喬聲，這句話你信嗎？』

秦苒的票確實不好解釋。喬聲蹲下來看著地上那張門票，掛掉電話又抬起眼看著滿地的書籍，很是頭痛。

「有人通知苒姊了嗎？」喬聲看了一眼班上的人。

其他人都搖頭。哪有人敢去戳秦苒？怕是連死字都不知道怎麼寫。

喬聲深吸了一口氣，拿出手機，看著秦苒的電話號碼半晌，最後還是撥了出去。

此時，秦苒正趴在校醫室的桌子上練字。左手拿著筆，一筆一畫地寫著，很是煩躁。

「秦小苒，字就是一個人的門面，好好寫，不枉費我請雋爺幫妳專門訂製了字帖。」陸照影拿著筆，看到秦苒似乎忍不住暴躁了，連忙開口：「知道這是誰做的嗎？」還一臉神祕。

秦苒半趴在桌子上，有氣無力地開口，「誰？」語氣淡淡的，半點興趣也沒有。

「姜晉元，姜大師，他的字畫是當代收藏價值最高的，妳知道有多少收藏家願意一擲千金，想買他的字畫嗎？可惜他深居淺出，沒什麼人能請到他。」陸照影說著，又嘆氣。

「喔。」秦苒不認識這個姜晉元，腦子裡的資料庫也沒有，所以顯得興致缺缺。

「妳這樣，在京城會被打死。」陸照影看到秦苒臉上的表情半點變化也沒有，徹底服氣。

姜晉元就是個閒散大儒，但在京城的社交頗深，能請到他的人真的很少，更別說是讓他專門寫了字帖，寄過來讓秦苒練字。

想了想，陸照影去裝著字帖的箱子裡看了看，裡面還有好幾本姜大師親自臨摹的字帖。姑且不說這些字帖是千金難求，光是讓姜大師動手，就要多大的面子啊。他看著秦苒練字，不由得心想：要是程老出面，能請到姜大師為一個人專門寫字帖嗎？

仔細想想，希望好像還真的不大。

想到這裡，陸照影又看了一眼秦苒——妳知道妳練個字，花了八位數的人民幣嗎？

京城的上流社會都在傳程家有錢，但陸照影也沒想到程雋的錢會多到這種程度……難怪有人會仇富，連陸照影也有些嫉妒。

秦苒今天中午練字練得很煩躁。

練字需要定性，但對秦苒來說，「定性」這兩個字基本上不存在。

喬聲電話打過來時，她語氣很不耐煩地壓低聲音：「說。」又冷又燥。

光一個字，就足以勸退喬聲。

喬聲又頓了一下，才小心翼翼地開口：『班上發生了一點事，苒姊，妳有空駕臨教室嗎？』

聽到這個語氣，喬聲還說這樣的話，看來是發生了事情。秦苒掛斷電話，把筆往桌子上一丟：「班上有事找我，我先回去一趟。」

陸照影看著被秦苒丟掉的筆，心裡一陣顫抖。

那支筆是程雋的，而程雋的東西，就算是個指甲剪，都是其他人難以想像的價格。

秦苒隨手把一頂鴨舌帽扣在頭上，往九班走去。

九班本來就很安靜，尤其是喬聲打了那通電話之後，其他人連大氣都不敢出。

後門被人緩緩推開。

前陣子九班很自律，但也有人會小聲地討論題目，不過現在安靜得連一根針掉下來都能聽到。

第四章　找死

秦苒挑了挑眉，往裡面走。

徐搖光坐在後面的倒數第二排，抬頭看了她一眼，喬聲和何文都站在林思然那邊。

秦苒又走過了一組，才看到林思然身旁的盛況。

她的書零零散散地掉了一地，幾本外文書上腳印清晰，還有幾本因為慣性過大，被撕裂了。

秦苒抬手，取下了頭頂的鴨舌帽。

班上的空氣幾乎凝滯，像是到達極限的氣球，只要有人稍微一動，就會「砰」地一下炸開。

其他人的腦袋都恨不得埋進書裡，喬聲也張了張嘴，不知道要說什麼。

就在其他人膽戰心驚時，教室裡忽然傳出一聲低低的輕笑，沒什麼愉悅感。

喬聲跟其他人忍不住看向秦苒，卻看到她那雙黑漆漆的眸子還有被微微染紅的眼白，連笑都顯得極其危險。

「林思然，妳說。」秦苒靠到旁邊，語氣風輕雲淡的，聽不出喜怒。

「苒姊，」喬聲咳了一聲，「妳放心，這件事我一定會幫妳處理得妥妥當當。」

林思然闔上書籍，把自己知道的都說了。

喬聲是喬家少爺，他要處理這件事一定很簡單。

「不用，」秦苒卻拒絕了。她拿出手機，隨手撥了通電話出去，「你那裡有二十個人嗎？」

那邊不知道回答了什麼，秦苒點點頭，直接掛斷了電話。沒說話也沒收拾書本，只靠在一旁垂著眼眸，手裡轉著手機。

不到五分鐘，魏子杭就冷著一張臉上來。九班的人都聽過魏子杭的傳說，心裡更加忐忑。

魏子杭嘴裡還叼著一根菸，目光一掃就看到秦苒的書桌，笑得很邪：「膽子真大。」

「這個。」秦苒的下巴抬了抬，指向孟心然的書桌位置。

魏子杭什麼話也沒說，直接把孟心然的書桌抬到了走廊上。

九班的人還不知道秦苒要幹嘛。喬聲看了一眼魏子杭，怕秦苒驚動校方，跟在秦苒後面出去。

「苒姊，妳現在要幹什麼？」

其他人面面相覷，也跟著出去。只見秦苒靠在走廊上，歪著腦袋，微側的眉眼透著恣意，依舊是少年人的輕慢。

她不緊不慢地將孟心然的書一本一本地從五樓往下扔。而樓下，因為怕砸到人，由二十個人清出了一塊空地，霸道又跋扈。青天白日下，敢在學校裡做出這種事，一中的學生都是第一次看到，其他學生看到二十個人圍在一起的樣子早就遠遠地避開了，不敢接近這邊。

秦苒分明沒有過多的動作，但這一瞬間，所有站在走廊上的人都莫名害怕，汗毛從背後豎起。

秦苒來一中兩個多月，雖然平常有點難以接近，九班的人也不太敢惹她，但他們都沒想到秦苒敢這樣做。

目光瞥到手上拿著一根菸，風神清絕的魏子杭，其他人又沉默了。

他們怎麼會忘記魏子杭之前在周邊校區的凶名？來到一中後，雖然有所收斂，但那是魏子杭——喬聲之前都不太敢惹的魏子杭，而能讓魏子杭低頭的秦苒，又會簡單到哪裡去？

前幾天一直在下雨，樓下的路上還有未乾的水。旁邊就是翻新的花壇，雨水又混合了泥土。有些書砸到水泥路上，有些書則直接掉到了泥水裡。

秦苒垂下眼看著掉在樓下的書，最後又看了一眼魏子杭。

魏子杭笑了笑，什麼也沒說，將夾在手指中間的菸叼在嘴上，然後伸手拿起孟心然的書桌，隨手扔到了樓下。

匡噹——這一聲像是砸到了所有人心裡。

從秦苒開始扔書時，從一樓到六樓所有班級的學生都出來看熱鬧。

站在樓下的那二十個人，都是體育班極其不好惹的人。

高三的中午自習，本來很安靜的教學大樓人聲鼎沸，除了五樓這一層。

扔完孟心然的東西，秦苒又回到教室。其他學生跟在她身後，一句廢話也不敢說，都嚇傻了。

他們原本以為解釋一下誤會，喬聲再調解一下就差不多了，誰知道秦苒連這個機會也不給，簡單又粗暴。

林思然已經在這段時間內把她的桌椅恢復好了，沒壞的書堆在一起，壞掉的書就放在一旁，她正在用濕紙巾擦幾道腳印。

秦苒坐回自己的位子，翻了翻幾本壞掉的書。有幾本原文書撕開了，林思然正拿著一本參考書擦著。

那本參考書是之前程雋託人從京城帶過來的。

「苒姊，我已經讓人去調走廊上的監視器了。」喬聲跟在她身後小跑過來。

秦苒扔完孟心然的書後，到現在一句話也不說，只垂著頭，讓人心驚，喬聲有些後悔自己今天選擇去吃火鍋了。

第四章　找死

秦苒充耳不聞。她只是低著頭，翻開一本原文書。

林思然將那張票原封不動地夾了回去。縱使林思然有擦過，秦苒還是能看到上面鞋跟的痕跡，還有一些被踩過才有的輕微凸起。

秦苒雖然不太想要這張門票，但陸照影忍痛割愛，她還是把它夾進了自己最喜歡的一本書裡。此時被人踩了一腳，彷彿像在嫌它髒一樣，連撿都不願意撿。

秦苒把這張票抽出來，沒說話，只是仰了仰頭。

其他班級有人來九班看熱鬧了。

學校就是這樣，高三讀書枯燥又無味，這種事情最能吸引學生們，走廊上變得嘈雜。

魏子杭在九班走廊上還沒走，看到這一幕，就熄滅了菸，準備讓他們全都滾回自己的班上。

秦苒拉開椅子走出去，目光先落在走廊上的那群人身上，踢了門一腳，「閉嘴！」

不到一秒鐘，走廊一片寂靜。

秦苒的目光轉回班上，夏緋的座位旁空了一個位置。

「妳，」秦苒指了指夏緋之前的同桌，低著嗓音，「搬過來。」

那女生傻掉了，不知道為什麼會扯到自己身上。

喬聲就轉過頭，「還發呆，叫妳搬過來沒聽見嗎？」說完，他就走到那女生面前，把桌子直接搬到了夏緋那裡。

原本孟心然的位置就這樣被補滿了。

班上又調動了幾次，位置跟孟心然來之前一模一樣，彷彿孟心然從來沒來過這個教室一樣，秦苒這才面無表情地回到了座位上。

而魏子杭這個校霸跟喬聲不一樣，喬聲只是家裡有資產，魏子杭是真的見過血。別看他風神霽月的，實際上手段狠厲，一中的人寧願惹十個喬聲，也不敢惹一個魏子杭，所以走廊上那些來看熱鬧的其他人還沒看到熱鬧，就又溜回了教室。被班上的人詢問時，他們只揮揮手，一臉神祕地回：「不可說、不可說。」

孟心然被扔到樓下的書沒有人敢撿，清潔阿姨要清理的時候，都被路過的人拉走了。一中裡，誰不認識魏子杭？敢在他眼下動他的東西，是活膩了。

秦苒回到自己的位子上，重新把票夾進那本原文書，又把口袋裡的手機拿出來，準備傳訊息時看到有一條未讀訊息。是陸照影傳來的訊息。

『沒事吧？』

他之前在校醫室看秦苒離開時的表情不對，但是來不及問，等他回過神來，秦苒已經走了，所以就傳了封訊息。

秦苒看著這封訊息半晌，又撓撓頭，很是煩躁。

想了半晌，只傳了兩個言簡意賅的字過去——『沒事。』

校醫室的陸照影就把這封訊息拿給剛回校醫室的程雋看，讓他看看。

喬聲搬好了夏緋同桌的桌子，又坐到秦苒前面的男生位子上，「苒……」

「不知道，別煩我。」秦苒抬手把手機丟到抽屜裡，趴在桌子上，不太耐煩地說。

喬聲摸摸鼻子，回到了自己的位子上，問何文：「為什麼當時沒人阻止？」

「我來不及，完全來不及。」何文立刻舉手，「孟心然動作太快了，我來不及。」

喬聲又看向其他人，有個人默默地開口：「我不敢動。」

那可是孟心然，先不說她家是京城的家族，還是OST的成員、雲光財團的人。喬聲敢惹她，但他們普通人哪敢。

林思然剛才幫秦苒擦了桌子跟椅子，手上的白色抹布沾上了灰。她看了一眼趴在桌子上的秦苒，就拿著抹布去洗手間洗抹布。而夏緋看到林思然離開，想了想，也放下筆，跟著一起出來。

洗手間裡，夏緋吊著的心終於放了下來，她走到正在洗抹布的林思然身邊，壓低聲音：

「林思然，妳今天有點帥耶。」

林思然也現在才回過神來，不由得摸摸鼻子：「有嗎？」

「妳沒看到喬聲都被妳嗆到一句話都說不出來嗎？」

林思然低下頭，不好意思地笑道：「我當時就是太氣了，腎上腺素飆升。」要在平常，她是絕對不敢這樣對喬聲說話。

「不過，這樣把事情鬧大沒問題嗎？」夏緋憂心忡忡地開口，「那可是孟心然，苒姊現在是不是徹底得罪了她？」

林思然聽到夏緋這麼說，淡定地開口：「有喬聲在呢，還有，她太囂張了，搞得像是我們不知道京城的格局一樣，她以為自己是格格嗎？」公主病太嚴重。

夏緋擰開水龍頭洗手，「但我們本來就不知道啊……還有，苒姊書裡的那張門票到底是怎麼一回事？」她想了想，轉頭朝林思然看去，「苒姊怎麼會有這種東西？」

這件事，怪就怪在秦苒還真的有一張表演賽的門票。這種門票極其難得，而秦苒又不是ＯＳＴ的粉絲，夏緋真的想不通秦苒是從哪裡拿到的門票？

林思然只側頭看了她一眼，有些一言難盡。

這些人都是有健忘症嗎？忘記秦苒前陣子連言昔的整套專輯都弄到手的事情了嗎？那些專輯收集得這麼齊全，除了言昔，沒有粉絲能辦得到，這比拿到一張門票還困難許多吧？

高三大樓是學校的主要關注對象，發生了騷動，之後又有這麼嚴重的情況，自然驚動了一些老師跟教導主任。

高三的課本很多，孟心然的書被扔了滿地，對風評不好，但老師們一聽到是魏子杭叫人弄的，就沒膽去收拾。不過惹不起魏子杭，他們還是能找秦苒談談，只是想一想，又怕影響秦苒的身心健康，最後只能去找丁主任。比起他們，丁主任這個有校長罩著的人比較能震懾到魏子杭。

丁主任本來是要處理這件事的，但是一聽到主犯是秦苒就沒了動靜。

這女孩不簡單，尤其上一次的李愛蓉事件過後，丁主任就發現校長跟那女孩似乎也認識。

他沉默了一下，然後開口：「這件事你們先別管，我問過校長再說。」

幾個老師面面相覷，都能看到對方眸底的震驚。沒想到這件事到最後還要扯到校長。

等離開了丁主任的辦公室，他們才有些慶幸，好在之前沒有隨意插手，而是先來找丁主任。現在看來，連丁主任都不敢隨意插手。

辦公室內，丁主任直接打給了徐校長。

『你說秦苒把孟心然的書從樓上扔下來，還吩咐人看著，不讓人撿？』

徐校長放下手中的茶杯，清了清嗓子。

丁主任說了一聲「是」。

『那她大概是等著要給孟心然看的，她不是那種瘋癲的人，那個孟心然肯定是惹到她了。』徐校長倒是很疑惑地站到窗邊，又笑了，『沒事，這件事不要管，先把這些書放置兩天再讓人收拾。』

丁主任愣了愣，「兩天？」

『嗯，』徐校長輕聲開口，『只是很久沒有看到她這樣了。』

丁主任覺得，他似乎從徐校長的聲音裡聽出了一絲懷念。

學校裡沒有人管這堆書。孟心然的書就這樣放著，沾上了泥水，有些也被風吹到散開了。她的桌子掉在水泥地上，另一邊，孟心然的限量版包包也都是泥水。

孟心然坐在咖啡店裡，直到覺得時間差不多了，第三節課時她才拿著包包走到學校。走到高三教學大樓的時候，她發現樓下一片狼藉。

掉在泥地裡的限量版包包引起了她的注意。

她臉色一變，不顧泥土，走過去就看到了地上沾上泥水的包包，裡面還有一支她前幾天剛買的口紅。孟心然有些不敢相信，又緩緩低頭拿起一本掉在腳邊的書，翻開第一頁，上面是自己前幾天剛寫上去的名字。

有人似乎聽到了消息，漸漸有人探頭往下看。

孟心然的臉色徹底綠了。

看著底下這些書和被扔到一旁的殘缺桌子，她能猜到這些也全都是自己的！

她孟心然，被人明晃晃地挑釁——將書連同桌子從五樓扔下來了！臉被踩在腳底下！

這方式跟她今天中午把秦苒的書桌踹倒時幾乎一模一樣，孟心然不用多想就知道是誰了。

她沉著臉色，心中的怒火幾乎無法控制，找出林麒的電話播出去，幾乎是咬著牙開口：「姑丈，你那個繼女偷我的門票，我沒說什麼，只要她把票還給我，我也不準備上報學校。但是她竟然惱羞成怒到把我的書桌從五樓扔到樓下，你問問你現在的那個老婆，這就是他們家的教養嗎！」

第五章　其他成員

聽到孟心然的話，林麒放下手中的文件，沉默了片刻才反應到孟心然在說秦苒。

「什麼票？究竟是怎麼回事？」林麒站起來，沉聲開口。

『表演賽門票。』孟心然站在原地，眉眼嘲諷。

林麒頓了頓，又回：「我知道了，高老師呢？我馬上去學校。」他掛斷電話，把一堆文件丟在一旁。

「林總。」助理看到他站起身，匆匆走過來。

「行程先別管。」林麒按了一下眉心，有些疲憊地說完，又拿起手機打了通電話給寧晴，但寧晴沒接。林麒皺起眉頭，「打個電話給張嫂，問她夫人去哪裡了。」

林麒拿著外套出去，神情無法放鬆。事實上，連他自己也不確定秦苒會不會聽寧晴的話。

張嫂很快就給了回覆，寧晴現在正在美容院，所以林麒沒有先去學校，而是去美容院找寧晴。

他到那邊時，寧晴正閉著眼睛做臉部按摩，包包放在休息室，所以他打了好幾通電話都沒有人接。

看到林麒，寧晴一愣，她讓按摩師暫停一下，「你怎麼會來這裡找我？」

心裡卻一驚，林麒的表情看起來不太好。

「先去學校一趟吧，妳女兒跟心然吵架了。」林麒淡淡地開口。

她女兒……秦語現在在京城，只有秦苒在雲城，還跟孟心然同一班，寧晴心裡一驚，連外套也來不及穿，直接站起來，「怎麼回事？」

她怎麼跟孟心然吵架了？

「暫時不太清楚，等到了學校再說。」林麒直接轉身，走出美容院的大門。

寧晴拿了自己的包包，一邊往外走，一邊拿出手機打電話給秦苒，響不到兩聲就被人掛斷，擺明不想接她的電話。

另一邊，一中——

孟心然深吸了一口氣，她看著滿地狼藉的書，也沒有撿，直接上樓去九班。

到九班時，她才發現她在九班的座位已經被補滿了——這肯定不是高洋做的，高洋剛把自己調到那裡，怎麼會在這個時候換位子。能做到這件事情的人，除了喬聲，孟心然不覺得有其他人。

她氣到手指都在顫抖。走進九班，孟心然連看都沒看秦苒一眼，直接停在喬聲的座位旁，定定地看著他：「喬聲，你這是什麼意思？」就這樣縱容秦苒把她的東西都丟到樓下？

「沒什麼意思，」喬聲往椅背上一靠，「妳丟了人家的書，人家丟回來，天經地義。」

班上的人全都低著頭，沒有出聲。

孟心然環顧了一眼，然後點頭冷笑：「好。」

她轉身走出教室，直接去高洋在學校裡的住所。

高洋上午是有兩節課，但他是數學組的組長，所以下午在家裡準備下一次的教學演講。

因為丁主任跟校長的插手，學校裡的其他老師都不敢管這件事，而九班也沒有人通知高洋。一開始是沒想到事情會鬧成這樣，後來是因為魏子杭插手，這些人多多少少怕了，所以直到孟心然去找高洋，他才知道這件事。

他沒有表態，只是讓孟心然稍微坐一會兒，等林麒他們過來。

至於秦苒，她一直趴在桌子上，直到下午第四節課下課她才爬起來，拿著那幾本損壞的書，心情不太好地往校醫室走，身旁都是低氣壓，班上沒人敢跟她搭話。

喬聲皺了皺眉，他偏過頭低聲問何文：「你去問問丁主任，監視器調出來沒有。」現在發生了這種事，最重要的還是先查出真相，不然兩人的矛盾只會越來越嚴重。

秦苒到校醫室時，陸照影正靠在椅背上，慢悠悠地轉著筆。他看到秦苒抱著一本書慢吞吞地往裡面走，挑了挑眉：「晚上要看書，不練字了？」

「也要練。」秦苒看著還擺在書桌上的字帖跟筆，皺著的眉頭放鬆了一些。

聽到聲響，程雋也抬起頭，看到她的表情後手頓了頓，不過沒說什麼。

程木還沒有帶飯過來，秦苒就坐在一旁，開始練字。練著練著，表情放鬆了一點。

放在桌子上的手機又響了。

她很厭煩地伸手拿過來，當一直注意著她的程雋覺得她下一秒就會把手機砸到地上的時候，秦苒的表情卻放鬆了一點。

「我出去拿個東西。」她沒有接電話，只是和陸照影跟程雋說了一聲。

程雋點了點頭，聲音輕緩：「妳去吧。」

等秦苒拿著手機離開，程雋才往外面走，靠在秦苒練字的桌子上翻開秦苒帶來的原文書。

這些書都是他跟她上次一起挑的。書籍很新，程雋知道她這個人對其他事物沒興趣，但是十分珍惜這些原文書。

此時，卻看到這幾本書都有破損的地方，全新的書上還有怎麼樣也去不掉的鞋印。

程雋的手一頓，看著這些書，微微瞇起眼。

另一邊，秦苒直接走出校門，在路口處看到一輛黑色的廂型車。她朝那輛廂型車走去，剛到車門口，後車門就被拉開了。偌大的廂型車裡只有兩個人，一個司機，一個是戴著鴨舌帽的年輕男人。

自從秦苒坐上後座，司機就忍不住往後面打量，透過後視鏡能清楚地看到那個女生的長相。

她微微垂眸，長睫落下，恰到好處地半遮住她的雙眼。精緻的臉上有些似乎慣有的不耐煩，五官恰到好處的精緻，極致的頹靡。

「我前幾天跟你要的東西呢？」秦苒靠在椅背上。

坐在車窗邊的年輕男人抬起下巴，然後從口袋裡摸出了一疊票，遞到秦苒手裡。

「妳明天是要來看我們的表演賽嗎？」他歪著腦袋，略沉吟一會兒才問了一句。

他聲音清亮，說話的時候嚴肅又正經。

如果此時有其他人在這裡，一定會忍不住驚叫出聲。即便只能看到半張臉，那些骨灰級的粉絲也能認出他就是九州遊兼雲光財團旗下的大魔王——楊非！

「不知道，看情況，這些票是幫我朋友拿的。」秦苒沒看具體的張數，不過看厚度，確實不少張。

上次在校醫室的那天晚上，秦苒就跟楊非通過視訊通話，和他拿了票。

她接過來，直接塞進口袋裡，「好了，我走了。」

楊非點點頭，目送她離開。等車門關上，透過窗戶看到那道身影消失在眼前他才收回目光，抽出一直放在口袋裡的左手。

攤開緊握著的拳頭，他才發現手心裡都是汗。

駕駛座的男人是ＯＳＴ的現任教練。他看著秦苒離開的背影，忽然靈光一閃，腦子裡忽然想起曾經在ＯＳＴ幾個老成員那裡看到的一張照片，立刻轉頭去看楊非，心潮澎湃：

「陽神，剛剛、剛剛那個人，你覺不覺得她長得好像……」

楊非沒有回答，直接提醒他：「教練，我們該走了，七點還有訓練。」

教練點點頭，但還是忍不住看向校門的方向。

＊

孟心然打電話給林麒時已經是下午第三節課了，等他去美容院找寧晴又來學校，已經放學十分鐘了。寧晴來到高洋這邊，聽完林麒助理的解釋才知道秦苒跟孟心然的事。

她不敢置信地抬頭：「她拿妳的票？為什麼？」

秦苒是不聽話，可在寧晴心中，她也不是會做這種事的人。

「不是拿，是偷。那張票還在秦苒那裡，那就是證據。」孟心然糾正了寧晴的話，目光冰冷又嘲諷，絲毫不加掩飾，「至於她為什麼要這樣做，那妳得問她，我不想鬧到警察局，但也嚥不下這口氣。」

一聽到要報警，寧晴就慌了。

「怎麼是偷呢？那張票有可能……」

「妳以為這張票誰都能拿到？」孟心然淡淡地看向寧晴。

明明沒什麼嘲諷的語氣，寧晴的神色卻僵了僵。

「姑丈，這是你的繼女，你們自己處理。」

寧晴立刻看向林麒。

林麒想了想，然後看向高洋：「高老師，苒苒她不接我們的電話，麻煩您讓她來一趟。」

他雖然對秦苒沒有意見，甚至很看重她，卻沒有把她看得比孟心然還重。

高洋是有秦苒的電話號碼，只是之前一直沒有打給秦苒。他先找喬聲跟林思然了解過狀況，現在聽到林麒的話，也點了點頭，直接拿出手機打了通電話給秦苒。

接到電話的秦苒已經回到了校醫室，程木正拎著兩個便當跟塑膠袋進來。

「高老師。」秦苒直接將耳機戴上，也沒離開，一邊慢悠悠地練字一邊開口。

『中午跟其他人發生爭執了？』高洋的聲音溫和，聽不出生氣的情緒。

秦苒「嗯」了一聲，繼續練字，左手本來寫得端正的字，今天好像有了一點鋒利，看得旁邊的陸照影嘖嘖稱奇。

高洋頓了一下，聲音顯得有些無奈，『妳把位子也調回去了？』

秦苒又「嗯」了一聲，依舊沒有開口說話。

『這樣吧，妳先來我這裡一趟，這件事我們先弄清楚再說。』高洋嘆了一聲，『林先生跟妳媽都過來了。』

「知道了。」秦苒慢吞吞地說完，將筆扔到一旁，心情顯然不太好。

她沒有立刻離開，而是坐在原位，似乎在端詳自己剛剛練的字。

不言不語，垂著眉眼，隔得大老遠都能感受到她身上那股「離老子遠一點」的氣息。

程木頓了一下，把塑膠袋送進去給程雋，又繞到陸照影那邊，也不敢過去秦苒的那張桌子上擺開飯菜，用口型問陸照影發生什麼事了，陸照影則對他搖了搖自己的手機。

半晌，秦苒才用手撐著桌子站起來，含糊地開口：「有點事，我先去我班導師那裡一趟。」

程木覺得冷凝的空氣忽然被戳破了，這才把菜往桌上擺，「可是秦小姐，快要吃飯了。」

「可能會有點晚，你們不用等我。」秦苒朝他們擺擺手，頭也沒回地直接離開校醫室。

等秦苒走後，陸照影才把手機拿給程木和程雋看。

程雋已經把秦苒那堆損壞了一部分的書放在自己面前，手裡拿著刀片跟膠水，容貌郎豔獨絕卻眸色陰沉。

「要不要去找徐校長？」陸照影現在有點想去教學大樓把那堆書全都踩爛，忍不住暴躁，「那張門票是我給秦小苒的，跟她有什麼關係？」

程雋再次低下頭，「不用。」

陸照影有點失望，他想把事情鬧大。想了想，他眼前一亮，「我去叫我爸為孟家找點事做。」不然，這口氣沒辦法宣洩。

「去吧。」程雋再次拿起了刀片，壓著嗓音，似乎有點沒睡醒的鼻音。

陸照影低下頭，發現一本被放到旁邊的書，裂紋幾乎看不到了。

「你什麼時候學過了？」陸照影抬起頭，難怪程雋會叫程木買膠水跟專業刀片回來。

程雋抵著唇，輕咳了兩聲，「大一。」

陸照影有些無語地看著程雋。

但凡程雋只要在一件事上多用點心，別做什麼都半途而廢，在程家哪有其他人說話的餘地，也不會被別人說他無所事事。

等他出去後，程雋才不緊不慢地放下刀片，隨手從抽屜裡拿出一支手機。很厚，是一個黑色手機。如果秦苒在，一定會發現這支手機跟她的那款手機幾乎一模一樣。

程雋低著頭，眉眼十分平靜地打開編輯器，傳了一條訊息出去。

半晌後，又回了好幾條訊息，之後他把手機放回抽屜，重新鎖好。眼眸微微抬起，沒有往日的風姿雋爽，那雙被長捲睫毛蓋住的眼眸中微微亮著星火，睥睨又孤寒。

秦苒很快就來到高洋這邊。

一進來，寧晴就急忙看向她，「苒苒！」

林麒則是看向秦苒，目光淡漠，之前他對秦苒雖然不比秦語好，卻也很欣賞秦苒的性格，只是今天孟心然說的話讓林麒十分憤怒。

他一向對前妻那邊的親戚很好。來學校的時候，他也去看過教學大樓底下的場面，一眼就看到了亂七八糟的書，還有被扔下來的書桌。要有多大的仇怨才會用這種侮辱人的方式解決問題？也因此，他去找寧晴時表現十分冷淡，現在看到秦苒也沒什麼表情。

秦苒卻半點也不慌張，她不緊不慢地往裡面走，停在高洋面前。

不像施害者，也不像是受冤者，還十分有禮貌地開口，「高老師。」頓了頓又看向林麒，「林叔叔。」

她來雲城這麼久，林麒對自己沒有多好，但也絕對沒有虧欠自己的地方，甚至有不少事情都曾經想出力幫忙。雖然說還沒出手她自己就解決了，但這份人情她都記得。

然而今天林麒只看了她一眼，沒有說話，也沒回應，表情冷淡。

寧晴也知道林麒之前對秦苒很好，雖然後來秦苒沒有答應進入封氏，但看得出來林麒很欣賞秦苒。現在林麒卻是這麼冷淡的表現，寧晴心下一涼。

「苒苒！」寧晴急切地開口，「妳為什麼要拿孟小姐的門票，這一切是不是有誤會？現在說還來得及……」

秦苒淡淡地看了她一眼。

孟心然看到她雙手插口袋，絲毫不慌亂的模樣後笑了笑，眸底卻十分寒冷：「我邀請妳去看表演賽，妳裝得不屑一顧，應該連妳自己都沒想到九班會有人敢掀妳的桌子吧？」

三個人都有點咄咄逼人的意思。

高洋看了兩分鐘，突然出聲：「孟同學，請問妳那是什麼門票，為什麼秦苒不可能有？」

「連喬聲都拿不到的票，你覺得她會有？」孟心然似笑非笑地看一眼秦苒：「那張票外面根本就賣不到，是雲光集團的內部票。」

高洋看了她一眼，「為什麼不是有人陷害她？」

孟心然目光冰冷，「你們要是死不承認，我們就警局見。」

寧晴心下慌了，壓低聲音：「苒苒，妳把票還給孟小姐，和她道個歉就好了。」

林麒一直沒有說話，秦苒把孟心然的桌子從五樓扔下來，道個歉是應該的。

聽到這裡，高洋也沒有再說什麼，而是轉向十分冷淡的林麒。

「林先生，您應該還不知道事情的具體經過吧？」

林麒浸淫商場，一身氣勢極強，眸底看得出精明幹練。

「不用您說，我知道。我侄女參加過一年的戰隊訓練，現在才回來讀高三，她成績很好，因為今天這件事，她的學習進度又浪費了一下午。」

高洋卻半點不虛，聽他說完後笑了笑，語氣不卑不亢，「據我所知，您的侄女在事情完全沒有搞清楚之前，把秦苒同學的桌子踹倒，九班的人都知道秦苒同學有一堆十分喜愛的書，還有幾本是市面上買不到的絕版書，有好幾本毀損了。當然，秦苒同學把孟同學的書丟下去確實不對，但有錯在先、沒禮貌也該先道歉的人，是不是孟同學？」

林麒一愣，孟心然確實沒有跟他說這件事。他一直以為是孟心然說秦苒偷她的門票，秦苒惱羞成怒，直接扔了孟心然的書桌。

高洋也沒有任何諷刺的語氣，但每一句都隱含刀子，讓林麒氣到無法運轉的腦子一下子炸開。實際上，這些事他只要問幾句就能發現，可惜他連問都沒問，一心替孟心然抱不平。

林麒僵著臉色，現在竟然有點不敢去看秦苒的眼睛。

一直催促秦苒趕緊去道歉的寧晴也狠狠愣住。

「現在不用說這些沒用，」孟心然淡定地開口，這種情況下，她依舊優雅，「是秦苒她偷了我的票。」

高洋點點頭，「喬聲已經去查監視器了，馬上就來。」

叩叩——

不到二十分鐘，喬聲就來敲門。

「老班。」他進來，目不斜視地把一個隨身碟遞給高洋。

看到喬聲手上的隨身碟，寧晴的手下意識地捏緊。但秦苒沒看她，只雙手環胸地看著高洋把隨身碟插進去。

喬聲拿來的是一段影片。

一中的教室裡沒有監視器，只有走廊上有，所以喬聲拿來的只是走廊上的影片。

高洋以三十二倍速快轉，從中午放學到孟心然走進教室的半個多小時間，影片上很清晰地顯示出秦苒是最後一個離開教室。過了一段時間，才有兩個男生先回教室。這兩個男生進教室不到半分鐘，又有兩個女生結伴而來。

總之，看完影片，證明了其他人都沒有問題，反而是秦苒的嫌疑更深了。

孟心然冷笑一聲，看向秦苒：「秦苒，證據都在這裡了，妳最後一個走，還有誰有可能偷了我的票去陷害妳？妳還想狡辯？」

秦苒點了點頭，漫不經心地看向孟心然，「只能妳有票，別人不能有票？」

她不僅有票，她還有一疊票。

「苒苒，妳夠了！」寧晴大聲開口，然後看向孟心然，卑微又小心，「孟小姐，對不起，苒苒她沒有……」

「妳不會以為這種票只要有錢就能買到吧？」孟心然諷刺地說，「那是雲光集團的內部票，妳在作夢嗎？」

林麒這時候終於開口了。因為之前對秦苒的一些誤解，他此時對秦苒有些愧疚。

「這件事不管怎麼說，只要票還在就好。」林麒這時候才看向秦苒，「或許是誤會了妳，妳把票給心然，叔叔就幫妳做主，這件事就當什麼也沒發生。」

孟心然顯然不同意這個做法，但是林麒都開口了，她也只能站在一旁，冷笑著看向秦苒。

秦苒靠上旁邊的桌子，聲音裡聽不出情緒：「所以，您是不是覺得不讓我道歉、不去報警，就是對我最大的憐憫了？」

林麒沒想到秦苒會是這個反應，「我……」

孟心然也被秦苒這個天才的反應逗笑了——是嘲諷的笑。

而寧晴知道秦苒一向好強，但到了這個地步她還這樣說話，讓她恨不得當場捂住她的嘴。

「秦苒，妳先把我的四張票給我，是四張連號。」孟心然不想跟秦苒周旋，不耐煩地開口。

秦苒卻是一愣，瞇起眼，「所以，妳其實記得雲光財團的內部票座位號碼？」

「秦苒，妳垂死掙扎的樣子真的很噁心。」孟心然的嘴角是冰冷的笑，「內場B區九排，十二、十三、十四、十五連號，一張都不能少。」

「確定嗎？」

「當然。」

「好，」秦苒點點頭，從口袋裡摸出陸照影給她的門票，「這是我的票，你們看看。」

她都氣笑了，原本以為孟心然是不記得自己的座位號碼，才會覺得她的票是偷來的。誰知道，這女人孤傲到這種地步。

高洋接過來看，林麒也在他身邊看了一眼，表情一滯。

孟心然看著兩人的神色，皺了皺眉，她直接抽出高洋手中的門票。因為被人踩過，表面有些凹凸不平，但上面的座位號碼很清晰——

內場A區五排八號。

孟心然的手徹底僵住。

「怎麼可能？妳怎麼會有A區的票？」孟心然反覆地把這張票看來看去，「那我的票呢？」嘴裡喃喃著，似乎不敢相信這件事，手裡的力道幾乎快將這張票撕碎了。

林麒現在終於反應過來，他一句話也沒說，直接一步上前把孟心然手中的票拿走，遞給秦苒。

他有點不敢看秦苒的眼睛，「苒苒，叔叔……叔叔羞愧。」

一開始他沒弄清楚狀況，覺得秦苒先挑釁在先，對她不予理會，甚至責怪她浪費了孟心然的時間。後來又因為內疚，想要把這件事大事化小，小事化無，覺得那是對秦苒的施捨，算是他對她的歉意，他甚至覺得秦苒會因為他的不追究而感到慶幸。

然而他怎麼也沒有想到，秦苒從頭到尾就是一個無辜的受害者！

她被孟心然誣陷，又被孟心然砸壞了桌子，扔了書。

秦苒心裡很清楚她根本就沒拿孟心然的門票，所以孟心然的那些舉止跟言辭都極其可笑。他之前對秦苒把孟心然的桌子跟書從五樓扔下來感到不悅，現在卻覺得秦苒的這個動作是再正常不過，甚至於再狠一點，林麒都不覺得過分。

林麒心中的羞慚越來越深，他對秦苒彎了彎腰，表示歉意。

秦苒只是轉過身，隨手收起門票，語氣風輕雲淡，「沒事。」

林麒聽著，心卻猛地往下沉。事情果然在朝最壞的方向發展。

喬聲就站在高洋身邊，從頭到尾沒怎麼開口，只在秦苒拿出票的時候皺起眉看了孟心然一眼，又震驚地看了秦苒一眼。

「心然，跟苒苒道歉。」林麒頓了頓，朝孟心然開口。

孟心然抿了抿唇，冷著臉沒開口，「但我的票就是被偷了。」

林麒捏了捏眉心，似乎很疲憊。他張開口想說什麼時，門被敲響了。

進來的是一個中年婦女。

秦苒站得最靠近門邊，她斜靠著桌子，腿懶洋洋地搭著，側著的眉眼略顯不太耐煩。

中年婦女一進來，最先看到的就是她，似乎是沒想到會在這裡看到她，眉頭下意識地擰僅。

「張嫂？妳怎麼來了？」林麒的目光一偏，看到張嫂後驚訝地開口。

張嫂想起了正事，立刻從包包裡拿出來東西，遞給林麒：「是這樣的，林先生，下午我幫表小姐的房間換香氛時，看到角落裡的幾張門票，聽人家說這些門票對小姐來說很重要，我就立刻送過來了。」

一說完，整個房間都安靜了。

張嫂一頓，「我是不是……說錯話了？」難道那個傭人在騙她？

下午，張嫂在孟心然的房間裡發現門票的時候，她準備放到化妝台上，旁邊有個傭人說孟心然正急著找這個，還告訴了張嫂地址，她就匆匆忙忙地搭車趕過來了。

「沒，妳沒說錯話。」林麒現在連看都不敢看秦苒了。

鬧了半天，這一切根本是場鬧劇。

他深吸了一口氣，這麼多年的修養讓他找回了自己的聲音，「高老師，今天真是麻煩你了。」

孟心然接過張嫂遞過來的四張門票——四個連號，一張都不少。

到了現在，誰最無辜、誰被誰牽連，已經一目了然。想想之前孟心然要林麒管好秦苒，當時說得多嘲諷，現在就有多打臉。

孟心然的一張臉也通紅，被喬聲和高洋的目光看著，頭也不敢抬地直接離開。

林麒又對秦苒說了一聲抱歉，逃跑似的離開了。而寧晴的手指捏緊包包，想要跟秦苒說什麼，秦苒卻不看她。

「我靠，苒姊，妳到底是哪裡來的票？」

在回去的路上，喬聲終於反應過來，撓了撓自己的頭髮，側身看向身邊的秦苒。

秦苒手裡拿著手機，不知道跟誰在傳訊息，沉默又冷淡。

喬聲在耳邊大聲嚷嚷，她不由得伸手掏了掏耳朵，瞥他一眼，「別人送的。」

「誰這麼好，會送妳這種東西？」喬聲繞到她的另一邊，「為什麼沒人送我？」

「陸照影。」秦苒漫不經心地回答，見喬聲不明白，她又解釋，「校醫室那個校醫。」

被徐搖光警告過無數次的喬聲徹底怕了，他沉默了一下，「惹不起，惹不起。」

秦苒頭也沒抬地「嗯」了一聲。

到了校醫室，秦苒朝他揮揮手，直接進去。

天差不多已經黑了，喬聲一下課就去了監控室，到現在都還沒吃飯。現在餐廳裡沒飯了，他也沒去外面，只買了一碗泡麵去徐搖光的寢室吃。

「徐少，你不是說校醫室的那些人不好惹嗎？」喬聲倒好熱水，又把叉子插上去，坐上椅子側身看著徐搖光。

徐搖光住的是宿舍裡少有的單人宿舍，地方寬敞，還擺了桌椅。

喬聲把腿翹到了桌子上。

「確實不好惹，沒事別去那邊。」徐搖光沒抬頭，修長的手指翻著一本物理書，目光清冷，「到時候怎麼死的，連你自己都不知道。」

喬聲把手放在桌子上，有氣無力地開口：「但我看苒姊跟他們相處得很好，還有人送門票給她。」

今天這件事之後，喬聲知道他想拿到孟心然手中的門票基本上已經泡湯了。

聽到這句話，徐搖光的眉眼也動了動，似乎想不通。還沒等他想到什麼，手機又亮了一下。

他連物理書都不管了，直接拿起手機看了一眼。

喬聲看時間差不多了，拿起叉子攪了攪麵條，又吃了一口。看到徐搖光這副樣，他不由得翻了個白眼，「徐少，又是秦語的訊息？」

「嗯，她寄了兩張票給我，讓我們月底去看她的第一次表演。」徐搖光放下手機，側過頭，聲音清冷。

喬聲則吞下麵，頭也沒抬，「我不去。」

徐搖光看了他一眼，淡聲開口：「這次她的表演是新曲，我聽過她傳過來的音檔，進步很大，不去很可惜。」

「我還是回去求我爸，看明天怎麼讓我跟何文他們裝作內部人員，混進表演賽吧。」想到這裡，喬聲有些生無可戀。

——另一邊，校醫室。

程木看到她回來了才開始擺飯菜。

陸照影偷偷看秦苒的表情，雖然還是那副不太好惹的樣子，但看得出來，心情比離開之前好，他鬆了一口氣。

而程雋看了她一眼，慢吞吞地放下手中的東西，往外走了一步，似乎不太意外。

飯桌上，秦苒慢條斯理地吃飯，心想著那個張嫂到底是誰神不知鬼不覺地找來的？

很快的，喬聲傳了一條訊息到群組——

喬聲：兄弟們加油，我已經從我爸那裡拿到了幾張工作證，明天下午我們三點見！（圖片）

然後又傳了一個定位位址。

秦苒摸著下巴，看著這些訊息若有所思。

吃完飯，秦苒繼續趴在桌子上練字，她左手寫字慢，此時眉眼全是煩躁。

程木端了一杯茶過去給她，小心翼翼地看了一眼她寫的字，有些詫異。進步了？

「知道她那份字帖是誰寫的嗎？」陸照影摸著下巴，高深莫測地看向程木。

程木搖頭，沒什麼表情地說：「誰？」

「姜大師。」

「你說那位脾氣古怪，東西還貴得要命，不怎麼向別人出售自己作品的姜大師？」

「就是他。」陸照影打了個響指。

程木驚訝地看向秦苒。

「你們家雋爺請這位姜大師寫了好幾份字帖給秦小苒練字。」陸照影眯著眼睛，最後壓低了聲音，「程木，我問你，要是你們家老爺子，能有幾分把握能請到姜大師寫字帖？」

程木僵著一張臉，「一張字畫可以，寫字帖……」

幾乎不可能。

兩人幾乎都是同時想到，然後面面相覷，陷入沉思。

所以他們家雋爺是怎麼請到的？

——另一邊，林麒晚上沒回去，而是去了林家老宅。

在林老爺子的書房裡，林麒沉吟了一下才羞愧地開口：「爸，我今天搞砸了一件事。」有點疲憊。

「什麼事？」林老爺子很少看到林麒這樣，他放下茶杯，滿是溝壑的臉上僵了僵。

「是心然的事。」

林麒把今天發生的事情始末講述了一遍，語言簡潔，但直切要點。說完，林麒低下頭：

「當初您讓我好好關注秦苒的時候，其實我就選了語兒，不敢跟您說，現在又發生了這樣的事，我們林家想要和她交好，絕無可能。」最後又嘆氣：「我不知道自己以後要怎麼面對她。」

林老爺子聽完，沒有立刻回答，半晌才微微皺起眉，「今天這件事，你做事確實不妥當，不過雲光財團的票……她怎麼會有？」

這件事林麒也不知道。

「算了，事情都這樣了，」林老爺子比林麒淡定，「世界上的人才多得是，誰知道以後會有什麼變化。她這樣的情商，以後能不能把握住機會都不一定。你也說了，秦苒成績不好，說明她沒定性又好高騖遠，可能以後還會狠狠摔一跤。」

想了想，林老爺子又道：「婉兒昨天跟我說了，他們說魏大師能收語兒的概率有百分之九十，語兒跟秦苒不合，這樣也好，免得你再左右為難。」

商人，說到底還是以利益為重。

「我知道了，」林麒抬了抬頭，「這件事，我明天再找她親自道歉。」

林老爺子點頭，「月底語兒的表演，有幾個人會去？」

「她媽媽還有錦軒，我公司很忙，就不去了。」

「好。」林老爺子頷首。

*

秦苒練完字，就回到九班繼續上晚自習。

九班依舊很沉默，而高三教學大樓樓下的那堆書還是沒人收。

秦苒把從校醫室抱回來的原文書放在書桌上，林思然詫異地看了一眼，發現大部分的書都恢復原樣了。

秦苒面無表情地戴上耳機，又拿出字帖開始練字。喬聲一行人也來得很晚，到的時候在一起嘰嘰喳喳地討論明天要混進表演賽的事。高洋則要班長等人幫孟心然重新準備一張桌子，放在最後排，正好在喬聲後面。

但孟心然這麼高傲的人不會再待在九班，她直接轉到了一班。此時她正面無表情地雙手環胸站在後門，有從一班過來的三個男生幫她搬東西。

為首的濃眉大眼男生之前請喬聲帶他混進表演賽，被喬聲拒絕了，畢竟他帶何文等人混進去就很冒險。現在看到喬聲等人在激烈地討論著明天要混進表演賽的事，他有點爽快地開口：「喬聲、何文，真是對不起，剛剛孟心然同學把三張票送給了我們。」

孟心然十分冷漠地看著喬聲等人，嘴角勾著嘲諷的笑，沒看秦苒，十分輕視。

喬聲看了他們一眼，沒說話。

啪——

秦苒取下耳機，隨手丟到桌子上。這個動作很突兀，所有人都朝她看過來。

秦苒捏了捏手腕，然後側身朝喬聲看過去，沒什麼表情地開口：「剛剛忘記把東西給你了。」

說完，她伸手摸摸左邊口袋，沒摸到東西。擰了擰眉，煩躁地又摸進右邊口袋，終於摸到了，就十分隨意地扔到喬聲桌子上。

三公尺的距離很準，所有人都朝她扔的方向看過來。

喬聲的桌子上——是一疊表演賽門票，剛才說話的男生彷彿被人掐住了喉嚨。

來九班兩個多月，有些人確實把她當成朋友，而秦苒對朋友向來不吝嗇。

喬聲那些人在想盡辦法進去這場表演賽，但這些門票對秦苒來說，只需要一句話。除了給喬聲的這一疊，她還留了一張見面會的私人票給陸照影。
幫孟心然搬桌子的三個男生表情漸漸消失，看清楚那是什麼的九班學生也沒有一個人出聲。
他們這幾天都在討論表演賽門票的事，這門票非常限量，還只有那些骨灰級的粉絲拿得到，每人只限量一張，所以孟心然手中的門票才會在一中掀起了軒然大波。
從喬聲為了這些門票，對孟心然無所不用其極就能看出來。但她只有四張門票——
現在，有一疊？
喬聲也嚇呆了，十分小心翼翼地把散落的門票都收攏好，全部疊在一起更加可觀。
「我靠！」何文被嚇了一大跳。
喬聲感受著這個厚度也是嚇呆了，他一張一張地翻，這裡都是ＯＳＴ不同場次的表演賽門票，甚至連見面會的私人票都有，是整整一疊！
如果是其他門票，現場的人不會有這麼大的反應，但這幾天，孟心然手中的四張票已經到了白熱化的程度，孟心然自己也對自己手中的票十分得意。然而現在，與喬聲手中的那一疊根本無法相比。
所有人下意識地將頭轉向秦苒。
感覺到偏移過來的視線，秦苒皺皺眉，隨口道：「他們三場表演賽的票跟私人見面會的，每種應該有七八張吧，沒數過。」
喬聲腦袋呆滯，低頭看看手裡的門票，「七、七八張？」
每種七八張？

「因為太晚說了，留到的票不多。」秦苒繼續拿起耳機，慢吞吞地戴上，不太在意地說：「不知道夠不夠分。」

其他人看著喬聲手中的一疊門票，對秦苒的「不多」徹底緘默。

一班那三個同學臉上的得意囂張全都消失。跟人炫耀，要怎麼炫耀？人家有一疊！連私人見面會的票都有！一行人灰溜溜地回到了一班。

等孟心然跟那群人都走了，九班的人才像被一根針戳破的氣球。

「喬聲，從今天起，你就是我失散多年的爸爸！」

「你們這些舔狗，為了票，簡直無所不用其極。哥，你還記得你從小流落在外的弟弟嗎？」

喬聲立刻舉起手，「這樣除了我們四個人的，每種還剩下三張門票，每人拿一張行不行？」

「爸爸！」

班上有很多ＯＳＴ的粉絲，想要票的人也很多，總共還有十六張票，不夠分，喬聲就讓他們猜拳。

他這裡熱鬧得要命，秦苒那裡卻沒人敢接近。

她正戴著耳機，低頭非常緩慢地寫字，側著的眉眼很不耐煩。

拿到票的人在歡呼，喬聲卻抬手讓他們安靜一下，然後示意了一下秦苒的方向。

吵鬧的聲音瞬間消失，所有人都給自己的嘴巴拉上了拉鍊。票的熱度過去之後，所有人都下意識地看秦苒的方向。

秦苒表情冰冷地換了一個姿勢，所有人立刻收回目光。

「你們剛剛有沒有看到一班那三個人的表情？」在喬聲的座位旁，何文這些人都在學一班那三個特意來炫耀的男生，「我第一次看到有人的表情變得這麼快。」

說完又沉默下來。

「咳！」最後，還是何文先打破沉靜，他看了一眼秦苒的方向，「你們說，苒姊到底是從哪裡拿到的票啊？孟心然也只有四張。」這還是因為孟心然之前是OST的替補選手，上過一次賽場。

其他人沒有說話。

徐搖光抬起眼眸，若有所思地看了一下秦苒，好看的眼睛微微瞇著：「她肯定無法自己拿到，應該是有人給她的。」

喬聲知道徐搖光肯定是想到了校醫室的人，不由得低頭看了看。

座位號碼是內場A區第二排的連號。喬聲看過陸照影給秦苒的那張門票，是第五排。不知道為什麼，他總有種這張票不是校醫室的人給秦苒的錯覺。但如果不是……那這些票是從哪裡來的呢？

九班的人整個晚上幾乎都不怎麼認真，全班最淡定的除了秦苒，就是被言昔的那堆專輯刺激過的林思然，她淡定地拿出一套題庫來寫，等到晚自習下課才抬頭看秦苒。

秦苒依舊塞著耳機，手裡拿著一支鋼筆在慢吞吞地練字。

那支鋼筆是純黑色的，外形很好看，筆帽上還鑲著一塊類似碎鑽的水晶，看起來有種神祕感。

來等兩人的夏緋覺得很好看，「苒姊，妳的筆是在哪裡買的？我也想買。」

她沒什麼其他愛好，就是喜歡收集好看的筆、本子、橡皮擦，連有些好看的筆芯寫完了她也捨不得扔。

秦苒取下耳機時聽到夏緋的話，她也低頭看了看筆，轉了一圈，沒找到商標。

「我也不知道，是別人給我的，妳拍張照，去網路上找找吧。」

她把鋼筆遞給夏緋，隨手把字帖收好，放到抽屜裡。

林思然看了一眼，發現那個字帖沒有封面。

夏緋翻了翻筆，也沒找到商標。筆拿在手裡的手感更好了，小巧精緻，她立刻拿出手機拍了一張高畫質照片。

喬聲還在門口等秦苒，看到三個女生拖拖拉拉的就抬腿走過來，懷裡還抱著一個盒子。

他冒死把徐搖光用來裝獎牌的盒子拿來裝門票。

「苒姊，妳們怎麼還不走？」他走過來，頗為狗腿地開口。

「要走了。」夏緋拍好了照片才收起手機，把秦苒的鋼筆遞給她。

秦苒把鋼筆隨手放到筆袋裡，然後開口：「好看是好看，但容易有刮痕。」

尤其是跟圓規之類的東西碰碰撞撞。

「那我買了就專門用一個筆袋單獨裝它。」夏緋點頭。

晚自習剛下課時，整個教學大樓人聲鼎沸，吵吵嚷嚷，現在人幾乎都走光了才安靜下來。

喬聲抱著盒子跟著秦苒下樓。

徐搖光把物理考卷送去辦公室。

他把考卷放到物理老師的辦公桌上，想了想，不知道出於什麼目的，找出了倒數第三張考卷。

那張考卷是秦苒的。

秦苒其他科目都考了滿分，考得很好，徐搖光頂多只是驚訝，但並不在意，他唯獨對物理感興趣。

他從頭到尾掃了一遍，這張考卷從頭到尾，一個字都沒寫。

物理老師問過秦苒為什麼不寫，秦苒給他的回答是不會。可是，數學那麼困難的幾何空間理解題她都能解出來，不可能一題物理都不會。但要是會，她也不會唯獨不寫物理這一科。

最大的可能是她會，但是沒有其他科那麼出色。

徐搖光淡淡想著，將秦苒的考卷塞回去，鎖上了辦公室的門才出去，正好碰到走下樓的喬聲一行人。

等秦苒她們回去了女生宿舍，喬聲才摸摸下巴，「我剛剛問過苒姊，她說票是別人給她的。」

「嗯，」徐搖光沒有絲毫意外，那雙眼眸又清又冷：「應該就是那兩個人了。」

他看了一眼校醫室的方向。

OST他很了解，雖然雲光財團他不知道，不過也聽別人說過一點。他雖然不是楊非的粉絲，但也看過OST的比賽，這次他也想過託人拿票，不過沒有拿到。所以憑藉秦苒，徐搖光不相信她能自己拿到這麼多票。

「徐少，你明天要去看表演賽嗎？」喬聲依舊抱著盒子，偏頭問。

徐搖光想了想，然後開口：「去。」

喬聲換了個姿勢，「我看你也沒有多喜歡陽神或OST的其他人，為什麼一定要去看比賽？」

除了物理跟小提琴，喬聲沒看他喜歡過其他東西。

「誰說我不喜歡ＯＳＴ戰隊的成員？」徐搖光瞇了瞇眼，那雙眼眸看得出很深沉。

到了徐搖光的宿舍，喬聲就停在門外，沒進去，非要問到底：「不是，你連陽神都不喜歡，ＯＳＴ裡還有其他成員能入你的眼？」

徐搖光拿出鑰匙準備開門，聽到喬聲的問題後頓了頓，他沒有回答，只是反問：「你什麼時候喜歡楊非的？」

「前年的那場冬季賽，人頭零比四，死了四個人的情況下，隊友跟他的教練都放棄了，他孤身闖入對面五人的包圍區，用女媧這張神牌復活了易紀明，拿到了ＯＳＴ的第一個冠軍！」

說起這場比賽，喬聲至今仍異常激動。

那是ＯＳＴ的成名賽，也是他們得到的亞洲賽第一個冠軍。打完那場比賽就直接上了新聞，那時候直播還沒有現在這麼普及，所有九州遊的粉絲基本上都在網咖看官網上的直播。

這一場比賽，打出了ＯＳＴ自己的風格，打出了他們自己的氣勢。

雖然網友調侃楊非會紅是因為他那張臉，但就算是黑粉，也從來沒有黑過他的技術。

「官方只提供基礎牌，只有那些大戰隊才會有自己製作的專用神牌。那張女媧牌是國內第一張神牌，殺得他們措手不及，至今只有ＯＳＴ戰隊的人有，其他戰隊只能向他們買！」喬聲壓抑著興奮的嗓音說。

「冬季賽啊。」徐搖光點點頭，他打開門，沉默了半晌才偏頭看著喬聲，「那你知道女媧這張牌是誰創造的嗎？」

喬聲愣了愣，他確實不知道。以前他雖然喜歡玩九州遊，但僅限於遊戲，三年前他還沒聽說過ＯＳＴ，因為國內戰隊從沒有贏過。直到那場成名戰，所有九州遊的粉絲才知道有個大魔王陽神，有個神仙戰隊ＯＳＴ。

「也是ＯＳＴ戰隊的人，你去找九州遊以前的精選貼文，應該還能找到一些蛛絲馬跡。」徐搖光走進門，聲音一如既往的溫和。

其他的，他就不說了。

那張神牌是誰創造的？這個問題喬聲還真的沒想過，他若有所思地回到自己的宿舍。

喬家在學校周邊幫喬聲買了一間公寓，那邊還有保姆，不過他在學校也有宿舍，因為是雙人房，所以他很少來寢室。

「喬聲，快，把票放好。」

何文本來拿了毛巾跟衣服要去洗澡，看到他回來，立刻用毛巾擦了擦自己的桌子，恭恭敬敬地讓喬聲把裝票的盒子放好。

喬聲小心翼翼地放下盒子，「你電腦借我用一下。」

何文站在桌子旁，看了那盒門票一會兒才把毛巾掛到肩膀上，含糊地開口，「用吧，密碼一二三一二三。」說完就去洗澡。

九班幾乎百分之九十的學生電腦裡都有九州遊。

喬聲登入官網，翻到官網的貼文，基本上都是在討論明天雲城表演賽的事。

這麼多年來，官網上的熱門貼文不少。喬聲一頁頁翻著，等何文洗完澡出來了，他還沒找到。何文在九班的成績不出色，尤其是數學，基本上都是倒數前三，每天晚上都要玩一會兒遊戲。

今天晚上他也不急，就坐在一旁盯著裝著門票的盒子，興奮得睡不著。

直到十二點時，喬聲才翻到一條貼文。

【OST的初代粉，誰還記得第一代成員？】

一樓：初代粉們表示：三年前的那場冬季賽前某人突然退役，很虐，不敢回憶。(╥﹏╥)。

二樓：別說了，已經哭了。

……

N樓：最虐的，難道不是陽神的話嗎？他說他要帶著某人的女媧、伏羲還有堯這三張神牌走向世界。

N＋1樓：啊啊啊他確實做到了！

這篇貼文很長，因為初代成員現在只剩下了楊非跟易紀明，所以關於老成員的這條貼文並不紅，但是底下回覆依然很多，還被管理員加了「精選」字樣。

喬聲這才知道，OST手中的三大神牌竟然都是同一個人創造的，不是雲光財團專門請一支團隊打造的。

喬聲靠在椅背上，內心澎湃，許久都沒有回過神來。

——女生寢室。

秦苒拉上床簾，裡面有一盞很昏暗的檯燈。

她盤著腿，漫不經心地翻著一本書。腳邊五公分的地方，那一隻黑色手機依然亮著。

秦苒又翻了一頁，手機又非常固執地開始震動。

秦苒一手撐著下巴，一手拿著書，語氣十分嫌棄地說：「你這樣也沒用啊，你自己都找過了，還不死心嗎？」

手機又執著地亮了一會兒，見到秦苒真的不理會自己才暗下來。

凌晨一點，她放在另一邊的手機響起，是顧西遲的電話。

他身邊的環境很暗，一張好看的臉突然放大：

『一群狗玩意兒突然摸到了我的地址！寶貝，妳的技術沒用啊，前陣子還風平浪靜的，最近突然就找到我了！』

應該還在車上，他戴著耳機，嘴裡咬著一根菸，聲音也沒有特別清楚。

秦苒爬下床又打開門，走到走廊的盡頭，兩邊是放清潔工具的房間。

她戴上耳機，又輕又慢地開口：「不可能。」

『就說妳技術不夠好，妳應該去駭客聯盟，與時俱進，我找了駭客聯盟的人幫我搞定。』顧西遲看了一眼後視鏡，又匆忙開口：『我躲個幾天再回國，不說了，得掛了。』他切斷了視訊。

秦苒若有所思地看著手機介面，想了想，回寢室拿出筆記型電腦放到桌子上，又幫自己倒了一杯水。

林思然在半夜迷迷糊糊地起來上廁所，就看到黑夜裡有一點亮光——秦苒坐在桌子面前，手搭在電腦的鍵盤上，是有些蒼冷的白。燈光下的那張臉肅冷，比平時少了幾分漫不經心，多了認真。

「苒苒？」林思然揉揉眼睛，看到密密麻麻的數字突然跳成了遊戲介面，「這麼晚了，還在玩遊戲？」她眨了眨眼，覺得可能是因為自己剛睡醒，看不清楚。

「嗯。」秦苒喝了一口水，氣定神閒地回答。

九州遊很紅，林思然只看過班上的男生玩。不過最近因為孟心然的事，她也了解了一點，也在喬聲的慫恿下載了遊戲。

「妳這是什麼卡牌，好好看！」有人說過，女生無論玩什麼遊戲都能玩成換裝遊戲。

秦苒默默地看了一下頁面，頓了頓，然後開口：「女媧。」

「為什麼我只有五個很醜的男人？」林思然突然清醒。

「啊，那五個是系統自帶的。」秦苒隨手刷了個副本，「妳喜歡？我過幾天送妳一個。」

「原來卡牌是可以送的，好！」林思然激動了一會兒，然後去上完廁所才爬到床上睡覺。

過了兩分鐘，林思然平穩的呼吸聲傳來。

秦苒瞥了她一眼，修長的手指動了動，迅速調換了頁面。

與此同時，國外——

顧西遲叼著菸罵了一句，開車換了一間飯店。他並不準備在這間飯店久留，停留五分鐘就要棄車步行去另外一家飯店。然而，等他刷身分證時——

櫃檯的美女微笑，用當地語言問他：「李先生，只剩下標準房間……」

顧西遲靠著櫃台，目觀四方，十分隨意地點頭。

等那個美女問完，他的手才頓了頓，拿回自己的身分證。上面是「顧西遲」三個字沒錯，但英文名怎麼是李大壯？

他不動聲色地去了他的房間，沒立刻走，等了一個小時都沒有什麼異常的情況出現。

被追了好幾天，顧西遲終於鬆了一口氣，先幫自己泡了一杯咖啡，然後躺在沙發上，手有氣無力地拿起手機。他打開微信，找出秦苒的頭像，沒打電話也沒打視訊通話，傳一條訊息出去——

『妳不行啊，寶貝，駭客聯盟的速度果然很棒，我已經擺脫追蹤了，等我忙完回來！』

收到這條訊息的秦苒剛收好電腦，又看了好幾頁書，正準備睡覺。

她看了一眼顧西遲的訊息，瞇起眼，然後非常嫌棄地回了兩個字：**『傻子。』**

——另一邊，京城。

江東葉在這一晚也很忙。

他坐在辦公室裡，手邊也擺著一杯咖啡，辦公室的電話響起時連忙接起。

「又失去連結了？」江東葉放下咖啡杯，瞇了瞇眼，「你們不是說快抓到人了嗎？」

那邊又說了一句。

江東葉起身，站在落地窗旁看著夜景，最後長嘆：「你沒把握機會，雋爺這次不一定還會出手給我們消息。」半晌，江東葉低頭理理衣領，「等月底吧，老爺子大壽，雋爺應該會回來，我再當面跟他談談。」

他掛斷了電話，想一想又打給陸照影。

一連打了三通。

剛睡著就被人吵醒，陸照影給他最真實的反應就是把他拉進黑名單。

＊

——次日，星期六。

今天沒有課，只有自習，九班的人沒有全到。秦苒也沒來上自習，校醫室也沒人，她直接去程雋在城中的別墅找陸照影。

陸照影昨晚也激動了一整晚，直到一兩點才睡著，早上很晚起來。秦苒到的時候，只有程雋坐在一樓的落地窗旁，對著一堆花翻書看著。睫毛低低地垂著，翻書的手指有點漫不經心。

秦苒過去瞄了一眼

是一本泛黃的書……上面是一堆象形文字。

「錢隊有事要找妳？」餘光看到秦苒，他停下手，懶洋洋地往後靠，又指了一下對面要她坐下來。

程管家端了兩杯茶過來。

程雋的這杯很濃，秦苒的則是淡淡的，只能看到細微的茶色。

秦苒發現程雋家的沙發都非常舒服，她端起茶杯，「我找陸照影。」剛說完，陸照影就從樓上下來，似乎正講電話。

「人又跑了？那你自求多福吧，我是不敢問了。」他一邊說一邊掛斷電話，往兩人這邊走，「秦小苒，這麼早？」

程管家又幫他端了早餐過來。

「是江東葉，」陸照影喝了口果汁，「他又被人截胡了，沒抓到人，要我再問你。」

他看了一眼程雋。程雋的手放在桌邊，半瞇著眼，不緊不慢地開口：「找我有什麼用。」

陸照影：「……」

程管家幫陸照影端了荷包蛋來，看到兩人就這樣說著，也不迴避秦苒，不由得又多看了秦苒一眼。

「不是，那個顧西遲身後肯定有一個高手在罩他。」陸照影咬了口荷包蛋，篤定地開口：「就是不知道是誰。」

秦苒的手頓了頓。

陸照影吃完了蛋，又看向秦苒：「江東葉是我從小到大的朋友，也是個醫生，我們三個大學都是學醫的，不過他現在正被逼著接管公司。」說到這裡，陸照影看了一眼程雋。

程雋氣定神閒地翻著書。

陸照影只笑著，將手放在碗邊，抬起頭說：「等到了京城，我帶妳去見他，他現在很喜歡妳，想要來雲城不過被雋爺阻止了。」

程管家又看了秦苒一眼，神色一肅。

「還有，那個顧西遲……」陸照影嘖了一聲，「也是一個高手，這個就不跟妳說了，我也不知道他的具體消息，說了妳也不認識。對了，妳這麼早來幹嘛？」

「……啊，」秦苒收回目光，頓了頓，不知道要用什麼語氣開口：「來送東西給你的。」

「什麼東西？」陸照影抬起頭，很好奇。

秦苒慢吞吞地在口袋裡掏了半天，掏出一張皺巴巴的，類似傳單的東西。

「什麼玩意兒？」陸照影嘴裡還咬著油條，順手接過就放在一旁，沒馬上看：「傳單？」專治禿頭的廣告嗎？捏得這麼皺的，除了廣告傳單，他想不到會是什麼東西。

「不是。」秦苒也不解釋，就隨他放在一旁。

「妳就在這裡別走了，我下午要去看表演賽，妳跟我一起去吧。」陸照影看著她。

秦苒趴在桌子上，打了個呵欠，「不太想去。」

「不去不行，浪費我的票。」陸照影輕哼一聲，怨恨又不甘心，「雲光財團的票可不好拿，那是我讓程木費了好大的功夫才拿到的，晚上見面會的票到現在都還沒弄到。」

「雲光財團？那確實麻煩。」管家又幫陸照影端來一杯水後笑道。

「程管家，你聽過？」陸照影好奇。

程管家點點頭，很恭敬地回答，「大小姐的公司有個技術部門，想要和雲光集團的開發部合作，不過一直沒消息。」

陸照影立刻懂了，那是指程雋做到一半，又扔給他姊姊的公司。

「怎麼不找雋爺？」陸照影用紙巾擦擦手，看了一眼坐在對面氣定神閒的程雋。

程雋不緊不慢地翻了一頁，滿臉冷淡，連頭都沒抬。

陸照影收回目光。

程管家就垂首收拾桌子上的東西，把用過的餐巾紙跟空盤收起來，他看到陸照影手邊那張皺巴巴的「傳單」，頓了頓：「陸少，這個垃圾還要嗎？」

「等等，」陸照影伸手接過來，一手拿起果汁喝，一手漫不經心地打開來看，「這是秦小苒送我的禮物，怎麼能隨便扔。」

沒見過這樣的禮物……程管家看了一眼秦苒，忍不住笑，最後又是嘆息，還是小孩子個性。

他收起其他盤子，轉身離開，剛抬腿走了兩步。

啪——

程管家回頭，看到陸照影手中裝著果汁的杯子沒拿穩，撞到了桌子。

程管家的腳步頓住。

程雋又翻了一頁，抬起眼眸，修長的手指在桌子上隨意地敲了敲：「怎麼回事？」

「啊，不是，」陸照影手裡還拿著票，另一隻手忍不住去摸耳釘，「秦小苒，妳……妳……」

「有話就說。」秦苒抬頭，瞥他一眼。

「妳給我的，是什麼啊？」聽得出來陸照影的聲音在顫抖。

「門票啊，」秦苒拿出手機，螢幕上的顧西遲在問她為什麼罵他，她漫不經心地回道：「見面會的門票，你不是想要嗎？」

聽到秦苒的回答，程雋本來低下去看書的頭又抬起來。

「妳怎麼會有這場見面會的門票？」陸照影小心翼翼地把門票放在桌子上，又小心翼翼地撫平，「不是——誰會揉成一坨？哪個人會像妳這樣對待門票啊？」

秦苒半趴在桌子上，懶洋洋地回答：「別人給我的。」

程管家這時候也發現陸照影手中的是雲光財團的那張門票，程木花了好大的心思也沒有弄到的那一張。他看了秦苒一眼，驚呆了。

原本他以為那是一張垃圾……畢竟從陸照影跟程木的反應來看，這張門票是很難弄到，他有些呆愣——這麼難弄到的票，秦苒竟然有？

當然，這兩人要知道昨晚秦苒給了喬聲他們一疊門票，估計會更崩潰。

陸照影用了一個小時的時間消化秦苒給了他一張票的事實。

秦苒給了門票，就要去醫院看陳淑蘭。程雋想了想，讓司機開車送她過去。

等秦苒走後，程管家才收回目光，低聲詢問：「少爺，月底要回京城嗎？有個壽宴。」

「你先安排吧。」這件事程老爺子有說過，程雋重新垂下頭看手裡的書，「應該會回去。」

——醫院。

今天秦苒很早來，寧薇跟沐盈都還沒到。她去找過陳淑蘭的主治醫生後，沒直接回病房，而是找了一間洗手間。

她摸了摸口袋裡，沒找到半根菸，之後靠在門上出神。

半晌，她才擰開水龍頭洗了一把臉。再抬起頭，依舊是以往那種漫不經心又有些紈絝的模樣，眼睛能看到紅意。

她看了一眼鏡子裡的自己，看不出什麼異樣才去看陳淑蘭。

秦苒到病房的時候，陳淑蘭的狀態好像還不錯，以往蒼白的臉有了血色。

「苒苒，妳來得正好，」陳淑蘭朝秦苒招手，笑道，「妳看。」

她把手裡的東西給秦苒看。

「什麼？」秦苒湊過去看了一眼，是兩張音樂會門票，貴賓席的。

「魏大師寄來了兩張門票，他想叫我們去看他的音樂會。」陳淑蘭語氣很好，「我是去不了，妳可以找人陪妳一起去。」

秦苒沒拿，但有點佩服，「他怎麼還沒死心？」

外面傳來了說話聲，是寧薇、沐盈跟寧晴。陳淑蘭沒說什麼，直接把票塞到秦苒手裡。

「媽，妳們在幹什麼？」寧薇先走進來，她的腳最近好多了，不注意看的話，不會注意到她走路的差別。

「給苒苒一樣東西。」陳淑蘭靠回床頭，又有氣無力的。

「喔。」沐盈點點頭，她知道陳淑蘭有一堆不捨得扔掉的廢物，沒在意。

寧晴跟陳淑蘭說了幾句話，從頭到尾秦苒都只在一旁削蘋果，沒看寧晴一眼。

陳淑蘭的眼角餘光看到了兩人的狀況，只是低頭喝水，沒說什麼。

僵持了好久，寧晴才從包包裡拿出一張票，「苒苒，這是妳妹妹從京城寄過來的門票，她只寄了兩張，一張給我，一張是特地給妳的。」

秦苒依舊低著頭，翹著二郎腿削蘋果，似乎沒看到。

寧晴抿了抿唇，「這場音樂會上大師雲集，去看音樂會的都是京城的高門大戶，是她小姑託人拿到這些票的。」

秦語寄這張票的用意很好猜，不就是急著在秦苒面前炫耀嗎？

但沐盈聽到寧晴的話，目光忍不住往那張票上瞥。

秦苒削完了蘋果，覺得有些煩，「外婆，我下午要去看人打遊戲，先走了。」

寧晴看著她的背影，「苒苒，機會難得！」

陳淑蘭閉著眼，不說話。

——下午，ＯＳＴ的表演賽正式開始。

沒有站票，只有座位票，因為不到一千人，排隊進場的人沒那麼多。

秦苒從十二點就被陸照影催促過來。而程雋對這個不感興趣，開車將兩人送到這裡。

「小心點，到時候人肯定很多。」他手放在方向盤上，側頭對副駕駛座的秦苒開口，「別跟著他亂跑，安全重要。」

「放心。」秦苒低頭解開安全帶，眼睛稍微瞇起，一副漫不經心的樣子。

下車後，陸照影催她快走，等程雋的車駛離他才嘖了一聲，「雋爺曾經也是這個遊戲的迷弟，他當時要是打職業，現在肯定比陽神紅，不過他那個人沒有恆心，做什麼都半途而廢。」

兩人排著隊，秦苒扣上了自己的鴨舌帽，將帽檐壓低，「嗯」了一聲。

兩人坐在A區第五排，陸照影一眼就看到了坐在第二排的幾個十分顯眼的少年。

「噯，那不是妳同學嗎？」陸照影認識喬聲，他嘖了一聲，「妳這幾個同學，後臺不小啊，怎麼會有票……」說到一半，陸照影又噤聲了。

他想起了孟心然，皺了皺眉，不再說話。

秦苒倒是不在意，她壓低鴨舌帽，拿出手機開始玩小遊戲。

這次的表演賽是雲光財團安排的互動，和季後賽的幾個戰隊一起。楊非一上臺就被導播拍了個特寫，幾乎零瑕疵的臉放大在螢幕上，現場的女粉極為瘋狂，男粉也不甘示弱。

每場比賽幾近半個多小時。

今天有三場比賽，第一局，楊非拿出了女媧，現場又是一陣瘋狂的尖叫。

「女媧，陽神的成名戰啊！」陸照影摸了摸手臂，雞皮疙瘩都要起來了，「妳知道女媧嗎？我們東亞賽區出現的第一張神級卡牌！當時多少電競王國都嘲笑我們沒有神牌，然後沒幾天，陽神就在比賽時拿出來了！」

第二局，楊非拿出了伏羲，現場更加瘋狂。

「現在除了生死局，很少能看到陽神拿出這三張神牌！」陸照影在一旁激動地為秦苒解釋。

第三局，他拿出了堯，現場都在沸騰。

三張神牌，ＯＳＴ的招牌絕招，所有戰隊都懼怕的神牌！

連賽場上都很難見到的牌，如今在一場表演賽上都見到了，這就是一場視覺盛宴。

秦苒只面無表情地看著陸照影。

「算了，妳不知道也很正常，這三張神牌很難見到的，我連神牌的碎片都沒有……」

打完三場後，來到訪談時間。

「今天現場的粉絲很激動，觀眾們也知道ＯＳＴ的神牌很難見到，今天是不是盡興了？」主持人例行問了幾個問題後，開始抽粉絲的問題。

她拿著一張卡片，看到問題後笑道：「這位叫少年歸期的網友問，陽神有沒有最喜歡合作的電競職業選手？」

楊非頓了頓，他沒戴鴨舌帽，一張臉在聚光燈下湛然若神。

半晌，他清朗的聲音斬釘截鐵地說：「有。」

「那請問，是男選手還是女選手？」主持人笑道。

楊非抬起眼眸，那雙眼睛在鏡頭下顯得很黑，又停了兩三秒，他笑了笑：「女的。」

全場叫著「易紀明」的聲音頓了頓，然後一下子炸開。

九州遊中，女性職業選手本來就很少。尤其是ＯＳＴ戰隊，直到現在只有一個孟心然。導播費了很大的功夫才從Ｂ區找到孟心然，特地給了她一個特寫鏡頭。

秦苒很清楚地聽到陸照影說了一聲「靠」。

一班的三個男生也震驚地看向孟心然，「孟同學，妳好厲害，妳有聽到嗎？陽神還說待會兒要來找妳！」

坐在孟心然前後的人都忍不住看向孟心然。

孟心然顯然也有些呆愣，她坐得很直，畢竟年紀不大，縱使再成熟，再有規矩，在聚光燈下被人點名，她的手也忍不住發抖，嘴角的笑容掩飾不住。

「我也不清楚……」她臉微微泛紅，心臟跳得很快：「我跟陽神沒說過幾次話。」

表演賽結束。

周遭的人先走，然後輪到B區跟A區。

喬聲一眼就看到了秦苒跟陸照影兩人，興沖沖地帶著他的一幫兄弟過來。

他看了一眼陸照影，表情略微收斂，陸照影倒是非常和氣地跟他們打招呼，「幾位都很厲害啊。」一連第二排的票都能弄到。

喬聲不知道他是什麼意思，只十分卑微地低頭，「不敢不敢。」

徐搖光看著秦苒跟陸照影，有些詫異，但是沒說什麼。

雙方都覺得對方的態度十分奇怪。

孟心然跟她身邊的三個男生都沒離開，要等楊非來找她。秦苒一行人路過他們的時候，喬聲那幾個男生都忍不住看向孟心然。

孟心然現在倒是大發慈悲地看了秦苒他們一眼，意味不明地笑了笑，似乎是覺得跟他們計較有些不符合身分，然後就移開了目光，抬起下巴，很是高傲。

喬聲有點想罵人。

秦苒把帽子扣在頭上，壓低聲音，「我去上廁所。」

「好，我們等妳。」喬聲擺手。

其他人恭恭敬敬地說，「苒姊小心。」

秦苒走了不到兩分鐘後，喬聲摸摸鼻子，「我也想上廁所……」

其他幾個人都在關注孟心然那邊的情況，沒理他。喬聲嘆了一口氣，戴上應援帽去找廁所。

這個時候去上廁所的人很少，男女廁所都很安靜，沒人。

等他上完廁所，聽到廁所的走廊上有人說話的聲音，是微微壓低的清朗嗓音，有些耳熟。

喬聲擦完手走出來，一抬頭，就看到對面站在走廊上的兩個人。

男生穿著ＯＳＴ的隊服，喬聲聽到他說：「秦神，易紀明也想見妳……」

喬聲瘋了。

第六章　是妳吧？

這個廁所在通道的盡頭，整條走道很長，只亮著黃燈，安靜到連細微的滴水聲都能聽到。

燈光有點暗，但是看得清人影。作為楊非的骨灰級粉絲，喬聲怎麼能不認識楊非？尤其是他沒換下衣服，身上還是那件ＯＳＴ的隊服。而他的對面——

女生微微垂著頭，懶洋洋地靠著牆，雙手環胸，姿態有些漫不經心，又透著玩世不恭的隨性。頭頂上還是那頂鴨舌帽，帽檐壓得低，從這個角度看不到她的臉，只能看到她瑩白的下頷。

喬聲深吸了一口氣，閉上眼又再度睜開——楊非對面的那個人影還在，他沒有看錯。

那兩人似乎在討論事情，沒有注意到有人會來這個偏僻的廁所。

喬聲聽到了自己十分飄忽的聲音：「苒……苒姊。」

聲音出現得很突然。

楊非精緻的眉眼微挑，側身看向喬聲。看到人後皺起眉頭，他又詢問似的看了秦苒一眼。

秦苒偏過頭去，看到喬聲也依舊風輕雲淡，又朝他抬了抬下巴，示意他待在原地。

「暫時不見，」秦苒站直了身，「我一個人都不想見。」

楊非點點頭，雖然遺憾失望，但是因為喬聲的出現，也沒說什麼，「那妳先回去吧。」

說完，他看了喬聲一眼，點點頭，「你好，我是楊非。」

喬聲還沒反應過來，楊非就去廁所了。

秦苒往前走了兩步，微微抬手摘下喬聲的帽子，敲敲他的頭，「可以醒了，少年。」

喬聲幽幽地看她一眼，張開嘴才醞釀好一肚子的話，秦苒就把帽子扔給他，單手插進口袋往外走並打斷他，有些玩世不恭的隨意：「准許你問三個問題。」

吞下滿肚子的話，喬聲把帽子戴好，追上去：「妳跟陽神還有易紀明他們都很熟？」

秦苒側身瞥了喬聲一眼，嘴邊的笑很懶散，彷彿喬聲問了一個弱智問題，「當然，下一個。」

「剛剛……」喬聲被鄙視習慣了，他跟上秦苒的步伐，再度偏頭，「剛剛楊非在臺上說的那個女選手是妳，並不是孟心然對吧？」

「嗯。」秦苒絲毫沒掩飾，十分大方地點頭，「最後一個。」

來到最後一個問題，喬聲的腳步放慢下來。

秦苒側身看他一眼，挑眉：「你說。」

「就是……」喬聲抿了抿唇，回音很明顯，他能很清晰地聽到自己的聲音：「ＯＳＴ戰隊的三張神牌，是妳創造的嗎？」

秦苒一頓，她笑了笑，有點懶懶散散地說，「很敏銳啊，少年。」

縱使有料到，喬聲還是回不了神。

九州遊的人物牌誰都可以創造，但是能創造出神牌的，卻只有寥寥幾個。

能擁有神牌的都是各國的王牌戰隊。因為神牌講究的是人物設計和連招安排，最重要的是你創造的神牌一定是要有跡可循的，能找到一絲蹤跡，而不是憑空勾勒出一個人物，隨便給他一個技能。

在這之前，所有人——包括喬聲都覺得OST神牌，是一個團隊創造的。直到昨晚，喬聲才知道原來那是之前OST的第一代隊員創造的。

其實OST的粉絲喜歡的有三點：楊非的不敗神話、OST義無反顧的氣勢，還有三大神牌。

尤其是所有粉絲都知道，前面兩點都基於三大神牌，如果他們知道這三張神牌都是同一個人創造的……

那個人還是秦苒，喬聲有些預料到，所有人肯定會瘋掉。

「問完了，回去吧。」秦苒轉身繼續往前走。

「那妳還要打遊戲嗎？」喬聲繼續追上去低聲詢問，聲音顯而易見的激動，「妳還會跟陽神同臺嗎？」

「打什麼？都要高考的人了。」秦苒漫不經心地開口，「而且，我手速不快，兩百左右，你想要我被人罵？」

喬聲：「……」

兩人回到陸照影跟徐搖光他們那裡。

回去的時候，陸照影正在跟楊非的一個頭號粉絲聊天，還從她手中拿到了一頂應援帽。

他們站在走道的扶欄旁，扶欄下面就是座位區，孟心然站在原地，她身邊的三個男生也昂首挺胸地站著。因為剛剛導播給了孟心然一個鏡頭，有人認出了她，就在一旁等著。

有點吵，秦苒戴上了耳機，將手機放進外套口袋裡。

「走了。」她手撐著一邊的欄杆，看向陸照影。

九班的那幾個男生趴在欄杆上，想要等楊非出來，搖搖頭不打算走。

喬聲將手放在欄杆上，笑得高深莫測，「不用等了，陽神不會去找孟心然的。」

一個男生頓了頓，然後抬頭：「喬聲，我知道你嫉妒孟心然，不用說的，我明白。」

陸照影遲疑地看了一眼孟心然的方向，想了想，還是打算跟秦苒先離開。

「這個給妳。」他把從粉絲那裡拿到的應援帽遞給秦苒，又指了指她頭上的，「妳頭上那頂太舊了，換一頂新的。」

「不換。」秦苒用手壓住頭頂的帽子，十分平靜地開口，「我念舊。」

「好吧。」陸照影也不太在意，自己把這頂帽子留下來了。

徐搖光對這些都沒有興趣，他也沒戴應援帽，只是拿出手機跟喬聲說話，「門票寄到了，我先回家一趟。」語氣一如既往的平靜。

喬聲知道他說的是秦語寄給他的票，點點頭，揮手讓他走。

徐搖光想了想，又對陸照影說了一聲，陸照影就隨意地揮揮手。

喬聲知道陸照影，但九班的其他人不知道，見到徐搖光還特地跟陸照影打招呼，很是好奇。

徐搖光路過秦苒時目不斜視，喬聲看到這一幕，頓了一下。

徐少，你知不知道你面前這個人就是你粉的那個神牌創造者！

出來時已經七點了，依舊是程雋來接他們。

回到別墅，程管家已經算好時間，把菜全端上桌了。

程雋把手放在桌子上，半側著身體，漫不經心地問：「近期有沒有去京城的打算？」

陸照影一邊滑手機一邊吃飯，聽到這一句，手一頓，不敢置信地抬頭看著程雋。

——雋爺你瘋了？人家還在上高中，你就明目張膽地要她蹺課！

程雋抬起頭看他，而站在一旁、隨叫隨到的程管家也有點一言難盡地看著程雋，然後又微微皺眉看向秦苒，最後嘆氣。

「確實有件事還沒想好。」秦苒想到陳淑蘭給她的門票就很暴躁。

她低著眉眼，眉宇間又冷又燥的，陸照影看見就怕，不敢提這件事。

吃完飯，秦苒還要回九班，說自己要自習。

星期六，九班的人卻都到了，基本上沒什麼人在寫作業，都聚在一起討論今天看表演賽的事。

秦苒坐到自己的椅子上，懶洋洋地靠著牆壁，不耐煩地戴上耳機，拿出字帖開始練字。

「苒苒，妳註冊一個微博吧？」林思然湊過來說，「我們互追一下，聽說孟心然有兩百萬粉絲了。」

因為今天孟心然被楊非提了一下，楊非的粉絲堪比二線尖峰流量，直接摸到了孟心然的微博。

一個「我有」被秦苒硬生生吞下，她想起自己之前跟林思然說過沒有。

「麻煩。」她隨口扯了一句，然後慢吞吞地寫字。

林思然托著下巴看她，「我幫妳註冊，妳的生活就像個老年人！」

這個手機號碼還沒註冊過，秦苒就隨手把手機丟給林思然，手上的動作不停：「自己弄。」

林思然喜孜孜地接過秦苒的手機，發現一碰到手機就自動解鎖了。

她急著辦微博帳號，沒想太多，興沖沖地下載了軟體程式，註冊。

在想名字的時候，林思然咬著手指，想了半天才註冊了一個帳號——ｑｒ。

秦苒好像還很喜歡這種風格，看了半晌。

一個晚上漲了不到十個粉絲，除了僵屍粉，就是林思然了，比起孟心然的兩百萬大軍根本微不足道。

晚自習結束後，秦苒洗好澡，只穿了件長袖，一邊擦著頭髮一邊走出浴室，又想起了什麼，對林思然道：「遊戲的人物牌寄給妳了。」

林思然立刻登入遊戲，信箱裡收到了三封郵件。

秦苒送給她三個人物，一個老年人、一個人首蛇身的老年人、一個上次看過的女性遊戲人物。

前面兩個的人物形象不好看，不過後面的女性一身飄然若仙的衣服，林思然非常喜歡，還拿這個人物牌去打了遊戲副本。

打完一局，剛才那個遊戲副本裡的人就瘋狂加她好友，還傳語音訊息。

這個遊戲是能傳語音訊息的。

「苒苒，這個遊戲好多ＡＩ，我還只是個新人，怎麼可能會有這麼多人加我好友，還傳語音訊息給我。」

林思然一個都沒加，連訊息都沒聽，又連續打一個初級副本，勢如破竹。

秦苒不緊不慢地擦著自己的頭髮，林思然說話，她就嗯一聲。

她摸了摸今天換下來的衣服口袋，摸出兩張票，隨手夾進一旁的原文書。

*

喬聲在寢室裡，正在看班級群組，順著群組關注了秦苒的微博。

何文：今天是個檸檬精.jpg

夏緋：孟心然的粉絲已經兩百一十萬了！

其他人紛紛覺得可怕，九班對孟心然沒什麼好感，現在卻是真的嫉妒了。

之前孟心然的粉絲也不過一百二十萬，還有一大半是買來的僵屍粉。

現在一個晚上，就多了九十萬活粉。

喬聲點進連結，一眼就看到微博頭條——

『電競明星陽神在今天下午的公開賽上表示，自己十分喜歡一位隊友，也十分享受跟對方一起打遊戲，語氣曖昧。

電競女選手很少，只有OST有一個，小編找出了她的微博，她就是上一次作為替補選手上場的天賦型手速選手@OST孟心然！

孟心然，一年前加入ＯＳＴ戰隊，是一個非常有潛力的恐怖型選手，手速超過易紀明……』

喬聲氣到摔了手機。

除了粉絲自己刷的，肯定有人買了熱度。

喬聲知道楊非今天說的並不是孟心然，雲光財團肯定知道秦苒的事，ＯＳＴ跟雲光財團是不會買這個熱度的。

買這個熱度的絕對是孟心然。

喬聲獨自嘔氣，但也沒有辦法，他能怎麼辦，發個微博說楊非說的並不是孟心然，而是秦苒？微博上的酸民那麼多，到時候不知道有多少人會因為這個來罵秦苒。

——林家。

孟心然在表演賽上沒等到楊非，她猜楊非是在躲避粉絲，也沒在意。

張嫂端了茶給坐在客廳的幾個人。

寧晴拿著兩張票，正在跟林麒說去京城的事。

「表小姐今天微博漲了九十萬的粉絲，有十幾萬的評論呢。」張嫂一直很關注孟心然的微博，抿唇笑著開口。

孟心然笑得淡然，「都是託陽神的福。姑丈，我上樓睡覺了。」

林麒頷首。等孟心然上樓了，他才問張嫂孟心然微博的事。

一家人圍觀了一會兒，林麒才感嘆，這熱度比得上三線明星了。

「是啊，現在表小姐可有名了。」張嫂笑著。

寧晴看著手中秦語的票，微微鬆了一口氣。

微博的熱度一直高居不下，直到有人在星期天晚上挖出了官網的一篇貼文，截圖並留言：『OST從來沒有公布手速排名，但我記得陽神自己說過他只是第二，所以這個第一會不會是……』

風向一帶起來，在星期天晚上，熱搜直飆第一。

＊

星期一一早，孟心然準時來到了學校。

鼻梁上架著寬大的墨鏡，自從她來到一班，一路上都有人在看她，還有膽子大的人上前去問她「陽神」的事。

孟心然一如既往的孤傲，一個字都沒有說。

——九班。

秦苒前一天晚上沒睡好，懶洋洋地歪在桌子旁，拿出國文課本來看，動作很是暴躁。

手機一響，是楊非傳的訊息，問她有沒有微博。

秦苒眯著眼，懶得廢話，直接把分身帳號丟過去，她把手機扔到一旁，低著眉眼翻起國文課

本。

同時，徐搖光去辦公室拿物理考卷。

一進去，就看到秦苒的物理考卷擺在最上面。

「徐搖光，你待會兒幫老師問問秦苒同學，是不是對我有什麼意見？」物理老師捧著保溫杯，憂心忡忡地說，「物理這麼有趣，為什麼不好好學物理呢？」

徐搖光拿好考卷，看了他一眼，沒有說話。

「好了，你走吧。」物理老師知道這位同學高冷，沒多說，把保溫杯放在桌子上後，讓他拿著物理考卷離開。

徐搖光回到九班，把考卷發給秦苒時，他的手一頓，又看看秦苒。對方翻著國文課本，兩邊耳朵都塞著耳機，兩條耳機線順著白色外套沒入衣服，姿勢依舊很酷。

那件外套沒什麼花紋也沒什麼圖案，但做工極其細緻。

徐搖光想了想，沒說什麼，把她跟林思然的考卷放下，直接離開。

發完考卷回到座位上，喬聲跟何文他們在討論微博上的事。

「徐少，那個孟心然的手速真的比陽神還快？」喬聲靠著椅背，腿伸到走道上，擰著眉頭。

何文也湊過來，把微博給徐搖光看。

徐搖光拉開椅子，瞥了一眼，不太感興趣地說：「不是。」聲音依舊又清又冷。

喬聲心中一動，他坐直了身，「那你知道是……」

一句話還沒說完，徐搖光從抽屜裡拿出一張票，放在喬聲桌子上，「秦語給你的。」

喬聲沒拿起來看也知道那是秦語表演的音樂會門票。

——上午第二節課下課，升旗儀式。

「苒姊，為什麼我在網路上找不到妳的同款啊？」夏緋走在秦苒左邊，問秦苒那支鋼筆的事。

秦苒慢吞吞地走著，手裡把玩著耳機線，想了想後開口，「我中午幫妳問問。」

三個人走到九班的位置，不遠處是被一班眾星捧月的孟心然。

「心然，妳的手速多少啊，真的超過陽神嗎？聽說陽神的手速超過六百，不知道是不是真的？」有人正在問孟心然。

這兩天，孟心然在微博上的熱度高居不下，在學校的熱度一度超越了秦苒、徐搖光、喬聲這幾個人。

孟心然搖頭，「我手速只有五百多，沒超過陽神。」

五百多別說是普通人了，就算放在電競職業選手中也是達不到的高度，排著隊的一群少年小聲驚呼起來。

「聽說因為妳，OST已經不排斥女選手了，二隊跟三隊都有女候補？」有人又問。

孟心然一愣，然後語焉不詳地回答，「不清楚。」

其他人卻當她是自謙。

這幾天，九州遊這個遊戲在學校格外地紅。

趁著排隊的空檔，周遭有不少人在玩這款遊戲。

隔壁八班的物理小老師直接坐到草地上：「我靠，要掉分了！」

八班、九班向來是難兄難友，林思然本來在跟夏緋說話，聞言，她偏過頭笑著開口：「找苒姊幫你玩啊，苒姊很厲害的。」

八班的物理小老師手頓了頓，「林思然，苒姊有很多好看的卡牌？」

他知道一般女生都喜歡把這種競技遊戲當成換裝小遊戲來玩。

「她的人物牌很多都很好看，但是，」林思然想了想秦苒昨晚幫她衝分的速度，極力推銷秦苒：「她是真的很厲害。」

「好了，我知道了，」八班物理小老師點點頭，敷衍地開口，「苒姊很厲害，非常厲害。」

要是孟心然幫他玩，他當然會二話不說地答應，但秦苒跟林思然就算了吧。不過九班跟孟心然有嫌隙，物理小老師沒把這句話說出來。

林思然還想說什麼，物理小老師立刻抬頭，「快升旗了，妳歸隊吧！」

*

——中午，校醫室。

程木最近這兩天有些閒，早早就擺好了飯菜。秦苒過去時，程木正在跟陸照影閒聊。

「一二九今年的題目還沒出來？你女神那邊怎麼樣了？」陸照影敞著白袍，靠在椅子上，腿放在桌子上，頭頂的一撮銀色頭髮極騷。

「我女神在閉關，聽說今年一二九有大招。」程木壓低聲音。

陸照影點點頭，眼睛一瞥，見到秦苒慢吞吞地走過來了，他連忙站起來，笑咪咪地迎上去。

程木幫秦苒倒了一杯茶。

「忘記了一件事。」秦苒坐在飯桌上，一手有些懶洋洋地撐著桌子問程雋：「你那支鋼筆是在哪裡買的？我同學也想買。」

此話一出，陸照影跟程木都陷入了詭異的沉默。

程雋卻氣定神閒，不緊不慢地開口：「是跟商家訂製的，可能找不到牌子。」

秦苒點點頭，拿起手機把這句話原封不動地傳給了夏緋。

夏緋此時正跟林思然在食堂吃飯，看到這條訊息，她直接找了個可以訂製鋼筆的商家，把那張鋼筆照傳給客服，又問：『**請問這支鋼筆可以訂製嗎？我想要一模一樣的。**』

夏緋吃了一口肉，偏頭跟林思然說話，「這個客服不理我。」

林思然吃完飯，把筷子放到一旁，「可能也在吃飯吧。」

過了兩分鐘，商家回了夏緋一個「……」，又傳了一張截圖給夏緋。

夏緋吃得差不多了，一邊整理自己的碗筷，一邊點開截圖，「客服回我了……」

話說到一半，直接卡住。

林思然注意到了，也偏過頭來看了一眼。

商家傳的是一張奢侈品的截圖，黑色鋼筆，上面點綴著水鑽，跟秦苒那款差不多，但是做工好像比秦苒那一款更加精細。下面是定價，第一個字是三，後面——

五個零。

夏緋面無表情地點了返回，然後是客服的回覆——

『親，您這要求小店暫時做不到呢（微笑）。』

另一邊，楊非坐在電競椅上，低頭看著手機，精緻的臉上沒有什麼表情。

教練咳了一聲走進來，不太在意，「噁心是噁心了一點，但你別回應，不然風波會更大。」

楊非把玩著手機，似笑非笑地看向教練，「說不是故意的，你相信？」

教練抬起眼安撫道：「我知道，但是你能怎麼辦？出去澄清，然後反而讓她漲熱度？」

他還是建議楊非冷處理，親自解釋反而又會增加熱度，不管她，總會過去的。

楊非冷笑一聲，冷著一張臉，沒說話。

他點開微博，搜尋秦苒給他的分身帳，什麼也沒說，直接點了關注。

秦苒的微博只有一個粉絲，一關注，零條動態。

楊非很好奇她關注的那個人是誰，點開來一看，是一個叫lung林的人。

lung林最常發的動態就是她又冷又酷的同桌同學。

教練看到楊非的心情似乎好一點了，就沒多說，「待會兒還有訓練賽，記得準備。」

電競圈有不少人傳訊息問他是不是欣賞孟心然，是不是在幫她炒熱度，還有人傳截圖給他。

熱門榜上，「孟心然」這三個字排在第二，很明顯是買了推薦，但熱度卻不低。

下面有一張截圖是孟心然在十分鐘之前發的動態。

『OST孟心然：謝謝大家關心，我會更加努力＠OST戰隊所有人。』

再往下翻，是蹭熱度的媒體。

『最新情報，孟心然手速超過五百，超越易紀明！有史以來，女職業選手第一人！僅次於陽神，這幾年OST戰隊對女職業選手並不排斥，陽神最喜歡跟她當隊友不是空穴來風……』

意思大概就是孟心然是職業隊中第一名的女性，手速極快，因為她，OST戰隊破例招收了女選手。

孟心然的粉絲已經超過了三百萬，臉皮還真厚。

楊非淡淡地滑過，精緻的眉眼卻染上乖戾。其他的事，他可以不管……女職業選手第一人？哪來的臉？

進來叫他去訓練的教練看著他的表情，心裡一抖，「陽神，你……」

楊非頭也沒抬，打開微博，直接標記秦苒。

『OST楊非：三年前就一直希望能同台一次，等妳！＠qr』

楊非用一句話，把秦苒的分身帳號送上了微博頭條，並驚動了整個電競圈。

「陽神，你還嫌不夠熱鬧嗎？」教練低頭看著楊非發完微博就隨手扔到一旁，現在震個不停的手機。

他怎麼會忘了面前這個人是隊伍只剩他一個人的時候，也孤注一擲地復活了易紀明的狠角色。

楊非淡淡地開口，「嗯。」

教練沒再說什麼，想了想，他也拿出手機打開微博頁面，順著楊非的帳號關注了秦苒的分身帳

號。第一次見到秦苒的時候，他還有點不確定，但現在他完全確定那個人是誰了。

楊非這麼做雖然是很衝動，但如果真的完全是為了那個人，倒也能理解。

「去訓練吧。」教練拍拍楊非的肩膀，讓他快點去，「手機就不要帶了。」

楊非理了理衣袖，還想要跟秦苒得意一下。完全不覺得自己惹出了什麼大事，風輕雲淡地去訓練。

教練看著他的背影，還來不及感嘆幾句，口袋裡的手機就瘋狂地響起。

打電話給他的不是其他戰隊的幾個菁英選手，就是其他戰隊的教練。一接起，都是問他ＯＳＴ戰隊是不是招收新人了，比楊非還厲害。

教練統一回答不是，那是楊非的朋友，相信的人沒幾個。

講完了好幾通電話，教練才嘆了一口氣。難怪有人會用「電競明星」來形容楊非，這熱度簡直可怕。但他也沒閒著，直接去工作室處理接下來的問題。

＊

——一中，九班。

林思然正在寫物理考卷，不時偏頭看向秦苒。

秦苒坐在椅子上翹著二郎腿，有些漫不經心地翻著一本外文小說，「有什麼事？說。」

「苒苒，妳那支鋼筆是誰給妳的啊？」林思然放下筆，幽幽地開口。

「就是校醫室。」秦苒回她，又偏過頭問，「怎麼了？」
「啊，沒事。」
林思然抬起眼，看到左前方寫字顯然不太認真的夏緋似乎也陷入了沉思。
這兩個人從來沒想過能見到這麼貴的筆，是用金子做的嗎？林思然覺得要是在她手裡，她肯定連碰都捨不得碰，怕被磨損了。
秦苒的手機響了，有人打電話給她，沒有署名，但她認識，所以就沒接起。
電話再次響起，秦苒拿著耳機跟手機低著眉眼離開了教室，往洗手間走去。
她找了個沒人的隔間，大馬金刀地坐在馬桶蓋上。
「什麼事？」她戴上了耳機，壓著嗓音開口。
電話另一邊拿著易紀明手機的楊非頓了頓。
剛才發動態的時候很爽，現在要跟秦苒說時卻有些忐忑。
『秦神，只有一件事，』楊非摸了摸鼻子，『我標註了妳的微博。』
秦苒半瞇著眼，有些昏昏欲睡地「嗯」了一聲，沒什麼大反應。
楊非笑了笑，那張精緻的臉上似乎有光，不怕死地開口：『我說，妳是我想要合作的隊友。』
不以為恥，反以為榮。
秦苒：「……」沒死過？
她十分冷酷地掛斷了電話，並刪掉了微博，然後又展開手機，鎖定自己的分身帳號跟林思然的帳號，確定任何駭客都人肉不到她們。

第六章　是妳吧？

電話那頭的楊非把電話遞給易紀明，再次摸摸自己的鼻子，「惹毛了，下午訓練完，你幫我跟教練請個假。」

易紀明剃了個平頭，知道楊非要去幹嘛，他眼前一亮，「你能不能……」

「不能。」楊非不等他說完就十分溫和地拒絕。

——九班。

林思然放在抽屜裡的手機一直在震動，不停地震動。

前面的男生受不了了，轉過頭敲了敲林思然的桌子，十分認真地看著她：「求妳看一眼妳的手機吧，妳不怕它震碎嗎？」

林思然瞥了他一眼，然後從抽屜裡摸出自己的手機，發現全是微博漲粉的消息。

她是個人微博，也只有幾個同伴、同學互追，所以沒什麼評論，訊息提醒也就沒關。

現在打開，她整個人傻住了。

她的微博，竟然有超過一千封訊息，還有超過一千個讚，跟超過一千個新增粉絲的要求。

林思然反應了三秒才想起來她要幹什麼，然後面無表情地退出了微博，幾秒鐘後重新打開。

上面所有顯示的內容還是超過一千。

「妳怎麼了？」前面的同學看到林思然好像愣住了。

林思然沒有回答，而是點開訊息留言。

『小姊姊，求問ｑｒ是誰（吃瓜）』

『小姊姊，為什麼高手只關注妳一個？』

林思然順著這些留言點進秦苒的微博，發現她瞬間多了二十萬粉絲！

她又順著秦苒的微博爬到了楊非的微博，整個人徹底傻掉了。

楊非作為電競明星，粉絲早就超過了八位數，而他最新的一條微博有十三萬的評論，還在持續增加中。

再順著他下面的評論去微博熱門榜，會發現「qr」這兩個字母已經憑藉所有人的手動搜索，上了熱門第一。

不管是熱門還是楊非這樣的電競明星，像林思然這種學生在生活中是絕對接觸不到的。

她知道秦苒有點不同，但是也沒有想到，秦苒竟然認識楊非本人，看起來還關係匪淺？

秦苒是怎麼認識這一群人的？

秦苒剛好從廁所回來，臉上分明沒什麼表情，但周遭的氣壓低，班上說話的聲音漸漸轉小。

林思然偏頭，目不轉睛地盯著秦苒看，「微博……」

秦苒將耳機塞到耳朵裡，語氣平靜，「我跟他不熟，不知道他為什麼關注我的帳號。」

她說得很平靜，幾乎找不到破綻，仔細聽，似乎有點咬牙切齒。

林思然歪著腦袋點點頭，終於回過神來。

自然不知道她的同桌不但跟楊非非常熟，還是他手裡那三張神牌的創造者。

林思然又拿起手機，有點飄飄然地看著。

微博上帶風向的人很多。

之前孟心然的風向可以不算，但之後帶ＯＳＴ女電競選手的風向太多了。ＯＳＴ官方直接發了一條動態，證明ＯＳＴ第一代隊員就有女隊員，並非因為某人而創造了女隊員這個歷史。

另一方面，楊非在九州遊電競是無可厚非的第一人。無論是他的三張神牌還是他的個人能力，或者是他帶領國內的隊伍衝到了國際賽……

他在國內，早就是無冕之皇。

這一句「比我厲害」一發出來，首先驚動了楊非的粉絲，然後驚動了電競圈的職業選手。

有人挖出了楊非以前在採訪時手速只排「第二」的影片，紛紛猜測這個「ｑｒ」是不是就是那個排第一的人。他們順著ｑｒ這個帳號爬進去，什麼都沒有看到。

明顯就是個分身帳號，關注只有一個人，粉絲寥寥幾個，還有一半是僵屍粉，半點痕跡都找不到。然後他們發現易紀明、ＯＳＴ的教練都關注了這個帳號。

消息一出，國內幾個老牌電競隊伍的教練和王牌老人也默默地關注了這個帳號。

『這個人肯定是個高手！』

『第一次見到第一代的那些退役王牌老人出來，好想知道這個ｑｒ是誰！』

『所以ｑｒ真的比陽神還厲害嗎？』

『默默說一句……有第一代粉嗎？有沒有覺得她是秦神……』

因為第一代粉絲少，這條評論被淹沒在留言大軍中。

沒不過分鐘，「ｑｒ」這個兩個字母在秦苒也毫無預料的情況下上了熱搜，「手速第一」這四個字也上了第一。

這條新聞實在太大，以至於消息一出來，所有人的關注點都瘋狂聚集在「比楊非厲害」的點上，直到熱度稍微平息了一點，這些人才反應到一個問題——

所以，那天在表演賽上楊非說的應該是這個qr，並不是孟心然？那在那之後的風向是怎麼一回事？

尤其是孟心然今天還發了一則動態，標註了OST戰隊所有人的微博，OST戰隊不僅沒有人回應，楊非還發了這一則動態，OST戰隊的官網也緊接著發出了澄清聲明。

這樣一來，孟心然之前的那條微博就顯得有些可笑了。

孟心然之前漲的粉絲都是楊非的粉，現在楊非親自發動態標註了真正的對象，楊非的粉絲和一些圍觀的路人瞬間就取消了對孟心然的關注，還有人罵她蹭熱度好不好玩。

孟心然的這一波操作確實讓人反感，像是把所有網友當成傻子。因為這樣，孟心然的黑粉猛然上升。前面幾個蹭熱度的娛樂帳號看情況不對，立刻刪掉了之前轉發的動態。

但孟心然的動態卻不能刪，她是網友關注的焦點，網友早就截圖了，此時一刪會顯得更心虛。

孟心然得到消息的時候也不晚，是她在京城的朋友傳給她的截圖。

之前因為楊非，這些噱頭幫她吸了一百多萬的粉絲，現在全都變成了泡影。她看著朋友給她的截圖，手指捏得很緊。

一班已經有人在偷偷回頭看孟心然了。

孟心然抿著唇，臉色冰冷——怎麼可能不是她！OST戰隊只有那幾個女生，沒有人的手速比

她更快！

她死死盯著qr這個帳號，想到她剛剛還發了那則標記了所有人的動態，臉色漲紅。

有些忍受不了其他人的目光，她拿著墨鏡，直接去辦公室跟李愛蓉請了假，正好遇到被物理老師找來的秦苒。

孟心然依舊沒看她一眼，直接越過她離開。沒有刻意的嘲諷，只是沒將她放在眼裡。

對於孟心然來說，她再狼狽，也不是這種人可以比的。

*

一中下午在上課，網路上爆出來的消息只在小範圍內流轉，直到下午放學才慢慢傳開。

秦苒直接去了校醫室。

校醫室裡，陸照影正在幫一個男生看脖子，對方似乎睡覺時落枕了，陸照影正在幫他貼膏藥。

秦苒把自己的背包放在桌子上，程雋抬起頭。

「妳同學很喜歡妳的筆？」程雋收起手術刀，問話時慢吞吞的。

秦苒靠在椅背上，斂著不太好惹的神色含糊地開口：「嗯。」

程雋隨手把抽屜拉開，從裡面拿出了一隻筆，「跟妳那支一樣，拿去給妳同學吧。」想了想，程雋又語重心長地說，「妳脾氣不好，有人願意跟妳做朋友不容易。」秦苒：「……？」

她回憶了一下她外婆經常說的話，說怕她死了只有她孤家寡人。

總覺得有異曲同工之妙。

而外面，陸照影把那個落枕的同學送走後一邊跟程木說話，一邊滑著微博。他今天都沒怎麼滑微博，因為怕自己會忍不住揍孟心然。

校醫室的門再度被敲響。

「同學，要下班了……」陸照影把玩著手機，抬起頭，一句話還沒說完就卡在了喉嚨裡。

來人穿了一件黑色連帽衣，連帽衣的帽子扣在頭上，臉上戴著口罩。

聽到陸照影的話，他摘下口罩，露出一個非常有禮貌的笑容：

「請問，秦……唔，秦苒同學在這裡嗎？」

陸照影聽到自己的靈魂在出聲：「秦……秦小苒，妳快給老子出來啊！」

作為骨灰級粉絲，陸照影怎麼會不認識楊非，就算楊非戴著口罩連正臉都沒露出來，他都能認出來，更別說楊非摘下了口罩。

陸照影的反應把程木嚇了一跳，不過也後知後覺地發現面前的男生是楊非，也驚訝地看了一眼楊非，然後又看向秦苒。

秦苒正在屋內把玩著程雋給她的鋼筆，她坐在椅子上，後腦勺靠著椅背，聽到聲音後微微偏過頭，一眼就看到了站在陸照影面前的楊非，她沒什麼表情地回頭，「不認識。」

聲音聽起來無波無瀾。

楊非不由自主地摸摸鼻子，又咳了一聲，「秦苒同學，我是來找妳談事情的。」

「陽神，你先坐。」陸照影用了三分鐘才找回自己的聲音，殷勤地把自己診治的椅子拖出來給楊非坐：「你是來找秦小苒的？她就是這樣，特別酷，你找秦小苒幹嘛？你們認識？」

陸照影之前就在想，秦苒是怎麼拿到那張見面會門票的？如今見到楊非本人，他才隱隱反應過來——這兩人認識，那秦苒手中的票就是他給的？

陸照影有些震驚地看向秦苒那邊。

「就……」楊非沒有坐下，他脫下了連帽衣的帽子，口罩被他勾在小拇指，禮貌地開口，「我想找她打遊戲。」

「找她打遊戲？陽神，你為什麼要找她打遊戲？」陸少現在就是一個陀螺，跟在楊非後面轉，「你們隊不是有一個孟心然？也在這間學校，秦小苒的手速不夠啊。」

陸照影跟秦苒玩過遊戲，知道秦苒操作、走位的概念不錯，唯一的缺陷就是手速太慢，現在連宗師級都沒有。

不知道是被陸照影的哪句話震驚了，楊非頓了好一會兒才抬起頭，「你叫我的名字就行。」能叫秦苒名字的人稱他為陽神，讓楊非膽戰心驚。

程雋的手撐在桌子上，沒什麼表情地看了楊非一眼，語氣淡漠地說：「那是妳朋友？去問問他來幹嘛吧。」

秦苒空著的一隻手掏了掏耳朵。

三分鐘後，面無表情地跟楊非走出了校醫室。

「那個孟心然當時是易紀明找的。」院子裡，楊非低下頭，「他說能看到妳的一點風采，誰知道她那麼會惹事。」

秦苒低著頭，漫不經心地看著腳底下的草，敷衍地「嗯」了一聲。

楊非也算了解她，沒有再多說，反而說起了另一件事，「易紀明很想見妳。」

「不了，」秦苒有點走神，沒在意他說了什麼，「沒事的話，我回去吃飯了。」十分乾脆地走進了校醫室，還關上了大門。

楊非站在原地，幫自己戴上口罩，又拉起連帽衣的帽子才轉身離開院子。

秦苒回到校醫室後，把程雋要她送給夏緋的鋼筆放在桌子上，看著還僵在屋子中間的陸照影清了清嗓子說：「吃飯了。」

陸照影已經變成了一座雕像，聽到聲音，他僵硬地轉了轉頭。

吃飯？現在是吃飯的時！候！嗎！

他瘋了。

程木拿了幾個空碗過來，擺在桌子上，看到秦苒隨便放在桌子上的鋼筆，認出來這是他今天剛拿到的。

程木僵著一張臉，「秦小姐，妳是想要兩支筆交替著用嗎？」

「啊，不是，」秦苒反應過來，慢吞吞地拿起筷子，含糊地說，「是你家雋爺要我送給同學的。」想了想，秦苒又說了一句：「手感還可以，就是容易刮到。」

程木：「……」

第六章　是妳吧？

晚自習，秦苒回到班上。

教室裡都聚集在一起討論孟心然的事，不時就傳來一陣哄笑聲。

以喬聲為首，不管是孟心然還是一班都跟九班積了怨，平常兩個班的人見到對方都眼帶火星。

尤其是這兩天，一班的人都鼻孔朝天，囂張到不行，而孟心然的目光毫不斜視。

誰知道，打臉來得這麼快。

「你有看到喬聲在我們學校論壇上發的那篇貼文嗎？」後面，有一群男生聚集在一起聊論壇上的貼文，悶笑出聲：「直接把孟家買水軍買熱度的記錄放出來了，狠還是我們喬大少爺狠。」

秦苒就坐在自己的位子上，開始拿筆慢吞吞地練字。

夏緋跟林思然結伴從後門進來。

秦苒一手拿著筆，一手撐著下巴抬起眼眸，用筆敲了敲桌子，示意夏緋過來。

「苒姊，妳找我什麼事？」夏緋坐在秦苒前面的位子上。

秦苒抬手，把放在一旁的鋼筆扔給夏緋：「給妳。」

夏緋下意識地接住，看清楚手裡的是什麼後，她頓時覺得手裡有千斤重。

「苒姊，妳給了我什麼東西？」

「就上次的筆。」秦苒有些懶洋洋地靠著牆，重新拿起自己的筆，慢吞吞地再次開始練字，「給我筆的人看妳喜歡，也幫妳買了一支。」

若是不知道這支筆的價格倒還好，知道了之後，夏緋覺得手裡的這支筆有千斤重。

「苒姊，您快點拿回去，我手不敢動，完全不敢動。」夏緋怕她一動，筆就掉下來了，十支她也賠不起。

秦苒揚了揚眉，「怎麼說？」

「這支筆要三十萬呢。」

「啊，」秦苒頓了頓，眼睛稍稍瞇起，「不是，這筆是高仿的，五百塊錢，妳若是介意，就匯五百塊給我吧。」

高仿的？

夏緋驚訝於高仿的模擬程度，但也鬆了一口氣。五百塊以一支鋼筆來說還是有點貴，但是一般人能接受。

她十分痛快地匯了五百塊給秦苒，秦苒又匯了五百塊給程雋。

九班的人還在瘋狂討論時，忽然間，後門被人「砰」地一聲踹開。

九班安靜了一瞬，目光都聚集到後門。

孟心然臉色很差地站在後門，沒看九班的其他人，直接看向坐在後排的喬聲，臉上的表情一如既往的高冷：「喬聲，論壇的貼文是你發的？」

還有幾個一班的男生跟在她身後，興師動眾的。

喬聲完全不怕地坐在自己的桌子上，笑得漫不經心，「沒錯，怎麼樣，要打架？」

打架自然是不敢跟九班打，誰不知道九班老大跟魏子杭認識。

「刪了。」

孟心然面無表情的臉上有些冷諷，目光轉到還坐在自己位子上若無其事地練字的秦苒。

誰都知道喬聲是為了秦苒的事維護她，但偏偏當事人風輕雲淡的，似乎什麼都不放在心上。

喬聲打死不刪，誰都沒有辦法。

「九州遊競技場，你們敢不敢來？ＰＫ，三場定勝負，輸了就刪貼文並道歉！我們輸了，叫你們爸爸！」一班班長看了一眼九班的人。

九班男生沒理會一班班長。他們又不是傻了，還跟職業選手去競技場ＰＫ。

「不敢了吧？那你們叫我們爸爸。」一班的人站在九班門外，瘋狂嘲笑。

他們肯定不敢跟九班打架，只能用其他辦法。

九班男生都知道這是激將法，一個個都忍著沒出聲，卻沒想到會敗給自己班的女生。

有時候，青少年的熱血跟稱為團魂的東西就很莫名其妙，女生們平時嫌棄這些直男，這個時候卻同仇敵愾，一拍桌子，氣勢洶洶地說：「誰說不敢了？喬聲、徐少，你們給我上！」

九班男生：「……」

「既然你們同意了，我去拿電腦過來！」一班的人也傻住了，然後像害怕九班後悔一樣，立刻折回寢室拿電腦。

九班的女生們看到男生的表情不對，就問他們怎麼了。

男生們面無表情地看著班上的小祖宗們，十分心累地開口：

「妳們知道孟心然是誰嗎？ＯＳＴ之前的替補選手。手速超過五百，最重要的是，作為內部成員，她的帳號是ＯＳＴ的職業帳號，帳號裡肯定有一張神牌！更別說她的天牌肯定數不勝數。我們就只有徐少有兩張天牌、喬聲一張天牌，其他人都是人牌。孟心然手裡的那張神牌要是女媧就玩完了，要怎麼跟他們打？」

九州遊從上往下分為神牌、天牌、人牌、地牌，遊戲初始贈送五張地牌，完成系統任務或者副本會掉人牌。至於天牌，那要頂級副本的碎片才能合成，一群學生哪有時間合成碎片。

要跟職業隊的職業帳號比人物牌？瘋了吧。

因為有非住宿生，一中的晚自習在老師沒有講解考卷的情況下，並沒有強制規定要自習。尤其是一班跟九班，這兩個班比較特殊，全校的名人幾乎集中在這兩個班。就算真的鬧出事情，他們也不敢隨便管。

隔壁八班的人聞聲趕過來。聽說九班要跟一班的人去競技場定生死，八班的物理小老師面無表情地看向何文跟喬聲他們，「這樣你們也答應？」傻了吧？

正說著時，一班的幾個男生很快就把電腦拿過來了。

「你來，」孟心然看向一班班長，雙手環胸下巴微微抬起，有種冷豔感，「用我的帳號。」

這種小打小鬧孟心然沒有放在眼裡，只讓一班班長用她的帳號來跟九班的人玩。

兩台電腦放在九班空出來的兩張桌子上。

一班班長迫不及待地登入了孟心然的帳號，喬聲等人目光緊緊地盯著那個人登入的帳號——

ＯＳＴ孟心然。

帳號等級：至尊（七星）

「我靠！七星！」幾個男生忍不住開口。

到了至尊這個段位就沒有更高的了，並不是九星封頂，而是到二十星才封頂，不過國內很少有人超過十星，普通玩家能達到至尊級別的都不多。大多數的高手都在大師、宗師級別，只有幾個戰隊有至尊五星以上的帳號。

果然是戰隊帳號，喬聲他們臉色一沉。

一班班長迫不及待地點開人物牌頁面，左邊有四欄，很清楚地顯示著——

地牌（齊）

人牌（齊）

天牌（齊）

神牌（1）

天地、人牌都齊了，所有人的目光都在神牌那一欄。

一班班長握著滑鼠的手有些顫抖，點開了那一欄。

那是一個人首蛇身的人物卡牌——ＯＳＴ戰隊的第二張神牌。

整個班級先沉寂了一下，然後小聲驚呼起來。

「我就猜到，果然是一張神牌！」

「原來神牌不上戰場前是這樣的！」

周邊的人在小聲討論著。

九班女生覺得氣氛不對，小聲地問何文跟八班的物理小老師等人：「孟心然真的有那麼厲害嗎？」

八班的物理小老師看了這些女生一眼，低聲解釋，「孟心然厲害，她的帳號更厲害，知道那張神牌嗎？那是伏羲，女媧能復活一次隊友，而伏羲最強的技能是致死，無論對方是什麼牌，能把對方的最強牌一招斃命，連出場的機會都沒有。神牌之所以能稱神牌，尤其是我們國內的三張神牌都被所有外國戰隊忌憚，就是因為這三張牌是個ＢＵＧ！」

喬聲靠坐在桌子上，眸光沉沉，看不出情緒，「孟心然，妳覺不覺得用戰隊的帳號來跟我們打本來就不公平？」

「有什麼不公平，憑個人實力。我能拿到ＯＳＴ戰隊的帳號，這是我的實力，物競天擇，你們有本事也可以拿到三張神牌。」孟心然依舊雙手環胸，似笑非笑地看了九班的人一眼。

「靠！」何文低咒一聲，「她明明知道神牌只有幾個戰隊有，我們根本就拿不到神牌！」

「何文，你們第一局讓誰上來？」一班班長迫不及地想要用神牌戰鬥，他的手放在鍵盤上，眉眼挑釁，「不會是怕了吧？」

「我去吧。」

喬聲脫下外套，手撐著桌子站起來，頭也沒回地對徐搖光道：「徐少，借一下你的帳號。」

徐搖光「嗯」了一聲，他的帳號喬聲知道，就沒說密碼。

喬聲打開了一班班長對面的電腦，手搭在滑鼠上，微微發緊。

而這一邊，聽到喬聲他們說「女媧」這張牌很厲害，林思然以為自己聽錯了，特地繞到一班這邊來看究竟是什麼牌。有不少人動作跟她一樣。

第六章　是妳吧？

孟心然站在一班班長身後，用餘光瞥到後並沒有在意。

林思然站定，正好看到電腦頁面上的「伏羲」——這張曾經被她嫌棄的人物牌，因為醜。

她停下來，指著一班班長的電腦頁面沉默半晌後開口：「這張牌很厲害？」

大多數的女生都把九州油當成換裝遊戲來玩，這已經不是什麼祕密了。

一班的人看了林思然一眼，目光帶著一些諷意，「神牌，妳說厲不厲害？」

「您最了不起了行不行？快回來，別搗亂了，」九班男生將林思然帶回來，「別打擾喬聲。」

「不是啊，這張牌我也有。」林思然踢了那個男生一腳，示意他放開她。

「好好好，妳也有我知道，妳那張牌叫美杜莎是吧？系統贈送的五張地牌。」何文敷衍地開口。

九班的人都知道林思然最近才開始玩九州遊，天天熬夜，估計連九州遊的副本都沒弄清楚。

已經準備登入徐搖光帳號的喬聲忽然一頓，想起了什麼，捏著滑鼠的手腕一緊，微微偏頭看向秦苒。

秦苒依舊半倚著牆，左手拿著鋼筆在非常緩慢地練字，黑色的耳機線順著她白色的外套沒入衣服裡。

喬聲深吸一口氣，轉過頭，捏了捏自己的手指，目光如炬：「林思然，妳的帳號是什麼？」

林思然報出一堆數字跟字母。

喬聲將剛才輸入的徐搖光帳號一個字一個字刪掉。

「喬聲，你瘋了吧？」八班的物理小老師站在喬聲身後，壓低聲音說，「你不會真的相信她的話吧？」

徐搖光皺皺眉，以他的認知，喬聲不會這麼莽撞。

「喬聲，面對天牌跟神牌，我們本來就很難打了，你要是用三張地牌，一開場就輸了！」何文也湊過來，看得膽戰心驚，喉嚨發啞。

喬聲跟徐搖光這些人的反應看在一班跟孟心然眼裡，就是自暴自棄。一班有幾個男生還十分挑釁地走到這一邊，嚷嚷著要看林思然的「神牌伏羲」。

何文看到喬聲按了確認登入，默默轉過頭，不忍直視。

幾乎所有人都沒有當成一回事，直到喬聲登入了林思然的帳號——

ＬＬＬＬＬ

帳號等級：至尊（十星）

砰！坐在喬聲後面桌子上的男生摔到了地上。

周圍幾個議論紛紛的人——包括一班一直嚷嚷的幾個人，臉上的笑意瞬間消失。

喬聲呼出一口氣，他點開林思然的人物牌頁面。

地牌（10）

人牌（3）

天牌（0）

神牌（3）

縱使心裡已經有所預料，但喬聲預料的只是林思然有一張神牌「伏羲」，沒想到很多職業選手都沒有集齊的三張神牌，都被林思然湊齊了！

他有些麻木地點開那三張神牌。

第一張，女媧。

第二張，伏羲。

第三張，堯。

這世界瘋了？

八班的物理小老師震驚地看向何文，半天才發出難以置信的驚駭聲：

「林……林思然是個高手？」

「她也是職業的種子？」

周邊一道道驚嘆的聲音。

至尊十星是很多職業選手都單排不到的程度。

林思然立刻擺擺手，頓了頓又開口：「不是，是別人幫我打的。」

九班的人驚訝一陣之後，瞬間目光炯炯地看向林思然，「妳怎麼會有三張神牌？」

林思然裝得老老實實，連向來喜怒不顯的徐搖光也看向林思然，有些怔然。

「一班的，不是要打嗎！快點，別拖拖拉拉的！」九班的人瞬間找回了底氣。

喬聲的技術本來就不差，又有三張神牌在手，一班班長撐不到十分鐘就死了。

神牌被其他國家戰隊的人忌憚並不是沒有理由的——一張復活牌、一張必殺牌、一張堯的生死之際無敵牌，如果實力相差太大，根本就沒辦法玩。

孟心然深深地看了一眼林思然，忽然笑了一聲。

「沒想到你們會有三張神牌，」孟心然伸手，把自己的袖子捲起來，笑得深沉，「真是小看你們了，看來不能玩了。」

正規賽中，規定每次不能使用超過一張神牌，但神牌是他們班先用的，這個時候孟心然自然說不出每次只能用一張神牌這種話。

孟心然只讓一班班長讓開，自己坐在他剛才的位置上，十分熟練地打開了遊戲競技頁面。

既然不能阻止他們使用，她就自己上。

喬聲的手速剛破兩百，跟孟心然打是不夠的。想到這裡，喬聲看了徐搖光一眼。

徐搖光微微頷首，喬聲讓開位置。

孟心然淡淡地看向徐搖光。她不知道徐搖光是誰，但心裡有了猜測，有禮地開口：「徐少，你得小心了，我的手速超過五百三十，易紀明也被我打敗過。」

第二局，兩人僵持了二十分鐘，孟心然找到破綻，跟徐搖光的三張神牌同歸於盡。

這時候，圍觀的人才知道職業選手的恐怖。

孟心然淡淡地看向他們：「第三局。」

九班的人小聲議論了一下，還是決定讓喬聲上。

「你們也知道我之前是ＯＳＴ的替補選手，老實跟你們說，我不擅長打團體賽，我喜歡個人Ｓ

OLO，擅長單排競技！我的七星也不是戰隊分給我的，而是我自己打的。」

孟心然冷淡地看著眾人，摸了摸手腕上的寶石手錶。

她的語氣很淡，幾乎聽不到她聲音裡的自豪跟傲氣，但舉手投足間都站在高處。

這種時候，孟心然不像一班的人那般刻意嘲諷，或是覺得自己的身分沒必要跟這些人計較。

她打開自己的競技場對戰記錄——單排勝率百分之九十四。

班上聚集了一堆人，又時不時地驚呼，連秦苒戴著耳機都能感受到。她不由得靠上椅背，白色的外套拉鍊沒拉上，裡面是一件黑色棉衣。

她隨手把耳機取下、扔到桌子上，正好聽到了孟心然的話，忽然笑了。

喬聲為什麼發那篇貼文，她很清楚。並不僅僅是因為孟心然踩了她的書，最主要還是因為楊非那件事。

「真的煩。」

到底要不要讓人好好練字？程雋讓她今晚把這一本剩下的全都寫完啊。

秦苒勾著手指拉了拉棉衣的衣領，偏頭看向孟心然，眼底染上細微的紅，邪氣恣意幾乎從她的眸底衝出來。

她拉開椅子站起來，朝人群走去。

九班、一班和八班看熱鬧的人都沒出聲，嘩啦一聲，人群都讓開。

「你起來。」秦苒屈指隨意地在桌子上敲了敲，示意喬聲讓開，聲音還滿平靜的。

喬聲立刻起身讓開，秦苒直接退出林思然的帳號，隨意輸入另一個帳號，點了確認鍵——

ＱＲ。

她的手速太快，沒讓人看到帳號資訊。

秦苒也沒有打開人物牌頁面，而是乾脆俐落地進入孟心然開的競技場房間。

八班的物理小老師跟何文想起了之前林思然跟自己說過的話——苒苒很厲害。

一行人目不轉睛地看著秦苒隨機選了三張天牌，然後點擊對戰開始。

三分鐘，孟心然的一張神牌、兩張天牌全軍覆沒，而秦苒這邊的三張人物牌幾乎滿血。

等她從戰場退出來，眾人才看到她的帳號資訊。

帳號等級：至尊（二十星）

國內平臺最高星數。

全場陷入寂靜。

秦苒微微靠著椅背，抬起頭看對面不敢置信地握緊手指、青筋畢露的孟心然。

她拉了拉外套，有些漫不經心地說：「真巧，我也是個單排狂魔呢。」

九州遊這款遊戲推出五年。

秦苒以前比現在浮躁得多，從國中開始就經常帶著背包跑出來，在網咖一玩就是整個下午。

老師去找陳淑蘭，陳淑蘭也不太管。

秦苒在網咖集齊了所有地、人、天三種人物牌，然後形單影隻地去打競技榜。

那時候這款遊戲並不普及，玩的人很少，還是最早開放的伺服器一區，並沒有區分國家，什麼國家的人都有。不過那時候她的ＩＤ還不是ＱＲ，只是一個Ｑ。

如果還有一區的老玩家一定會記得，Ｑ這個名字就是從那時候開始橫霸各個競技場，傲視群雄。

孟心然的手速雖然很快，但她在ＯＳＴ這個戰隊裡一直是替補，原因很簡單——她的意識、走位還有對人物牌的理解不深。她引以為傲的手速在秦苒面前就是漏洞百出。

整個九班，還是沒有一個人出聲。

秦苒手撐著桌子站起來，另一隻手用滑鼠關掉了遊戲頁面，轉身——身後站了一排人，全都僵在原地。

秦苒微微瞇起眼，「讓讓，急著寫作業。」想了想，又十分有禮貌地說了句：「謝謝。」

人群僵硬地讓開一條路。

秦苒回到自己的座位上，從桌子裡面摸出一根棒棒糖，垂著眼眸不知道在想什麼。剝開，咬進嘴裡。

周圍沒有半點嘈雜的聲音。

秦苒翹著二郎腿，拿著筆的時候，心情稍微好了一些，繼續低頭不緊不慢地練字。

秦苒的恐怖之處，沒有人比跟秦苒競技過的孟心然更清楚。

競技一開始，她幾乎沒有反應的時間，明明秦苒的手速也不快，卻從頭到尾都將孟心然壓得死死的。縱然驕傲如孟心然也不得不承認，她根本找不到秦苒的漏洞。

但是，秦苒為什麼會這麼厲害？至尊二十星？她為什麼從來沒有在國服裡見過ＱＲ這個ＩＤ？

腦子裡卻有一種莫名的熟悉感。

孟心然撇開這種想法，抬頭看向秦苒，對方依舊在慢吞吞地練字，不動如山。

孟心然很難接受自己敗給了一個無名之輩，一張臉黑得陰沉，指尖掐入了掌心，沉默地轉身離開九班。

一班班長也轉身想跟上孟心然，卻被何文他們攔住。

喬聲靠在教室後面的壁報旁，雙手環胸，挑著眉眼看一班班長，「你們是不是忘了一件事？」

自然是指叫爸爸的約定。

一班的人臉色一變。一開始他們以為有孟心然在絕對不會輸，所以才下了這個賭注，誰知道會橫空殺出一個秦苒。

一班的人面面相覷，然後低著頭，有些不情不願地開口叫了一聲「爸爸」，頭也沒抬地走出了九班，小跑追上孟心然。

「那個秦苒真厲……」有個人開口。

班長立刻看了他一眼。

那個人立刻改口：「那個秦苒只是意識、走位還有大局觀比妳好，但這些都是可以練的，不過手速沒辦法練，她的手速是硬傷。」

第六章　是妳吧？

此時，九班——

自從一班的人走後，又陷入了寂靜，大家面面相覷。

何文清了清嗓子，強制把目光從秦苒身上收回來，「林思然，妳的帳號是……」

林思然隨便拉開一張椅子坐好，十分有耐心地開口：「苒苒幫我練的。」

徐搖光也看著秦苒的背影，他眸底一向清冷，此時微微瞇著，似乎能看到光。

他側身倚著桌子，看著林思然：「妳的三張神牌也是她給的吧？」

「啊？」林思然茫然地抬頭，佯裝無辜。

剛剛秦苒沒有打開她的卡牌頁面，林思然自然知道她的意思。

徐搖光靠在一旁，薄唇緊抿，眸色深沉。他看了林思然半晌，然後又沉默地收回目光，一聲不響地坐回自己的位子。

其他人這時候也反應過來了。

「所以，」此時知道自己錯過了什麼的八班物理小老師，努力地吞了一口口水，茫然地看向林思然，「妳上次要請苒姊幫我打競技場，是認真的？」

林思然手撐在桌子上，理所當然地說，「廢話，我什麼時候跟你開過玩笑？」

也曾經拒絕過秦苒的何文仰起頭，生無可戀，「我現在請她幫我打遊戲，還來得及嗎？」

林思然朝秦苒抬了抬下巴，「你自己去找她。」

何文跟八班物理小老師都不由得看了一眼秦苒。

對方半趴在桌子上，嘴裡叼著一根棒棒糖，手裡拿著筆，似乎在認真練字。總之，不管她在做什麼，連背影都不好惹。

「不敢問，林思然，林姊，從今天起，妳也是我姊。」何文等人嚴肅地看向林思然，「妳能不能把妳的帳號借我玩玩？」

三張神牌……

*

班上的人肯定好奇秦苒比好奇林思然還多，但秦苒戴著耳機，半靠著牆練字……總之，基於種種原因，九班沒人敢惹秦老大，只能來煩林思然。

林思然被這些人煩了一整晚，好不容易回到自己的座位，她手撐著下巴，偏頭看秦苒。

秦苒拿著筆，寫得比以往更慢了。

「苒苒，妳那根草是不是要枯了？」忽然想起了什麼，林思然挺起腰，精神一振。

秦苒咳了一聲，隨手扯出脖頸間的紅繩。

玻璃瓶裡裝著的草確實凋萎了，還有一點枯黃。這東西是有時限的，也不能澆水。

她又放回去，繼續練字，不太在意地開口：「枯了，沒事。」

「明天可能到不了，後天吧，後天我再送妳一棵新的草。」林思然拿出一張紙，又拿一支筆在紙上畫了一會兒。

秦苒翹著二郎腿，沒太注意，只是有些昏昏欲睡地「嗯」了一聲。

教室後面，徐搖光的桌子上擺著物理講義，厚厚一本。他翻了幾頁，做了一道物理大題後有些浮躁。他放下筆，靠上椅背。

後面，喬聲正在跟其他人討論著今天比賽的事情。

徐搖光瞇起眼眸，轉身掃了喬聲一眼，「喬聲，我覺得你今天對秦苒的表現並不是很驚訝？」

「林思然的三張神牌我都看過了，苒姊那點算什麼。」喬聲放下筆，低聲笑著。

徐搖光抿了抿唇，直覺有什麼地方不對，但說不出來。

他轉回頭，拿出一張嶄新的草稿紙，用中性筆寫了三個字。

第一行——QR。

第二行——Q。

他盯著這兩行字看了半晌，最後喃喃出聲，「差了一個字……」

「什麼？」身邊的同桌側過頭來。

徐搖光搖了搖頭，「沒什麼。」

他把這張紙揉成一團，隨手往後一扔，正巧扔進了垃圾桶。

＊

——次日，早晨。

秦苒沒去食堂吃飯，而是去了校醫室。

陸照影正昏昏欲睡地坐在他的辦公椅上。秦苒知道，他肯定又修仙打遊戲了，直接越過他去裡面找程雋。

程雋正靠在沙發上看書，看到她來時還懶洋洋地打了個呵欠，似乎沒睡好，聲音裡帶有一點點鼻音，「稍微等等，程木馬上回來。」

「我不急。」除了物理老師，其他老師對她都非常寬容。秦苒坐到他對面，手撐在沙發側邊，「你會做標本嗎？」

「什麼類型的？」程雋抬眸，拉下身上的毯子，隨手放到一旁。

秦苒從棉衣裡掏出林思然給她的那根草。快枯萎了，大概撐不過今天。

她身上的棉衣似乎是上次從程雋那裡帶回來的，外面的白色外套也是。

棉衣是黑色的，休閒寬鬆，她的手指纏著紅色的線扯出玻璃小瓶，衣領動了動，剛好能看到之前被遮起來的鎖骨。

衣服過於寬鬆，襯得鎖骨越發清瘦，黑白對比也很鮮明，有種冷豔又溫柔的繾綣，令視線有些不受控制地往下。

程雋仰起頭。

秦苒直接扯下來，遞給程雋，「你看看。」

程雋有些漫不經心地「嗯」了一聲，接過來看了一眼，聲音壓低，「差不多，待會兒讓程木帶些東西回來，過兩天就好了。」

第六章　是妳吧？

秦苒就撐著下巴，歪頭看著程雋。

她一生中很佩服兩種人，一是死守著三千塊人民幣的薪水，卻依舊執著於這個職業的研究員，二是無論是做什麼事都很有耐心的人。

她不行，如果不是她感興趣的事她就坐不住，現在還算好了，以前她經常跟潘明月到處禍害。大概連她們小學老師也沒想到，她跟潘明月，倒數第一跟倒數第二的人，有一天會成為衡川一中的黑馬。

程木很快就從外面回來，帶了早餐過來。

秦苒坐在椅子上靠著椅背，一手拿著湯匙喝粥，一手拿著手機傳訊息常寧。

『最近有單嗎？』

難得見到秦苒這麼上進，常寧像生怕她後悔一樣，一秒鐘就傳來一張兩頁的單子。

秦苒點開大圖，隨手翻著。

程木拿來一杯牛奶給她，看到秦苒看著一堆火星文。

他很好奇地問，「秦小姐，這是什麼？」

「福爾摩斯密碼。」秦苒喝了一口粥，隨口胡說八道。

這是一二九的專用譯文代碼，只有背過代碼的人才能看懂，秦苒並不怕程木認出來。

程木幽幽地看了秦苒一眼。

秦苒翻完兩頁紙，沒找到自己想要的單子，直接刪了，又回了一句：『還有其他的嗎？』

常寧一句話也沒說，直接打了一通語音電話過來。他的名字秦苒只存了個「C」，不怕有人認出來。

不過秦苒面無表情地掛斷，沒接。

陸照影打著呵欠過來，看到秦苒，捂著嘴的手頓了頓，呵欠打到一半又頓住。

他想起了秦苒認識楊非的事，想抓著秦苒好好問問，但是程雋在場，他不敢。

吃完早飯後，秦苒就回去九班，程雋也回到辦公室裡，半躺在沙發上讓程木去買些東西。

程木轉身要走，餘光看到了程雋手中的玻璃瓶，頓了頓，「雋爺，這是……」

程雋的手一握，直接擋住了程木的目光。

他沒什麼表情地看向程木，慢吞吞地開口：「你看什麼？」

程木：「……」

喔，了解，是秦小姐的。

另一邊，秦苒已經到了九班，班上依舊很熱鬧。

一群人圍著何文看他打遊戲。何文用的是林思然的帳號。

若是李愛蓉在此時路過，一定又會皺起眉，覺得九班的讀書風氣不好。

喬聲半趴在桌子上，手機上顯示的是微博頁面，看了半晌後，他又看向秦苒，然後在微信發了一條動態——

『玩都不帶上我，酸了。』

配圖：檸檬精。

發完之後，頓時多了十幾個讚、十幾條評論。喬聲懶得翻，返回微博介面。

他側身坐在位子上，長腿又放在走道，一手撐著腦袋。

下課時，徐搖光又從物理老師那裡拿了一份考卷。發到秦苒那裡時，秦苒正趴在桌子上，拿出好久沒穿的校服蓋著頭，隱隱約約還有耳機線露出來，不知道是不是在睡覺。

她的手機擺在桌子上。似乎有人傳了影片給她，一直不停地亮著，她也沒管。

周圍的人都自動遠離她一公尺。

徐搖光頓了頓，若是以往，他肯定會直接把秦苒的考卷放在她的頭上，他向來是不會管別人想法的人。

喬聲說得對，這個學校裡，他稍微顧忌一點的就只有秦語。他垂著眼眸想了一會兒，把兩張考卷放在林思然桌子上。

發完考卷回到座位時，喬聲還在看微博。

徐搖光漫不經心地拉開自己的椅子，隨便掃了一眼，放在椅子上的手一緊。

他直接抽過喬聲的手機，喬聲依舊停留在微博頁面，上面是楊非發的那條標註了qr的微博。

喬聲一愣，保持著拿著手機的姿勢抬起頭，「徐少？」

徐搖光沒回答，只低頭看著手機。

他盯著楊非這條微博看了一會兒，直接點進評論，掃了一眼上面的一些熱門評論，第一條熱門評論就是——

『只有我一個人在等老大告訴我qr分身帳號的消息嗎？』

楊非當時發的微博引起了業界內外多少人的關注，所有人都在找ｑｒ是誰，沒人相信楊非標記的只是一個無關緊要的人。

資訊時代網路如此強大，網友也是逆天的神奇，但他們卻在「ｑｒ」這個帳號上遭遇了滑鐵盧——不到資訊，一點也找不到。

『目測是個高手，我找我在京大讀電腦的博士朋友找ｑｒ的ＩＤ，他說一片漆黑。』

『同樓上，我電腦差點被攻擊，惹不起惹不起。』

徐搖光掃完，臉上沒什麼表情，修長乾淨的指尖點了點，順著楊非標記的帳號點進去，是一個粉絲有五十九萬，關注一，動態零的帳號。他抿了抿唇，沒說話。

若是前一天看到楊非這條微博，徐搖光不會多想，但昨天晚上秦苒才登入了ＱＲ的遊戲帳號。一個大寫，一個小寫——徐搖光不想多想也難。

他沒說什麼，沉默地看了喬聲一眼，眉眼俊朗，只是目光又黑又清，彷彿能洞悉人心。

喬聲拿了本書，低頭隨意翻了一頁，不太敢跟徐搖光對視。徐搖光點點頭，把手機還給喬聲，側身回去，不再說什麼。

喬聲從後面看過去，徐搖光不像是在寫習題，而是低頭在紙上畫什麼。

＊

下課時，高洋揹著手，慢悠悠地踩到九班。

之前還坐在一起玩遊戲的九班學生立刻一哄而散，坐回自己的位子。

高洋依舊笑瞇瞇的，他對學生並不苛刻。他的目光在秦苒、徐搖光、喬聲臉上一一掃過，最後又看向何文，跺到他身邊，敲了敲他的桌子，示意他一起出來。

辦公室裡，高洋不緊不慢地問：「昨晚是怎麼回事？」

這件事不是什麼祕密，何文就說了，說完後頓了頓，又加了一句：「是一班先挑釁的。」

「嗯，玩歸玩，還是學習重要。」高洋點點頭，讓何文回去。

他一臉不清不淡，一句批評的話也沒說。

李愛蓉從辦公椅上站起來，踩著高跟鞋，「高老師，你們班的學生在論壇詆毀我們班的學生，還組織大型遊戲，都高三了還這樣，但你一句話也不罵，就這樣了事嗎？」

「不然呢？」高洋胖胖的臉上全是疑惑，「妳沒聽見嗎？電腦是妳們班的學生拿的，事情是妳們班挑起的，我要怎麼罵他們？」

「你就算不管他們，也要想想我們班學生的學習……」

高洋還沒聽完又笑了，坐在位子上慢悠悠地擰開保溫杯，喝了口茶：「這件事是秦苒、喬聲跟徐搖光主謀，妳要是覺得打擾到你們班的人了，去找他們說吧。」

李愛蓉一句話都說不出來，別說這三個人了，就算是半個她也不敢惹。

她憋著一口氣回到自己的辦公桌旁，路過物理老師的時候，看到他手上那張秦苒的考卷依舊是一個字沒寫，心裡才好受一點。

高洋沒理會李愛蓉，只是看著手裡那張秦苒的請假單，微微瞇起眼。

整個上午，常寧都不死心地打語音電話給秦苒。

秦苒轉成靜音，不太管他，然後開始翻閱常寧傳給她的單子。

向一二九下單的人有一堆，但一二九每個月接的單不多，常寧給秦苒的都是已經篩選過的單子，翻了一遍，秦苒都沒找到自己想要的單子。

最後一節課下課，秦苒等九班的人走光了才慢悠悠地往校醫室的方向走。

常寧的語音電話又打過來，秦苒戴上耳機，點下接通鍵，把手機塞進口袋裡。

外面風大，她伸手把外套的帽子戴上，又把拉鍊拉到最上面，遮住了下巴。

京城的常寧翻著電腦上的報名人選，幽幽開口：『小同學，妳是不是忘記了什麼事？』

秦苒拉了拉衣領，遮住鼻子，「什麼？」

『今年新會員的考題。』常寧從口袋裡摸出一根菸，嘖了一聲，輕笑著開口：『妳不會真的忘了吧？』

「沒，考題不急，」秦苒半瞇著眼，有些漫不經心，「絕對會在你招新之前寫好。」

掛斷電話後走到校醫室，程雋跟陸照影都不在，只有程木在幫一個學生拿藥。

秦苒伸手把帽子拉下來，目光看到裡面放在一個玻璃皿上的草，她想了想，隨手把手機扔到沙發上，走到那個玻璃皿旁仔細觀察。

＊

——一中門外。

潘明月規規矩矩地穿著校服，一頭齊耳的短髮，戴著黑框眼鏡。

「林錦軒早就回京城了，我不能再拖了。」封辭打開後車廂，拿出一袋東西遞給潘明月，「年前可能回不來了。」

潘明月接過來，低了低頭，裡面應該是手套、圍巾還有各種藥。

封辭低頭數了數自己的手指，聲音還有些許委屈：「兩百零三天，還有兩百零三天才高考。」

「這個我也決定不了。」潘明月換了一隻手拎袋子。

封辭伸手攬著她，「走，哥哥帶妳去吃飯。」

剛轉身，口袋裡的手機就響了。封辭看了一眼，上面是一串電話號碼，他沒存名字，淡淡地看了一眼就直接掛斷。

不到一分鐘，林錦軒也打了電話過來。電話那頭的林錦軒聲音清淡，『在明月那裡？』

「嗯。」封辭的聲音變得有些冷淡跟漫不經心，「不說了，我先幫她排隊。」然後又低下頭，聲音顯然低了很多度：「這裡風小，妳在這裡等著，我去排。」

——京城這邊。

林錦軒看著面前一頭波浪捲髮、妝容美豔的女人，有禮地頷首：「聽到了？沒有人會在原地等妳。」

他剛才開了擴音。

女人戴上墨鏡，看了林錦軒一眼，沒說話，直接轉身離開。

潘明月在一處死角等著，手裡拿著一顆藥，有些茫然。

熟悉的腳步聲響起，潘明月有些緊張地把藥放回口袋裡，然後抬頭看著小跑過來的封辭。

封辭要趕今天的飛機，沒停留十分鐘就離開了。

「噯，妳不是秦小苒的朋友嗎？」陸照影跟程雋從車上下來時就看到了潘明月。

他耳朵上的那枚耳釘在冷日下有些刺眼。

「妳們兩個還真的不太像朋友。」陸照影晃了晃自己的手機，笑得很囂張，「我要去幫秦小苒買奶茶，妳要嗎？」

自從上次去校醫室拿過藥後，潘明月就刻意避開這兩個人。不過陸照影還是十分自來熟地跟她說話，程雋只是慢吞吞地看了她一眼，那雙極好看的眼睛裡沒有同情、沒有厭惡、沒有探究，十分清淡，如同在看陌生人。

潘明月捏著的手緩緩放鬆下來。

很快，陸照影拿了兩杯奶茶回來的時候，潘明月已經離開了。

＊

第六章　是妳吧？

中午徐搖光沒出去吃飯，只讓喬聲幫他帶了一份午飯回宿舍。

他整個上午都心思沉沉的。喬聲到他的房間時，徐搖光正看著著一張紙。他把打包的中飯放在徐搖光的桌邊，又低頭看徐搖光到底在看什麼。

那是一張紙，上面很空蕩，只寫了幾個字。

上面一排是ＱＲ，超過兩百八十。

下面一排是Ｑ，超過七百。

最後一排是ｑｒ，一個問號。

左邊又寫了三張神牌，打了個圈，超過七百跟超過兩百八十之間也畫了圈。

還是不對。

徐搖光的手指敲著桌面，微微瞇起眼。

除了第一排，喬聲都認識。不過他因為心虛，不敢多看，只坐到一旁的椅子上，把腿放在桌子上，打開手機開始玩遊戲。

他很疑惑，這還是第一次看到徐搖光對物理、小提琴以外的事情感興趣。

徐搖光打開飯盒，右手拿著筷子，不緊不慢地吃著。

手邊的手機亮了，應該是秦語傳來的訊息，徐搖光用左手點開。

抬到一半的手忽然頓住，徐搖光猛地抬起頭，目光緊緊盯著第二行的超過七百。

他見過秦苒畫海報——當時是用右手。

徐搖光之前並不在意秦苒究竟是誰，也不在意她是不是左撇子，所以看到她用右手畫畫，雖然驚訝，但也就忽略了，拋諸於腦後。

現在想想——秦苒根本就不是左撇子！

徐搖光閉上眼，將所有的細節連起來後好像不難理解。秦苒用左手寫字特別慢，像是初學者。他放下筷子，把紙上的ＱＲ超過兩百八十畫掉，重新又寫了個問號。

——左手兩百八十，那右手呢？

喬聲在玩一款小遊戲，看到徐搖光又放下筷子，表情似乎有鬆動，不由得湊過頭來，但看不出什麼頭緒，徐搖光畫的幾條線太奇怪了。

喬聲不是職業選手，對手速沒概念，就算把孟心然跟其他人放在一起，他也看不出來超過五百的手速跟超過兩百的手速有什麼區別。

「喬聲、徐少，還不走？」

徐搖光寢室的門沒關，對面的何文靠在門邊敲了敲門，叫他們去教室。

「稍等，」喬聲抬頭指了指徐搖光，「徐少還沒吃……」

「不吃了。」徐搖光直接站起來，把剩下的飯丟進垃圾桶，拿著那張紙跟他們一起去教室。

＊

——校醫室。

程雋跟拎著奶茶的陸照影回來時，秦苒正側倚著桌子，觀察著放在玻璃皿上、幾乎脫水的那顆草。

「秦小姐，」程木端了一杯茶給秦苒，又指了指玻璃皿上的草，壓低聲音說：「這株忘憂是妳的？」

秦苒背對著窗戶站著，今天太陽大，但是很冷。她逆著光側頭，挑起眉，「你說它叫什麼？」

「忘憂啊，在一般的拍賣會上才有。」程木想了想，又開口，「是雋爺給妳的？」

「喔。」秦苒隨意點點頭，懶洋洋地開口，「我同桌送我的，味道好聞。」安眠。

「妳同桌？」程木立刻想到了上次那個像是沒見過世面的林思然，有些不解，「怎麼會？」

他走了兩步，拿起程雋放在桌子上的玻璃瓶來看。

轉了一圈，沒找到代碼編號。

應該是假的吧……

程木本來以為是程雋給秦苒的，現在知道是假的，對待它就隨意起來。

陸照影踢開門進來，坐到飯桌旁翹著二郎腿，把奶茶遞給秦苒，「秦小苒，妳跟潘明月真的是朋友嗎？」

一個又冷又邪，還有玩世不恭又放蕩不羈的老大作風；一個又乖又安靜，一看就是個好學生，怎麼看都不會湊在一起。

秦苒把吸管插進去，漫不經心地叼在嘴裡：「是啊。」

「她的眼睛肯定很好看。」陸照影拿著筷子，笑了笑。

一直在喝奶茶的秦苒聽到這一句，忽然抬起頭，眼底有九分冷意，「你別招惹她。」語氣卻很認真。

陸照影想到自己認識了秦苒這麼久，她身手那麼好，唯一一次受傷也是因為潘明月：「妳這麼罩她？」

秦苒繼續喝奶茶，不論接下來陸照影怎麼問，她也不開口。

半晌，陸照影似乎聽到了清淡無煙的一句話——聲音太低，他大概只聽到了「罪」，還很不清晰。

而洗完手，帶著些微消毒水味往這邊走的程雋腳步卻頓了頓。

陸照影想要問清楚一點，但程雋將手放在黑檀木椅上，拉開，淡淡看他一眼，「去洗手。」

吃完飯，秦苒繼續趴在桌子上練字，左手有一下沒一下地寫著，右手半撐著下巴，好看的臉上滿是不耐煩，浪蕩又不羈。

又喝了一口剛才沒喝完的奶茶，秦苒咬著吸管，偏了偏頭。

程雋在裡面打磨玻璃片。他沒那麼專業，所以半坐到桌子上，修長乾淨的手指拿著玻璃片，眉眼低垂著，似乎有些慵懶。

程木看秦苒寫到一半又不寫了，總覺得她今天沒什麼興致。

「看雋爺那麼細心，像是在對待真的忘憂一樣。」程木搬了一張椅子坐在陸照影身邊，拿著手機傳訊息給程金。

而陸照影在看這個星期六的表演賽門票，計算去京城的時間，「什麼忘憂？」

「喔，老爺子常年都戴著的東西，具體我不知道，不過去年是我陪程總去拍賣會的。不貴，當時是四百七十萬，只用不到一個月而已。」程木風輕雲淡地開口。

陸照影的手頓了頓，程木大概是見怪不怪了，四百七十萬也能說不貴。一般大型公司，一個月也很難有四百七十萬的金錢流動。

「不過，秦小姐那個應該是假的，」程木想了想，然後壓低嗓子，「我沒看到上面有編碼。」他陪程總去買過，自然很清楚，這種對外出售的通常都會有明確的編碼防偽。

秦苒慢吞吞地又練完一本字帖後，拉上帽子出門，走去九班。

而程雋把玻璃片打磨好就放到一旁，拉開玻璃門走出來，靠在她之前坐的椅子上，伸手翻著她練的字帖。

字跡確實進步了不少。

半晌，他屈指敲了敲桌面，不鹹不淡地開口：「程木，七一二的資料我要再看一遍。」

程木去拿了資料過來，程雋直接翻到其中一面，看了半晌。

這就是之前有秦苒名字的那一頁資料。

「找不到老姚的女兒，她在現場出現過，但最後資料就在這裡，」程木看了一眼，沉默，「我估計是被毒狼報復了，毒狼那一行人可不是什麼好人。要不是被人保護得很好，但是……後面那種可能不太可能。」

沒人會為一個緝毒刑警的女兒做到這種地步吧？又不是什麼大人物。

毒狼這行人向來心狠手辣，他跟郝隊查到現在，只踹掉了雲城的一個據點。

資料上寫著：

姚偉林（活埋窒息而死）

姚偉林妻子（活埋窒息而死）

姚偉林女兒（不明）

現場有三個坑，有一個坑沒埋，有人推測姚偉林的女兒之前也在那裡。

從頭到尾，姚偉林的女兒連名字都沒出現過，資料局也沒有她的任何消息。

程雋往後靠了靠，他伸手遮住眼睛，輕聲開口：「程木，你有沒有聽過說火車軌選擇題？」

「假設遠處有一列高速行駛的火車，前面有兩條軌道，一條軌道上綁了一個人，另一條軌道有兩個人。這三個人中有兩位你特別尊敬，有一個是你朋友，給你十秒，你只能選擇遠端遙控救其中一邊，你會怎麼選擇？」

程木一愣，「大概就是要我在你跟陸少，還有程金之間選擇？」他皺起眉，「那我選擇不動手。」

「不動手就三個人一起死。」程雋的目光看向窗外，聲音壓得很低。

「說到底就是要我選擇殺兩個人或一個人？」程木頓了頓，幽幽開口：「雋爺，你好殘酷。」

就算真的選了，他也會瘋掉吧。

程雋慢慢閉上眼，放在桌子上的手指微微捏緊，靠在椅背上，不再說話。

秦苒到九班的時候，中午自習快結束了。

林思然正在寫物理考卷，寫得差不多了，看到秦苒，立刻把自己的物理考卷遞過去，「快抄，徐少待會兒要來收考卷了。」

秦苒不太想寫，但林思然都這麼說了，她就拿著筆，慢吞吞地將林思然的答案原封不動地抄上物理考卷。徐搖光收考卷收到這裡時，林思然就抬起頭，跟徐搖光解釋了一句。

以往看到秦苒抄考卷，徐搖光會一言不發地離開，不管她要不要交卷。今天他卻罕見地停下來等秦苒抄完，眉宇間沒有半點不耐。

林思然有些驚訝，不過也沒說什麼，又側過身，單手托著下巴看秦苒寫考卷，很驚訝地說：「苒苒，妳寫字真的進步好多，也有點好看。」

秦苒用左手寫字一直都特別慢，還不太好看。不過最近這幾天，林思然發現她寫得越來越好，一橫一撇，入木三分，也有了幾分風骨，不再像是小學生的字。

秦苒寫完，將考卷隨手遞給徐搖光。

徐搖光低頭看了一眼，字跡進步不只一點點。

之前十幾年的字跡都沒變化，現在不過兩個月，哪能變化得這麼快？

徐搖光將考卷放到最上面，抿著唇心想：大概是因為她以前很少用左手寫字。

他把考卷送去給物理老師後又回到自己的座位上，拿出手機，打開微博，搜索了楊非的，又順著他的微博點進ｑｒ的主頁。

能讓楊非說出「比我厲害」的人，除了那個人，徐搖光想不到還有誰。

秦苒幾乎都符合了，除了一點——她的手速，昨晚跟孟心然ＰＫ的時候，徐搖光注意到秦苒的手速只有超過兩百八十。

什麼都能掩蓋，但手速不能。但是現在……

徐搖光拿著筆，把Ｑ、ＱＲ、ｑｒ中間全都畫上了等號。

他低著頭，眸光閃爍，微微捏著的手指有些顫抖。

「苒苒，妳脖子上的草呢？」林思然抽出待會兒要用到的數學講義，偏了偏頭。

秦苒微微靠著牆壁，低著漂亮的眉眼，心情不太好，「讓人拿去做標本了。」

「那個壞了就扔了吧，我們家還有很多。」林思然想了想，有些不好意思地小聲開口：「我爸是個花農。」

「喔。」秦苒點了點頭，「我爸妳見過，建築工人。」

高洋拿著一本講義從走廊踩步進來，上完一節課後，他敲了敲秦苒的桌子，示意她跟著出來。

「這是妳請的三天假。」高洋把手中的請假單遞給秦苒。

「謝謝老師。」秦苒接過來低頭一看，假單已經批好了。

秦苒將假單收起來，往自己的位子走。

徐搖光此時也拿著一張紙出來，「高老師，我想請假。」

這倒奇怪了，最近一個兩個都要請假，高洋把講義夾到腋窩，「幾天？」

「下個星期一到星期三，三天。」徐搖光把假單遞給高洋。

高洋接過來，隨口道：「星期一到星期三？」跟秦苒請假的時間一樣。

低頭一看，徐搖光寫的請假原因很詳細，他要回京城。秦苒就隨意多了，只有十分囂張的兩個字——私事，連敷衍一下也不願意。

徐搖光「嗯」了一聲，沒多解釋，高洋伸手幫他批了假單。

下午放學，喬聲拿著籃球拍了好幾下，等徐搖光出來。

徐搖光正在看手機，沒馬上離開。

他抬起頭，秦苒還坐在位子上，手撐著下巴，有一下沒一下地翻著書，從背影也能看出她很不耐煩。

想了半晌，徐搖光拉開椅子站起來。

喬聲本來以為徐搖光是要走出來，卻沒想到他拿著手機直接朝秦苒走去。

「嗳——徐少！」喬聲站直身體，立刻追了上去。

徐搖光沒理會他，他把手機一直保存著的一張照片放大，放到秦苒面前。

「什麼事，說。」秦苒手上拿著書，有些不耐煩地偏過頭。

喬聲擰眉看了一眼，徐搖光手機上放大的照片不太清楚，像素不高，應該是幾年前的。

上面是一個人的背影，穿著黑色的衣服，好像是ＯＳＴ的戰服，頭上扣著一頂鴨舌帽。沒有看到臉，但是只看一個背影都能看出隨性。

「是妳吧？」徐搖光兩隻手撐著桌子，微微低頭，目光看不出任何情緒，「Ｑ。」

第七章　隔壁修電腦的

徐搖光聲音很清淡，但是按在桌子上的手微微發緊。

喬聲把籃球往地上一扔，看看徐搖光又看看秦苒，不知道這兩個人是什麼意思。

Q？這又是誰？

秦苒臉上的表情沒有任何變化，微微側著臉，又冷又燥地說：「不是。」然後站起來，頭微微低著，額前的頭髮順著滑過眉骨：「麻煩讓個路。」

徐搖光還想說什麼，口袋裡的手機在這時候響起。他拿出來一看，是秦語的電話。

就一瞬間的功夫，秦苒已經越過他離開了。

徐搖光捏著手機想了想，還是先接起秦語的電話。

『徐少，你們請好假了嗎？』電話那頭的秦語正站在舞臺下，聲音很甜，『什麼時候來京城？我去機場接你們，讓我小姑幫你們訂好飯店。』

「我請了，喬聲可能不去，」徐搖光看著秦苒的背影，聲音很淡，「不用妳接。」

『不用接？』聽到喬聲不來，秦語頓了頓，卻也沒說什麼。

徐搖光敷衍了幾句就掛斷電話，追到門外時，秦苒早就下樓了。

喬聲也拿著手機跟出來，從走廊往下看，「徐少，那個Q是怎麼回事？」

「她以前是ＯＳＴ的成員，三年前冬季賽的前一個星期，她接了一通電話就直接離開了，什麼話也沒留。再然後，誰也聯繫不到她。」

徐搖光也往下看了看，秦苒此時已經走下樓了，正拉著自己的帽子，一邊講電話。

喬聲點點頭，然後小聲開口，「所以你知道那三張神牌是她創立的？」

「你果然知道。」徐搖光側身，淡淡開口。

喬聲摸摸腦袋，「我也是那天晚上上廁所的時候，正好看到陽神去找苒姊。所以苒姊就是Ｑ？為什麼沒聽人說過？」

徐搖光往樓下走，腳步不急不緩，隔了好一會兒才說，「你有看過秦苒的競技場勝率嗎？」

「不知道。」喬聲換了一隻手拿籃球。

他也是昨天晚上才知道秦苒的帳號。

「當年的資料是百分之一百，國內外都知道的單排狂魔Ｑ，粉絲無數，」徐搖光低頭淡淡地開口：「有空你可以問問ＯＳＴ的成員，他們戰隊的手速排名。」

「不是沒有人聽說過，只是因為她是一區的人，我問你，你見過一區的帳號嗎？一區的老成員都混國際的。」徐搖光又看了喬聲一眼，「整個ＯＳＴ戰隊裡，只有楊非是一區的帳號，他應該是一區十七星。秦苒應該是，但我昨天沒有看清楚。」

「粉電競的，別說沒聽過單排狂魔Ｑ，她是孤狼型人物，去外網搜搜一區，就知道她的人氣多高了。」徐搖光鮮少說這麼多話。

現在九州遊人氣很高，一區在三年前就關閉了，線上人數不多，但有一堆深居簡出的大神。

喬聲現在卻想到了中午徐搖光寫的「Q超過七百」是什麼意思。

所以那是苒姊的手速？

楊非的手速是超過六百，現在紅得一場糊塗，迷弟迷妹們可以繞地球一圈。

微博上帶過孟心然手速比楊非快的風向，使孟心然的粉絲飆升到三百萬，人氣大爆漲，要是那些OST的粉絲們知道秦苒不僅是三張神牌的製作者，還是手速超過楊非的那個人，真的會出大事吧？

＊

晚上放學，秦苒沒去校醫室，也沒去教室，她直接回到了寢室，打開放在桌子上的電腦。

電腦頁面依舊是一片很乾淨的沙漠色，一個圖示都沒有。

她幫自己倒了一杯水，然後坐在椅子上，敲了幾個鍵，叫出編輯器之後伸手打字。

不到二十分鐘，全部打完，秦苒才聯繫常寧。

「題目我搞定了，馬上寄到你的信箱。」秦苒靠在椅背上，拿起水杯，不緊不慢地小口喝著。

她今天沒開鏡頭，只是傳了一個語音。

常寧顯然笑了笑，有些壓抑不住的愉悅，『速度真快，妳快寄過來。』

秦苒一隻手喝水，一隻手拿著滑鼠，動作顯得慢吞吞，「警告你一句，我出的題有些變態，你考慮清楚再決定要不要用。」

『沒關係。』常寧並不在意。

「你也不怕招不到人？」秦苒把水杯放在桌子上，把檔案傳給常寧。

『招不到人？妳也太小看妳自己了吧？』電腦那頭，常寧沉默了一下，似乎是笑了，『妳孤狼的名聲放出去，有多少人前赴後繼，還怕招不到人？』

秦苒點擊了傳送，「好吧，你不怕就行。」

門外有林思然跟夏緋的聲音，秦苒俯身關了語音，「你慢慢看，我室友回來了。」也不等常寧回答就掛斷。

電腦螢幕剛暗下去，林思然就推開門，把一根棒棒糖遞給秦苒，「剛剛在路上看到潘明月，她讓我帶給妳的。」

秦苒點了點頭，隨手剝開，咬進嘴裡。

*

——星期六一早，秦苒去校醫室告別。

「我準備出門一趟。」秦苒慢吞吞地吃完粥，算了算時間，「今天下午離開，下個星期四回來。」

程雋把做好的標本遞給秦苒，又將掛在椅子上的外套拎起來，扔到沙發上，「去哪裡？」

「看望一個長輩，」秦苒把筷子放下，「他這個人有點執著，我準備勸他早點收手。」

程雋挑眉看了她一眼，抿唇輕笑，「我們今天晚上也要離開，下個星期回來。」

「要不要我讓人送妳回去？」陸照影手托著下巴，看秦苒一眼。

大概是以為她要回去寧海鎮。

秦苒搖了搖頭，她脖子上又掛著另一顆草。

程木把茶遞給秦苒的時候頓了頓。

「秦小姐，妳脖子上……」程木指了指那顆草，「是又換了個新的嗎？」

「是啊，我同桌又給了我一個。」秦苒伸手轉了轉脖子上的綠色小草，漫不經心地開口，「你也想要？」

程木搖了搖頭，他盯著那顆草，覺得實在太逼真了，逼真到他有點不相信那是假的。

「我同桌說她家有一片菜田都是這個，就算不用，也會被她家咪咪偷吃。」秦苒翹著二郎腿，往後靠了靠，「你要的話，我讓她也帶一個給妳。」

一片菜田？

程木立刻搖頭，「不用了，不用了。」他是個有理想的人，再窮也不要高仿品。

「喔。」他不想要，秦苒也沒勉強。

道完別，秦苒就回寢室收拾了一下。

其實也沒什麼，就一個包包、幾件衣服、一本書，還有一瓶透明的水。

她沒立刻出發，而是去了一趟醫院。秦苒到的時候，寧晴跟寧薇她們都來了。

「本來語兒想讓我帶沐盈、沐楠去京城，但音樂會的票不多，下次吧。」

寧晴正在跟寧薇說話，沐盈聽到這一句還來不及高興，又墜入深淵……

秦語寄了兩張票，寧晴手裡應該還有一張吧？她要帶誰去？

寧薇只笑著，「帶他們去幹嘛？還會讓妳丟臉。」

「媽。」沐盈皺眉。

「我要搭待會兒的飛機去京城，所以今天提前來。」寧晴說完，語氣又緩了緩，側頭看去，「妳跟我一起走嗎？」

沐盈在一旁跟陳淑蘭說話，聽到寧晴的話，她不由自主地抬頭看秦苒。

秦苒抿唇靠著桌子，懶洋洋地站著，「不了。」

「妳……」寧晴一句話都說不出來，她走到秦苒身邊，從口袋裡拿出一張機票遞給秦苒，「票給妳，去不去隨妳。」

秦苒挑起眉，還沒開口，陳淑蘭就靠在枕頭上咳了兩聲，「苒苒，去醫生那裡拿兩顆藥來給我。」

在外婆面前，秦苒也不想跟寧晴爭執，她拿著手機去找陳淑蘭的主治醫生。

陳淑蘭是在特意支開秦苒，免得兩人吵架，因為秦苒現在對寧晴越來越不耐煩了。

等秦苒走後，寧晴有些不贊同地看向陳淑蘭，「媽，您又寵著她，這樣她什麼時候才會上進？她之前還在她小姨家說要考京大，眼高手低，多少人等著看她的笑話。」

聽到寧晴這一句，沐盈的手收緊了一些，她抬頭看了一眼寧晴，心下震驚：原來表姊竟然沒有跟大姨說她這次期中考的成績？她有些不懂秦苒在想什麼。

陳淑蘭本來低頭喝水的動作頓了頓，她抬頭，眸底似乎有光：「苒苒……苒苒說，她要考京大……咳咳……」

一句話沒說完，陳淑蘭就開始劇烈地咳嗽，幾乎快把肺咳出來，有些蒼白的臉也出現了不正常的紅暈。

半晌，她不再咳嗽，滿是溝壑的手抓著寧晴的手腕，「苒苒說過她要考京大？」

「媽，您別激動。」寧晴緊張地拍拍她的背，「她聽到語兒說要考京大，也說自己要考，先不說她的成績資歷了，就她現在的態度，也不走藝術生這條路，您看她像是要考京大的嗎？」

陳淑蘭又咳了一聲，她靠在枕頭上，渾濁的眼睛看向門外，「不管怎麼說，苒苒那麼聰明，肯定能考上。」

寧晴不知道要說什麼。老太太從小就偏心秦苒，對方說什麼她都信。

「這句話您就自己說說，在自家人面前提就好，別在外人面前提起。」寧晴看了一下時間，她拿起包包，「免得別人看笑話。」

說完，寧晴又跟寧薇囑咐了幾句，要她好好照顧陳淑蘭就拿著包包匆匆離開。

等寧晴走了，陳淑蘭才想起什麼。她從枕頭底下拿出一個破舊的盒子，遞給身邊的沐盈，「把這個放進妳表姊的包包裡。」說完她就閉著眼躺回去，剛剛咳了那麼久，她十分疲憊。

沐盈接過來一看，裡面很重，不知道是什麼，不過她也不太感興趣。

秦苒的包包就放在桌子邊緣，沐盈拉開拉鍊，一本書從包包裡掉下來。

沐盈把木盒放進黑包包後彎下腰撿書，那是一本嶄新的外文書，看不出來是哪國文字。撿起來

時，書頁翻了翻，有兩張門票從書裡掉下來。沐盈看清了那兩張門票，是音樂會的ＶＩＰ門票。

很顯然，這不是秦苒會有的，應該是秦語寄回來的門票。

捏著門票的手緊握著，沐盈抿了抿唇。秦苒明明說她不去京城，也不想去看音樂會，那這兩張門票是什麼意思？

「沐盈，妳撿一本書怎麼撿那麼久？」沐楠一直坐在窗戶旁的椅子上，低頭背單字。

沐盈沒開口，只是緊緊地抓著手裡的門票。

秦苒手裡拿著兩顆藥，她想著主治醫生的話，抬眸在走廊上待了半晌才推開陳淑蘭病房的門。一進門，她就看到沐盈拿著她的書站在桌子旁。秦苒沒太在意，精神不太好地把藥遞給寧薇，讓她放在水裡化開給陳淑蘭喝。

「表姊，為什麼妳不去音樂會，也不肯把這個機會給我？」沐盈咬著唇，語氣幾近憤恨，「妳明明聽到大姨說想要帶我跟沐楠去，妳也不想把這兩張票拿出來？」

沐楠從椅子上站起來，冷著臉拿走了沐盈手上的書，「妳在胡說什麼？」

「我沒胡說，」沐盈走到秦苒面前，把兩張票扔到她臉上，「這就是音樂會的ＶＩＰ票，不是語兒表姊寄回來的，那是哪來的？」

寧薇正在幫陳淑蘭泡藥，聽到這一句，直接抬起頭。她匆匆走過來，走的時候有點急，一跛一跛的。

「沐盈，妳語兒表姊只帶了兩張票回來，這怎麼會是她給的票，妳這是在做什麼？」她蹲下來把掉在地上的票撿起來，「快點跟妳表姊道歉！」

「咳咳……」病床上，昏昏欲睡的陳淑蘭醒了。

其實沐盈扔了票之後，也開始後悔了。她想起秦苒各個方面的傳聞。

「那些票是我給苒苒的。」陳淑蘭又咳了一聲，說話的聲音有氣無力，「那是以前教過苒苒的一個老師寄給她的票。」

秦苒怎麼會有老師寄這種門票給她？

秦苒看了後面的陳淑蘭一眼，然後往旁邊走了一步，抬起下巴示意門口的方向，聽不出情緒地開口，「滾出去。」

沐盈看了一眼秦苒，抿了抿唇，「對不起，表姊。」

秦苒接過票，又接過沐楠遞給她的書，把票夾在書裡，放回背包，重複道：「滾出去。」

寧薇跟沐楠都沒有說話，陳淑蘭也微微閉著眼睛，整個病房的人都站在秦苒這邊。

沐盈眼眶一紅，什麼也沒說，直接跑出去了。

「苒苒，對不起。」寧薇看了一眼沐盈離開的方向，又把票遞給秦苒，「盈盈她……都是我沒有教好……」寧薇坐在一旁的椅子上，伸手遮了遮眼睛。

她丈夫現在還是植物人，平時她不是打工就是跑醫院，確實是忽略了這兩個孩子。

「沒關係，妳也沒教沐楠，他就很好。」秦苒拿起背包甩到背後，語氣淡漠。

秦苒今天沒什麼情緒，她跟陳淑蘭說了一聲就直接離開病房。

沐楠沉默寡言地送她出去。

電梯門開了，沐楠開口，面無表情地說：「我在光榮榜上看到妳的分數了。」

秦苒：「……」

「六百四十六，考得很好。」

秦苒：「……」

因為沐盈那件事煩心的低氣壓忽然消失了。

沐楠又看了她一眼，抿抿唇，繼續道：「妳把宋大哥的筆記本還給我。」

秦苒：「……」

離開醫院後，秦苒沒去機場，先去一趟銀行才搭車去機場。

——下午四點五十五分，京城機場。

寧晴下了飛機，就看到秦語在等她。

「語兒。」寧晴朝秦語招了招手，加快步伐。

「媽，這是沈家司機。」秦語偏過頭，為她介紹身邊穿著黑色西裝的男人。

寧晴朝男人看過去，男人接過她手裡的行李箱，一身筆挺的西裝，面容冷肅，氣勢極強。她心下一驚，沒想到沈家的一個司機就不簡單。

秦語很習慣了，她朝寧晴後面看了一眼，挑眉，「媽，姊姊真的沒來？」

「嗯。」提起這個，寧晴不由得皺眉，她跟著秦語往外走，有些煩躁地說，「別說她了。」

陳淑蘭總說她年紀小，什麼都不急。但秦語比她小一歲，這根本就不是年紀小不小的問題。

兩人一同坐上車，車子並不是開往沈家，而是開往一間飯店。雖然心裡有些不舒服，但寧晴還是下意識地鬆了一口氣。

光是一個林婉她就有點應付不來了，沈家那麼多人，她到時候恐怕會喘不過氣。

飯店保全接過寧晴手中的行李箱。

「媽，入住辦好了，這間是京城最大的飯店，小姑幫妳訂了第五十六樓，可以俯瞰京城的夜景。」秦語陪她進電梯，「送妳到房間後，我就先回去了，沈爺爺今晚會回沈家，小姑要我拉一段小提琴給他聽。」

「那妳趕緊回去練琴。」知道沈老爺子喜歡秦語，寧晴不敢耽誤秦語的時間。

秦語拿房卡刷了房門，淡淡開口，「也不是特別急，可以讓他們稍微等等。」

她敢這麼說，必定是有依仗，寧晴知道秦語在沈家比她想像的還要好很多。

「媽，妳看外面，」秦語用遙控器打開窗簾，站在落地窗旁看城裡的景色，又側過身，眸光閃爍：「沈家也不過只是京城的冰山一角，在這個四九城裡，沈家搆到的也只是最低的圈子。」

初冬天冷，黑得又快，但是外面，火樹銀花不夜天。

寧晴擰開了一瓶水來喝，聞言，看了看秦語。

秦語又轉過身，拿出手機後笑道：「姊姊沒來真是可惜了。」

被秦語念叨的秦苒，此時剛到機場。

她穿著白色連帽衣，外面套了一件大衣，將帽子拉到頭上，拎著背包直接朝計程車走去。她傳了一條訊息給陸照影，說自己已經到了親戚家。

已經在飛機上的陸照影傳了個「OK」的貼圖給她，然後看向前面的程雋，「雋爺，秦小苒到她親戚家了。」

程雋懶洋洋地「嗯」了一聲，拉了拉身上的小毯子。

京城機場的秦苒剛把手機放回口袋裡，又響了起來。

秦苒戴上耳機，是顧西遲。

『我剛回國，到魔都了。』顧西遲的聲音有些懶洋洋，聽得出來很疲憊，『明天先回雲城看妳，然後拿些工具就去找妳外婆。』

秦苒排隊等車，她把連帽衣的帽子往下拉，靠在旁邊的阻隔欄上，長腿微微搭著，整個人有些不羈的野，「不用，我人在京城。」

電話那頭的顧西遲笑了笑，幫自己倒了一杯水，『那我就不去京城了，京城就是個狼窩，不知道有多少人想要抓我。』

「嗯，」人群動了動，秦苒看到要輪到自己了，就往前走兩步，「等我回去雲城再說，我外婆……暫時不用你過去。」

她聲音有異，顧西遲的手一頓，從沙發上站起來，『沒事吧？』

「輻射過多，器官異常衰老，」秦苒看著一輛計程車開過來，淡淡開口，「對大部分藥物過敏。」

顧西遲的一口水差點噴出來，他咳了好久，『妳外婆輻射？什麼輻射？妳家隔壁修電腦的電腦輻射？』

「說過多少次了，陸叔叔不是修電腦的。」計程車停在腳邊，秦苒拉開後門坐進去，然後糾正顧西遲。

顧西遲隨口應著，『好好好，不是，不是可以了吧？』

剛掛斷電話，又收到魏子杭的訊息——

『苒姊，喬聲說妳今天請假了，妳是不是到京城了？』

秦苒慢吞吞地回了一個字：『嗯。』

雲城這邊，正在牛肉麵店裡跟喬聲一起吃麵的魏子杭放下筷子，又拿紙巾擦了擦手，淡定地撥出一通電話，「幫我買最近一班去京城的機票。」

對面的喬聲翹著二郎腿，聞言就抬起頭，「怎麼一個兩個都要去京城？」

要不是魏子杭不喜歡秦語，喬聲都以為他也是去看秦語的音樂表演了。

航班的資訊很快就傳到了魏子杭的手機上。

魏子杭的鳳眼微微瞇起，低頭看了一眼便放下筷子，很隨和，沒有半點校霸氣場：「你慢慢吃，我去機場了。」

——魔都。

顧西遲掛斷電話又靠上沙發，低頭傳訊息要秦苒把陳淑蘭的病歷傳給他。

他站起來拿出電腦，從桌面上複製了一個網址，進入一個網頁。

這個網址是他花一百萬買來的駭客聯盟網址，是國際刑警給他的。調查他的人太多了，那個刑警被他煩得受不了，就直接叫他匯錢，扔了一個網址給他。

打開網址，是一個全白頁面，電腦鏡頭自動開啟，驗證了他的臉之後登入到客戶後臺。

上面是顧西遲幾天前下的單。

顧西遲喝了一口水，放下杯子，直接點了確認，手指按在鍵盤上，不緊不慢地給了個好評。

doctorGU：你們的行動能力太強了，沒過多久就幫我解決了麻煩，除了李大壯這個名字難聽了一點，其他都很不錯。

對方直接退款給他，然後傳了個問號過來。

『……我們還沒有開始行動啊？』

顧西遲放在鍵盤上的手頓住。他盯著這句話往後靠，從口袋裡摸出了一根香菸，瞇起眼來。

半晌後又起身，從臥室轉到樓下客廳，翻出自己的醫藥箱，拿出裡面的黑色聯絡器，撥通了一個電話。

顧西遲點燃香菸，找了一張桌子靠著，等了幾分鐘，另一頭傳了一個名單過來。

＊

秦苒到飯店的時候已經快八點了，她洗完澡出來，拿出背包裡的外文小說時才看到被放在背包裡的盒子。

秦苒擦頭髮的動作頓了頓，另一隻手還拿著外文小說，半晌才把背包拉鍊拉上，然後打開手機打了一通視訊電話給陳淑蘭。

沐楠還在陳淑蘭的病房背單字。

「外婆，我到了。」秦苒站在落地窗前，身上只穿著浴袍，頭髮還沒完全乾，所以把鏡頭轉了一個方向，對著外面的夜景。

陳淑蘭的精神感覺比上午好，她看著手機裡的夜景，緩慢開口：『見到魏爺爺了沒？』

「沒跟他說我來了，魏子杭要是知道我叫他魏爺爺，肯定會不高興。」秦苒慢悠悠地說。

『這麼多年了，他還在嘔氣啊。』陳淑蘭似乎笑了笑，頓了一下後輕聲開口：『許老師上次也聯繫過我，他希望妳能找個好老師繼續學習，不要因為他們家葬送了這個能力。魏大師也找過我好幾次，要不要繼續由妳自己決定。』

「我把許慎送進去了，許老師他竟然不恨我。」秦苒沒回答，抬頭看向窗外。

落地窗旁擺了兩張沙發椅，她就隨意地坐在沙發椅的扶手上，另一隻手搭著椅背。

提起許慎，陳淑蘭眉宇間的厭惡之色毫不掩飾，不想提他：『妳自己想想。』

兩人結束了通話。

沐楠把視訊掛斷，拿起放在一旁的英語單字本。翻了兩頁他又抬起頭，五官精緻，眉骨微凸，底下的一雙眸子猶似寒潭，薄唇微抿：

「外婆，表姊那年……為什麼打許慎？」

聽說，許慎被人抬出來的時候滿身是血，許家人還什麼話都沒說。沐楠那時剛升上國中，很多事情都不清楚。

「噁心的東西，打死他都嫌弄髒手。」陳淑蘭閉上眼，忽然又想起什麼，「你認識那位程先生嗎？」

沐楠把陳淑蘭的手機放到一旁，抬起頭，「哪位程先生？」

「就你表姊身邊一個長得很好看的孩子。」陳淑蘭又睜眼，語氣和緩，「還非常有禮貌。」

沐楠看了陳淑蘭一眼，沒說話。

他外婆對人的印象不是很好看就是還行吧，然後沒印象。而能讓陳淑蘭說出很好看的……沐楠嘆氣。聽他媽說，當年寧晴把秦漢秋帶回家時，全家都不太滿意，只有陳淑蘭沒反對，也是因為秦漢秋長得很好看。

「認識，是校醫室的一位校醫。」沐楠幫她拉好被角，心累地開口。

陳淑蘭滿意地點頭，「醫生好，醫生好啊，難怪他的手也很漂亮，跟妳表姊一樣。」

沐楠：「……」

*

京城沈家是一棟四層別墅，附帶一座花園，位於京城的繁華地帶。

秦語住在三樓的客房。她一手拿著小提琴，一手拿著手機打電話給林錦軒。

小提琴還是在雲城的那一把，林麒找名師把吳妍割斷的那根弦修補好了。

「哥，門票妳收到了吧，後天你跟封大哥會過來看嗎？」

下樓前，秦語站在三樓的走廊盡頭和林錦軒講電話。

林錦軒的語氣很淡，『看情況，我這邊不一定有時間。』

從上次之後，林錦軒對她的態度一直很冷淡，關係似乎又到了最初來到林家時的冰點。

秦語捏著手機的手握緊了，又故作輕鬆地說，「好，那哥哥再見。」

掛斷電話，秦語閉了閉眼睛才轉身下樓。

樓下的人不多，林婉坐在沙發旁，她穿著絳紫色的旗袍，肩膀上披著白色狐裘披肩。

「語兒，快下來，」看到秦語走下來，林婉的笑容溫婉了幾分，又偏頭，「老爺子等妳很久了。」

秦語拿著小提琴，朝他們有禮貌地點點頭。

一曲拉完，沈家老爺子微微點頭，臉上的笑意明顯增多，「又進步了，不錯。」

坐在另一旁的女生不太欣賞，她拿著手機玩了好久的遊戲，等拉完才站起來，「聽不懂，但有點像我們家言昔哥哥早期的黑暗系列專輯。」

「妳懂什麼？」沈老爺子笑意一斂，「快給我上樓，看看妳，都沒有半點沈家小姐的模樣。」

女生無所謂地聳聳肩，直接上樓。

「別聽她亂說，妳小小年紀，感悟不小。」沈老爺子點了點頭，又笑，「魏大師喜歡有靈性的徒弟，妳壓力別太大，正常發揮就好了。」

等回到三樓，林婉才拉攏披肩，語帶諷刺：「別聽沈予玫的話，都大三了，沈家都沒讓她去公司實習。」

秦語笑了笑沒說話，卻拿出手機查了一下言昔早期的黑暗系歌曲。

剛剛沈予玫說的話給了她一個警告——如果她撿到的樂譜是複製下來的歌曲呢？

言昔的粉絲遍布大江南北，若真的有雷同，那她會被言昔的粉絲一人吐一口唾沫淹死。

「妳那個姊姊有沒有來？」林婉坐在秦語房間裡的沙發上看整個房間的擺設。

窗邊放著兩個青瓷花瓶，中間是歐式米色沙發，裝修精緻，比起沈予玫的房間差不了多少。

沈老爺子非常喜歡秦語，以至於全家上下都對秦語非常客氣。

「沒，我媽說姊姊不想來。」秦語找到了幾首音樂。

林婉臉上的表情沒什麼變化，只是眸光裡還是有幾分譏誚。她知道林麒的決定，不再提秦苒。

等林婉離開了房間，秦語才從抽屜裡拿出耳機，一首一首地聽言昔的歌。

——次日。

秦苒很早起來，她刷完牙、吃過早餐才拿著黑色背包下樓。

她住的樓層是二十八樓，普通的單人房。電梯旁有服務人員站崗，看見她，微笑地彎腰：

「您好，三樓宴會廳今晚不開放，正門也不開放，您若是在下午四點到六點之間回來，請從二號門進來，十分抱歉為您帶來不便。」

應該是哪一家包下了這間飯店的宴會廳。秦苒點點頭，拉低了連帽衣的帽子，表示理解。

飯店離京大不遠。秦苒是特地選擇這裡的，她沒攔車，而是步行去京大。

在路上接到一通京城本地打來的電話，依舊沒有顯示名字。秦苒接起，又拿出耳機戴上，「魏老師。」

魏大師的聲音很有精神，『住哪裡？』

秦苒沒說飯店的名字，「您不用過來，我這邊還有其他事，忙完我就去找您。」

電話那頭的魏大師還在排練現場，他朝工作人員擺了擺手後走到一旁，沒回答秦苒的話，只是有些不悅地開口：『妳知道我家的地址，為什麼不直接過來？妳第一次來京城，人生地不熟的。』

「不要緊。」秦苒的手放在耳機上，站在路邊等紅綠燈。

她跟魏琳通完電話時，人行道的綠燈亮起，她就隨著人流往前面的步行街走。

林錦軒看到秦苒的時候，秦苒正走在京大的林蔭路上。

她穿著一件連帽衣，戴著帽子，眼眸微垂，兩邊塞著耳機，只露出削冷的下巴，看起來很酷。就算沒看到正臉，周圍路過的人都會下意識地回頭看她。

「稍等，我有點事。」林錦軒的腳步一停，側頭跟身邊的幾個年輕男人說了一聲，走向秦苒。

林錦軒小跑了兩步，攔住秦苒，眉頭微微擰起，「妳怎麼在這裡？是跟妳媽一起來看妳……看音樂會？」

印象裡，秦苒不是這種個性的人。

「啊，」秦苒慢吞吞地抬頭，「不是，我來找個人。」

林錦軒點點頭，也沒問她找誰，「妳現在住哪裡？」

秦苒取下耳機，沒回答，冷漠又疏離。

看來林麒沒跟林錦軒說過之前的事。

林錦軒看了一下時間，眉頭輕輕皺了一下，「妳一個女生……算了，我現在有事，晚點再跟妳說。」

等秦苒走了，之前跟林錦軒一起走的幾個年輕人才走過來。

「錦軒，剛才那個就是你的妹妹啊？長得比我們校花好看多了，聽說還會拉小提琴是不是？她給你的兩張票你要不要？不要給我啊。」一個男生看著秦苒的背影。

林錦軒淡淡地看了他一眼，「不是，你別打她的主意。」也不多提一個字。

那個人摸摸鼻子，不再多說。

林錦軒看著秦苒走遠，然後從秦苒來的那條路望過去。

京大校園的路四通八達，但每條路都通往不同的地方。他指著秦苒過來的那條路問身旁的人：

「這條路是通往哪裡？」

「醫學系吧？」一人望了望那條路，「我女朋友就是醫學系的。」

林錦軒點點頭，微微沉思。醫學系？秦苒去那裡幹嘛？她認識京大的人？

林錦軒有些想不通。

秦苒離開京大後，依照原路返回。

紅綠燈對面停著一輛紅色跑車，囂張地掛著六個六的車牌，讓他後面的那輛別克恨不得離他一百公尺。

綠燈，駕駛座的人戴著藍牙耳機，剛踩下油門，視線一掃就看到旁邊人流中的一道清瘦身影。

「我靠！」

電話那頭的人頓了頓，緩慢地說，『陸照影，我允許你重新說一次。』

「不是，雋爺，你肯定不知道我看到誰了。」陸照影把車停到一旁，「等一下再說，我停一下車。」

周圍都是人行道，陸照影也沒找個停車位，把車隨便停在路旁就拉開車門下車。

他去人群裡把那個人拉出來，又拉下她的帽子，「秦小苒，妳不是回村子裡看親戚了嗎？」

秦苒不緊不慢地抬起頭，將帽子拉好：「我沒說我親戚在寧海鎮。」十分理直氣壯。

「……妳贏了。」陸照影輕哼了一聲，但他現在很高興，這個理由勉強能讓他接受，時間也快到午飯時間了，「走，帶妳去認識一下我的兄弟們。」

他帶著秦苒上車，前往一家私人會所。中途打了好幾通電話，幾乎叫上了他的所有兄弟。

「跟你們介紹一下我妹妹，」陸照影戴著耳機，眉頭揚起，很自豪，「新妹妹啊，在雲城認識的……滾，人家是高中生。」

會所很清幽，不是他們經常混的那一家，因為陸照影不敢帶秦苒去酒吧那種地方。

「只有幾個人，」到了包廂，他把菜單扔給秦苒，讓秦苒自己點，「都是從小玩到大的，程木也在，其中還有個江東葉，就是江小叔的侄子，現在正在公司受蹂躪，不用拘束。」

他是約中午十二點左右，但是現在還沒有人來，陸照影皺了皺眉。

十二點零五分，包廂門被推開，一個穿著黑色風衣的男人走進來。

陸照影坐直身體，「他們來了！」

但男人身後並沒有人。他進來後，還體貼地關上門，解釋道：

「我來的路上程木說今天一二九要測試，他們就去歐陽薇那裡了。」

陸照影本來偏著頭，手放在扶手上，漫不經心地笑著，聽到這句話，嘴邊的笑微微凝住，他瞇了瞇眼，「都去了？」

陸照影平時本來就做事不著邊際，那幾個人聽到他「新妹妹」是雲城的，還是一個高中生，而歐陽薇這次是去參加筆試，中午有一個大家為她提前慶祝的飯局，陸照影這邊簡直不值一提，不來也很正常。

男人點點頭，不多說，他的目光轉向秦苒，非常有禮貌地開口，「秦小姐對吧？妳好，我是江東葉，叫我江哥就行了。」

他長相儒雅，斯文俊秀，鼻梁很高，說話時聲音溫吞，不動聲色地打量秦苒。

很好看的一張臉，半瞇著的眼睛也很漂亮，但就是很冷。明明姿勢規規矩矩，莫名地，渾身上下有一種說不出來的匪氣。

陸照影轉身看向秦苒，朝江東葉那邊抬抬下巴，「跟妳說過的，江東葉。」

聽見這名字，秦苒放在桌子上的手一頓，泰然處之地看向江東葉，禮貌十足：「你好。」

……顧西遲的宿敵，她還曾經把這個人的資料傳給顧西遲。

陸照影讓服務生上菜。

程木打了通電話過來，陸照影直接按掉，眉宇間淡淡的。

「這家的水煮肉好吃。」陸照影把菜推到秦苒面前，示意她快吃，又問道：「妳是昨天到這裡的吧？住哪裡？」

秦苒說了個地址，陸照影記了下來。

「魚也不錯，多吃點。」江東葉不太餓，也把擺在自己面前的魚換了個位置。

另一邊，幾個人在另外一家會所等著。

程木拿著手機打電話給陸照影，但陸照影一直沒接。他是到這裡時才知道陸照影說的那個人是秦苒。

「你們怎麼不跟我說是秦小姐？」程木偏頭，看了一眼身邊的人。

「不就是陸少認的一個妹妹，那麼緊張幹嘛？」染金髮的男人幫自己倒了一杯酒，不太在意地說：「他一年有多少個妹妹你不知道？你女神的局可不好約，今天是個提前慶功宴。」

另一個人點頭，附和道：「改天讓他帶那個妹妹出來，再約一次就是了，要不然誰打個電話給陸少，讓他帶著他那個妹妹一起來？」

程木被人按著肩膀，強壓著坐下。

有人從口袋裡摸出手機，讓陸照影把他妹妹帶過來，不過電話也沒打通，陸照影沒接。

幾個嘻嘻哈哈的人都放下手中的事，包廂裡喧囂的氣氛漸漸沉默下來。

程木又重新站起來，拿著手機側過頭：「你們繼續玩，我去找陸少。」他一向都沒什麼表情，今天看起來似乎更冷了。

等人走了之後，包廂裡其他人面面相覷。半晌，有人摸了一下頭：「這反應不對啊，歐陽薇不是他女神嗎……我們要不要去找陸少？」

「只是一個高中女生，能有多嚴重？陸少不會那麼計較。」金髮男人收回目光，把酒杯放回桌子上。

其他人仔細琢磨著，似乎也覺得沒什麼問題。

程木找到陸照影的包廂時，秦苒這一行人的飯已經吃得差不多了。

陸照影抬頭看了一眼程木，雙手環胸，抬著下巴說：「怎麼，不看你女神了？」

程木摸了摸鼻子，「我不知道秦小姐來了。」頓了頓，他又實在忍不住，「秦小姐，妳不是回鄉探親了？」

「她只說看長輩，又沒說是回寧海鎮看，你是豬嗎？」陸照影十分嘲諷地看程木。

秦苒面無表情地看了陸照影一眼，程木則「啊」了一聲。他看了看秦苒，實在沒有想到秦小姐竟然還有親戚在京城。

聽到寧海鎮，江東葉也微微瞇起眼。他放下筷子，不動聲色地說：「寧海鎮不錯，聽說之前有個非常有名的醫生。」

「江東葉，你差不多夠了。」陸照影站起來，忍不住踹了他一腳，「你抓顧西遲抓瘋了吧？竟然會問到秦小苒頭上，你都沒找到他了，她怎麼可能會見過？」

江東葉也撐著桌子站起來，咳了一聲，「抱歉，職業習慣。」

陸照影隨手勾起放在一旁的車鑰匙，又低下頭，「秦小苒，我先送妳回飯店。」

秦苒慢吞吞地應著，站起來把連帽衣的帽子拉到頭上，遮住了大半張臉，「飯店就在這邊，我自己回去。」

陸照影這三個大男人怎麼能放心讓她一個人回去。

「秦小姐住哪裡？」程木跟在三人身後。

陸照影說了飯店名稱，程木點點頭，「真巧，是今晚的宴會飯店。」

「聽飯店的人說今天有個宴會。」秦苒半瞇著眼，不緊不慢地走著。

江東葉伸手把風衣的釦子扣上一顆，十分紳士地詢問秦苒：「飯店的食物不錯，妳晚上想要去吃點東西嗎？我叫人送張請帖上去給妳？不想去的話，就讓人送一份吃的上去？」

一行人走出電梯，外面風大，秦苒把衣領往上拉了拉，聲音有些悶悶的，「謝謝，不用了。」

三個人把秦苒送回飯店房間，二八一九，陸照影又叮囑了秦苒別隨意開門。

等門關上，程木才轉了一圈，面無表情地說，「住在這裡，一晚要秦小姐多久的兼職薪水？」

他有點擔心。

陸照影就拿了一張卡，讓程木去幫秦苒繳掉一個星期的房費。

江東葉想想寧海鎮那個地方，知道秦苒的家庭環境可能不太好。他抽回陸照影的卡，又拿出自己的卡給程木，「沒密碼。」

程木也面無表情地接過來，不敢說他也想住幾天。

程木在一樓走出電梯，江東葉就按了一下電梯樓層。

「如何？」陸照影挑眉，摸著耳釘，十分輕狂地問江東葉。

江東葉點點頭，摸出一根菸，「人不錯，性格也不錯，難得。」

「她的數學比小徐少還好，徐家那一家有多變態你知道吧？」電梯到了停車場，陸照影一邊掏車鑰匙，一邊忍不住吹噓。

「不是聽人家說她功課不好？」江東葉愣了愣。

陸照影的手放在車門上，沒坐進去，只微微瞇起眼：「物理沒考，其他總分六百四十六分。不過，你是聽誰說秦小苒的事？」

「看來考京大是不用擔心了。」江東葉沒提那件事，轉移了話題。「你說……」江東葉想了想又卡住陸照影的車門，沒讓他關門，「我去找她求求雋爺，雋爺願不願意再幫我一次？」

陸照影一臉「你果然是抓顧西遲抓瘋了吧？」的表情。

——傍晚。

林婉趁秦語沒排練的時間，跟秦語一起來飯店找寧晴。

車子停在停車場就看到大面積的豪華轎車，要不然就是不好惹的車牌。

飯店安全十分有禮貌地告訴兩人正門暫時不能走，林婉道謝、示意了解，然後微微側身，跟秦語解釋，「應該是有人在這裡辦大型宴會，正門給賓客用。能在這裡舉辦的宴會都不太簡單。」

大。

側門跟正門沒有隔很遠，秦語看到不遠處鋪著長長的紅毯，還有排在兩旁的黑衣保鏢，排場盛大。

「這是什麼宴會？我看剛剛停著的車子都很不簡單。」秦語沒收回目光。

「不清楚，看這排場，不外乎就是那幾個家族，」林婉瞇起眼，「這種宴會，整個京城裡把腦袋削尖了也想要進去的人不少。」

秦語窒息了一下，林婉連是什麼宴會都不知道，應該是從未進去過那個圈子吧。

她跟在林婉身後，往二號門走著，忍不住又回頭看了看，心裡想著「那幾個家族」到底是什麼家族。

電梯今天也被單獨隔開了一邊，全程都有保全跟保鏢看著，保護得密不透風。

秦語收回目光，在一堆人中，似乎看到了一個熟悉的人影。有些挺拔的身影，看起來很冰冷。看背影，有點像徐搖光。

她腳步頓住。

「怎麼了？」林婉看秦語沒跟上來，腳步一停，偏頭問秦語。

秦語瞇了瞇眼，再看過去，那行人已經消失在走廊盡頭了。

「好像看到我校友了。」秦語咬著唇，不太確定。

「妳同學？不太可能吧。」林婉朝她看的方向看了一眼，然後笑著搖頭，「能進去的人非富即貴，妳那個校友是誰？妳如果說是封家人，我還有點相信。」

秦語收回目光，也覺得不太可能，「我應該是看錯了。」

想了想，她又拿出手機，低頭傳了訊息給徐搖光：『你住哪間飯店？』

等她到了五十六樓時，徐搖光的訊息才慢吞吞地回傳過來：『借住親戚家。』

——二十八樓。

秦苒坐在桌子旁，把背包裡的東西往桌子上一倒——其他東西都還在，唯獨少了那瓶她之前裝到背包裡的水。

手邊的手機又亮了，是顧西遲的視訊通話，秦苒直接按了接通鍵。

『不正常。』顧西遲剛洗完澡，頭髮還濕漉漉的，他拿著手機走到客廳，開了一瓶啤酒，『秦小苒，竟然不是駭客聯盟幫我隱藏了資訊。』

秦苒懶得罵他，把其他東西裝進書包，留下那本原文書，漫不經心地翻著：「喔。」

『也不是馬修長官，妳說會是誰？』顧西遲仰頭喝了口啤酒，不等她回答，又開口：『算了，問妳也沒用。上次不是跟妳說過馬修那裡有妳的名單，有人在查妳嗎？我跟他要到了，今天白天看了一遍，看不出什麼，待會兒發給妳。』

秦苒挑眉，看得出輕佻，「你傳給我。」

誰敢查她？

『肯定是我讓妳查資料的時候不夠乾淨，下次不讓妳幫我查了。』顧西遲把啤酒放下，『江東葉就是個瘋子，不能讓他找上你。』

外面有人按門鈴，隱約還能聽到陸照影跟江東葉說話的聲音。

「我掛了。」

秦苒說了一聲，直接關掉手機，然後去開門。

「幫妳帶吃的來了。」

陸照影跟江東葉站在前面，手裡拎著一個袋子。後面是程木，還有一個跟程木差不多高的男人。四個人一進來，秦苒的房間顯得很小。

陸照影把袋子放到桌子上，打量了一下這間小房間，不太滿意。

「這是程金。」陸照影指了指程木身邊的男人。

程金嚴肅地往前走了一步，一板一眼地開口，「秦小姐，您好。」

程木熟練地擺開飯跟菜，又拿起房間裡的水壺煮水，為秦苒泡了茶，讓初次見到兩人相處的程金跟江東葉有些震驚。

陸照影習以為常地坐下來，「秦小苒，妳見到妳家長輩了沒？他在哪裡？是幹什麼的？京城是我們的地盤，讓他以後有事就來找我。」

程木倒好了茶，也好奇地看向秦苒。

林家那邊她肯定不會聯繫，竟然還會有其他親戚在京城？是家裡有人在這裡打工？

秦苒跟程木說了一聲謝謝，她坐到椅子上，拿著筷子含糊地說：「賣藝的，我明天去找他。」

程木等人點點頭，這倒是能理解。

「賣藝多辛苦，」江東葉好脾氣地說，聲音溫潤，「可以讓他跟著我，最近正好缺人手。」

一行人正說著，門鈴聲又響起。程木放下水壺去開門。但看到站在門外的人，程木一瞬間覺得有些穿越，「魏……魏老？」

魏琳也頓了一下，顯然是沒想到來開門的會是男人。他往後退了一步，看了一眼門牌號碼——二八一九，沒有錯。

「你沒說錯房號吧？」魏琳將手揹在背後，看身邊的魏子杭。

魏子杭淡淡地看了他一眼，有種看傻子的感覺，沒開口也沒動。

手還放在把手上的程木終於回過神來，不知道要用什麼表情：「魏老，您是來找誰的？」

陸照影跟江東葉都是剛剛才決定要回來的，期間也沒有驚動任何人，魏老應該不知道兩人在這裡，而且……魏老也沒什麼事要找這兩個人。

「請問，秦苒是住在這裡嗎？」魏琳想了想又轉過身，微微低頭，有禮貌地詢問。

程木有些意外，但還是傻愣地點頭。

魏琳笑了笑，似乎是鬆了一口氣，「那就沒錯，我是來找她的。」他看了一眼房間裡，似乎還有好幾個人，就沒有進去。

程木沒關門，癱著一張臉回去。

秦苒還在吃飯，她側坐在落地窗旁，一手放在桌子上，頭微微偏著，似乎在聽陸照影說話。

「外面是誰啊？」

陸照影原以為是服務生來送晚餐的，但程木卻空著一雙手回來。

「啊，魏大師。」程木看向秦苒，幽幽地開口：「秦小姐，他是找來妳的。」

秦苒一聽，手也一頓，放下筷子，十分淡定地看向程木，「我知道了。」然後站起來有禮貌地跟陸照影等人說了一聲，伸手拉了拉連帽衣的領子，走出門外並關上門。

她走後，江東葉好奇地偏頭，「程木，你說的是哪個魏大師啊？」

京城裡姓魏的不少，而稱得上是大師的只有那麼一家，但會來找秦苒的人……江東葉下意識地把魏家撇除了。

陸照影也往後靠，挑起眉，十分有分寸地沒跟出去，「是她的那個親戚嗎？」

「是。」程木點點頭，然後淡定地回答：「就是魏琳啊，魏大師，殿堂級的音樂大師，我幫江總買過他的票。」

「喔。」

陸照影跟江東葉點點頭，都沒說什麼。陸照影特別淡定地往後挪了挪，還拿了一瓶水，擰開來喝了一口。

一分鐘後，兩人反應過來。

陸照影把瓶蓋關上，面無表情地看向程木：「你剛剛說是誰？」

「就是魏琳大師啊，」程木風輕雲淡地說，「還在晚宴上見過他。」

「她的親戚不是賣藝的嗎？」江東葉握緊手機，有些崩潰。

程木「嗯」了一聲，站到程金身邊，特別貼心地提醒他，「就是您叫他以後跟著您的那個。」

江東葉：「……」

飯店的走廊都鋪上了毛毯，很安靜。

「魏老師，好久不見。」秦苒站在走廊盡頭，垂著眼眸無奈地開口：「我不是說明天會去找您嗎？您怎麼先來了？」她還特地沒跟他說飯店名稱。

「只是順便，正好晚上有宴會，想到妳就在這裡，就順道上來找妳了。」魏琳不緊不慢地說。

旁邊的魏子杭雙手抱胸靠在走廊的牆上，聽到他這句話，挑了挑眉。也不知道是誰，從昨晚就開始不睡覺，吵著要他帶他來見秦苒。

「妳的手沒事吧？」魏琳的目光轉向她的右手，眉心輕擰。

秦苒抬起右手，手心有一道淺淺的粉紅色刀疤，滿長的，旁邊還有縫針的印記。

「早就沒事了。」秦苒低頭看了看，眉眼斂著，聽不出情緒，「很值得。」

「值得個屁！我都聽子杭說了，那個人渣哪值得妳用自己的手去換？」

魏琳溫文儒雅了這麼多年，第一次見到他臉紅脖子粗地爆粗口。

想了想，他又比出一點點小拇指的指甲，「他只值這麼一點點。」

秦苒咳了一聲，清清嗓子轉移話題，「魏老師，我會繼續學的……」

「我不急，我不急，我一點也不急。」魏琳連忙擺手，十分淡定，「妳明天晚上看完音樂會，再好好決定要不要繼續學，我今天只是順便來看看妳。」

「好吧，」秦苒微微瞇著眼，輕笑一聲，「那這件事明天晚上再說。」

魏琳觀察著秦苒的表情，對方似乎笑得有些漫不經心，散漫中又有些讓人熟悉的輕佻。但是這個人把自己的情緒藏得很好，魏琳看不出來她在想什麼。

「好。」魏大師把手揹在身後，高深莫測的樣子。

他轉身要帶著魏子杭離開時，忽然間想起了什麼，又轉過身：「對了，剛剛那個開門的傢伙似乎有些眼熟。」

「他是一個朋友。」秦苒低著眉眼，不急不緩的。

魏大師點點頭，又跟秦苒說了幾句之後，帶著魏子杭回到樓下。

秦苒把兩人送到電梯口才回到房間，房間裡的四個人都目不轉睛地看著她。

秦苒不動聲色地坐回椅子上，拿起筷子繼續吃飯，眉眼垂著，似乎很認真。

「不是，魏大師來找妳幹嘛？」陸照影把手裡的礦泉水扔到桌子上。

不只是他，其他三個人也沒想通。一個殿堂級的大師，竟然親自上門來找秦苒？

秦苒懶洋洋地瞥了他一眼，「有點事。」

陸照影「嗯」了一聲，沒詢問到底，只是又幽幽地開口，「我不知道妳說的賣藝的，竟然是魏大師。」

江東葉跟程木、程金三人也都看向秦苒。

*

——次日傍晚，京城表演廳。

秦語不是主場表演，她是在獨奏、合奏完，人員散場後才上臺單獨獨奏，排在她前面的還有另外一個男生。

這個機會也十分難得，畢竟在場的都是音樂殿堂級的大師，尤其是魏琳，更是這方面的泰斗。想要這個機會的人猶如過江之鯉，主辦方在聽完所有人寄來的影片後，才選了秦語跟另外一個男生，還把秦語排在那個男生後面，可看出對秦語的重視。也因此，林婉跟沈家人都覺得這次的結果不會有意外。

秦語跟林婉站在檢票口等著林錦軒跟寧晴。

林錦軒是帶著一個同學來的，寧晴比他先到，他有禮地向寧晴等人問好，沒看到秦苒時，眉頭擰了擰。

「小姑，苒苒沒來嗎？」林錦軒低聲詢問。

林婉看到林錦軒跟他的同學還滿高興的，但聽到這一句，笑容微斂，「沒來，我們先進去。」

秦語則是驚喜，之前林錦軒對她很敷衍，沒想到他今天過來了，「哥，封大哥呢？」

「他有事。」林錦軒抬起眉，唇微微抿著，轉頭看向寧晴，「寧姨，你們家還有其他親戚在京城嗎？」

寧晴搖頭，「沒有。」

林錦軒捏了捏手指，眉頭輕輕蹙起。那秦苒是一個人在京城？昨晚打電話給她，她也沒跟他說她住在哪裡，看寧晴這樣子，應該什麼都不知道。

林錦軒按著眉心，想打個電話給秦苒，不過都已經來音樂會了，不去看又很沒禮貌，尤其是他還帶了同學來。林錦軒耐著性子檢票入場。

只剩下徐搖光。

「媽，您跟小姑先進去吧，就剩一個同學了，不用妳們接。」秦語抱著自己的小提琴，笑著看兩人。

林婉是知道秦語雲城的那個同學，她伸手攬了攬自己的披肩，沒什麼興趣地點點頭，「那我先進去。」

還沒轉身，身邊的秦語忽然愣了愣。

「媽，那不是姊姊嗎？」她指著不遠處的兩人。

寧晴剛準備跟林婉一起檢票，聞言側過頭，就看到站在不遠處小門旁的兩個年輕人。

一個穿著連帽衣，將帽子戴在頭上，雖然只露了半張臉，卻能一眼看出那是誰，連站著的姿勢都不怎麼規矩，有些吊兒郎當的。

林婉抬起眸，有些似笑非笑且譏誚地說：「她不是不來嗎？」

林婉瞇眼，伸手指著那個方向，「那男生妳們認識嗎？」

一眼看過去，她身邊還有個穿著黑色外套的男生，能看到風神清絕的正臉，氣質不錯。

一中周邊的學校沒有人沒聽說過魏子杭的大名，尤其是他曾經說過秦語的小提琴很難聽，秦語不太在意地開口，「認識，魏子杭。」

林婉抓著披肩的手一緊，聲音都上揚了，「他姓魏？」

魏大師就不是姓魏嗎？

聽林婉這麼一提醒，秦語愣了愣。魏子杭確實是姓魏，只是——

「那個人是我們學校周圍有名的小混混，」秦語收回目光，看向林婉，「打架鬥毆，學校周邊的人都很怕他。」這種人怎麼可能會跟魏大師有關係。

「是嗎？」

林婉的動作頓了頓，看他的氣質倒不太像是混混。

秦語不希望林婉太過關注秦苒，「就是學校的校霸，之前是讀隔壁高職的，那群學生什麼事都幹，現在在一中體育班。」

林婉點點頭，終於收回目光。

「不過媽，姊姊現在不應該是在學校嗎？」秦語把兩張票整理好，又側頭不解地開口：「怎麼在這裡，還跟魏子杭這種人在一起？」

林婉又哧笑一聲，而寧晴抿了抿唇。本來想去找秦苒問她究竟是怎麼回事，聽到這句話，腳步又硬生生地停下來。

兩人檢票進去後，秦語才看向秦苒那邊，微微皺眉。

沒等多久，徐搖光到了。

「我有一點事，」徐搖光戴著黑色口罩，外面是黑色棒球外套，只露出一雙清冷的眼睛，「久等了。」

秦語抱著小提琴說沒事，兩人檢票進場。

秦語又看了一眼小門的方向，秦苒跟魏子杭兩個人都不見了，有點奇怪。

徐搖光的座位在寧晴他們那排的邊緣，又戴著口罩，一副生人勿近的樣子，不過寧晴認識他，朝他點點頭。

徐搖光看到她的時候頓了頓，然後叫了一聲「寧阿姨」，語氣裡有少見的尊敬。

寧晴稍微一愣，秦語不只跟她說過一次徐搖光是學校裡不動如山的學年第一名，她對徐搖光記憶很深刻。對方有些孤傲，平時話不多，沒想到今天的態度竟然很好？

徐搖光對寧晴很尊敬，但對林婉就隨意多了，隨口叫了一聲。

林婉只淡淡地看他一眼，沒應聲也沒回答。

不一會兒，徐搖光口袋裡的手機就響了，他伸手拉了拉口罩：「我去趟洗手間。」

秦語站起來，想要告訴他洗手間在外面，後臺的洗手間不能去，卻見到徐搖光直接走了。她最後還是沒有多在意他，沒多想地坐了回去。

另一邊，秦苒跟魏子杭直接去了後臺，這道小門是工作人員的專用通道。

魏子杭對這邊很熟悉，兩人進去的時候，後臺的幾個音樂大師都在試手感。

「聽主辦方說，這次表演後的個人表演，有個新人還不錯。」

說話的是一個中年男人，他是這次僅次於魏琳的次席，戴然。能爬上次席這個位置的人都不簡單，尤其是這種大型的高端音樂會。

其他人點點頭，「是個女生，資質、靈性都可以，不過是衝著魏大師來的。」

「誰不是衝著魏大師來的？」有人笑了。

戴然站在一旁，神色冷了冷，沒說話。

他年紀不如魏大師大，家世、成就樣樣都不差，只是在這個行業總是被魏琳贏過去。意識到氣氛有些不對勁，其他人都閉上了嘴巴，不敢再說什麼。

「子杭，你是來找你爺爺的？」氣氛沉默的時候，魏子杭帶著秦苒進來，幾個老師就指了指前面的方向，「他在裡面調音。」

「謝謝。」魏子杭有些好脾氣地笑了笑。

其他人擺擺手，看向他身側的女生。

那女生有些陌生，看她一身隨意的打扮，也不像是今晚有個人表演的人，難道是魏子杭的女朋友？畢竟圈子裡的人都知道，魏大師的孫子小時候被人拐走過，生性紈堪，聽說一直待在鄉下，不太願意回京城上學，浪蕩成性。

聽到聲音，裡頭的魏大師已經拿著小提琴出來了。

「苒苒，你們來了。」魏大師紅光滿面，看起來似乎很高興，「先進來。」他側身，讓兩人先進他的休息室。

看他的態度，對那個女生比魏子杭好多了。

「魏大師，這位是……」

有人笑著看向秦苒。

圈子裡一直有傳言，說魏大師有了心儀的弟子，還是個女生，但是了解情況的人多少都不相信，因為這麼久都沒看過魏大師身邊有什麼女徒弟，他要是真的有了心儀的弟子，地位就不是一般小提琴手能比的了，還不宣揚到人盡皆知嗎？

「家裡的晚輩，來看我的表演。」魏大師的聲音溫吞，說話的語氣不緊不慢，聽不出任何情緒。

其他人也沒懷疑。

屋內，魏大師打開裡面的監控台，能看到舞臺跟觀眾席。

「這個表演廳怎麼樣？」魏大師站在休息室中間，手指著電視上輝煌的表演廳全貌，「能登上這個舞臺的人，才算是被這個業界認可。」

這個表演廳以前是皇家御用的，開放的要求極其嚴格。每個音樂人的目標，就是在這裡開一場個人音樂會。

秦苒拖了一張椅子過來，一手撐著椅背，一手拿著杯子，眼睛瞇起，有些懶洋洋地看著電視上的畫面，似乎沒被魏大師的澎湃熱血點燃。

而魏子杭則是半靠在桌子上，低頭看著手機，似乎在跟什麼人傳訊息。

魏大師的語氣一滯，然後伸出自己的右手狠狠拍了一下魏子杭的頭：「你到底是來幹什麼的？你是來看我表演的嗎？」

魏子杭：「……是。」他抬頭收起手機，有些心累地嘆了口氣，「是我不對，我應該認真而虔誠地看您表演。」

徹底服氣了。

「啊，苒姊，」魏子杭把手機塞回口袋裡，偏頭看了一下秦苒的表情，然後站起來把魏大師的小提琴隨手扔給秦苒，瞇著一雙鳳眼，「試試？」

秦苒看著他手上的小提琴片刻，還是那副吊兒郎當的模樣。

半晌，她抬手把手中的杯子放到桌子上，接過小提琴。

秦苒低頭，微微閉起眼。

徐搖光有些熟練地來到後臺，拉下了口罩。

戴然一邊整理衣服，從裡面走出來，看到他後一愣：「小徐少？」

徐家是大姓，徐老爺子的名聲享譽京城，這個圈子裡心裡都有明鏡，誰能惹、誰不能惹都記得清清楚楚。

「戴老師。」

徐搖光喜歡小提琴，每次有什麼大型表演時，這裡的人都會專門為他留一張票，而戴家跟徐家也有點來往。不過演出在即，戴然就沒多留，提前去候場區了。

徐搖光沒走進洗手間，只是在後臺走廊上打了通電話。打完電話要走的時候，休息室隱隱約約地傳來一陣小提琴聲。

外弦鏗鏘，內弦低回婉轉，層巒起伏，幾乎是強勢地剖開心臟，直擊靈魂。這樣的音樂就是一場酣暢淋漓的盛會。不知道過了多久，卻足以讓人沉浸其中。

徐搖光的手還勾著口罩，目光如炬地在休息室外徘徊。

不久後，走廊盡頭的門被打開，樂團的人紛湧而來，「大家速度快一點，戴老師在等了！」

「每個人的樂器不要忘了。」

開場是個團體合奏，加上樂團，幾乎有一百個人。

嘈亂的腳步聲打斷了徐搖光的思路。他站在原地看著一間休息室半晌，認出那是魏大師的，想了想還是決定先離開。

如果他沒有記錯，後臺有監視器。

徐搖光回到自己的位子上時，秦語有些詫異。洗手間在外面，一來一回最少要十五分鐘，徐搖光不到十分鐘就回來了。不過快開場了，秦語也就沒多說。

他們的位置在中間，最前面有四排單獨的ＶＩＰ位置，是留給一些貴人跟要上臺獨奏的大師們的位置。

頭頂的燈光瞬間熄滅，開場合奏開始。

來看演奏會的，除了一些附庸風雅的，其他都是業內在行的人。

這次的獨奏都是大師級的人物，就算是一些附庸風雅的人也聽得渾身起雞皮疙瘩，或喜或悲，體驗了人生五味，尤其是最後魏大師的壓軸表演，他幾乎拿出了自己這一生最巔峰的技巧，不管換把、雙弦、泛音、撥奏還是分弓跳弓，這些他都得心應手，運用得出神入化。這些技巧，不僅僅要用天賦來形容，最重要的還是持之以恆的技巧練習。

魏琳會被稱為小提琴史上的名家並不是空穴來風，他對小提琴的嚴謹還有敬畏度出乎所有人的想像，這麼多年來幾乎有上千次的表演，全都是零失誤。他的偉大之處，只有那些真正的小提琴大師才懂。

殿堂級的大師跟普通的導師相差得不是一星半點，這點從魏琳演奏二十分鐘後，全場靜寂了一分鐘後，猶如潮水般湧起的掌聲能看出來。

秦苒坐在第一排最左邊，聽完後，她揉了一下臉，深吸一口氣。

身邊的兩個老師還在討論。

「魏大師這次比得上上次在英國的巔峰時刻了，聽完魏大師的，我覺得我不如回家種田。」

散場，所有人陸續離去，秦苒把帽子戴上，從另一個通道出去。

「還有兩個新學員，是這次主辦方推薦的。」魏子杭跟在秦苒後面，小聲開口，「我們再等等。」

「嗯。」秦苒微微低著頭，不知道在想什麼，反應輕慢。

兩人依舊從小門出去。

表演廳內，幾乎所有人都走了。只有寧晴和林婉這些人單獨留下，除了他們，還有另外一個男生的家人。

「你們看，待會兒語兒就要去那上面演奏。」

寧晴直接打了視訊電話給寧薇，嗓音是壓抑的激動。

聽到聲音，在旁邊寫作業的沐盈不由得朝這邊看過來。

她這幾天都在嘔氣，寧薇跟沐楠都沒有主動跟她說話，這時候她卻主動靠過來。

這不是上次的彩排，而是演奏會現場，無論從燈光還是特效來看，都是上次的場面不能比的。

『舞臺真好看。』沐盈忍不住開口，頓了頓又問：『大姨，二表姊要上臺了嗎？』

「快了，等那個男生先拉完，就到妳二表姊了。」寧晴一向以秦語為傲，現在終於有了結果，她難以抑制。

旁邊的林婉拿出鏡子幫自己補上口紅，斜眼一看，眸中全是輕視。像是沒見過世面一樣。

第一個上臺是男生。這是被主辦方看中的，資質顯然不錯。他大概只有十五六歲的樣子，年紀不大，演奏的小提琴偏重技巧，靈性沒有他的技巧出色，不過顯然也是一個頂級的苗子。

一行老師都倍加讚譽，只有魏大師坐在自己的專屬椅子上，捧著杯子。見過大世面的他不緊不慢地開口：「還可以。」

能得到魏琳的一句讚賞，說明那個男生確實不錯。有幾個老師已經有了思量。

「下一個是個女生，叫秦語，」說話的老師顯然做過功課，「主辦方力薦的一個女生，說魏大師您一定會喜歡。」

也姓秦？還覺得自己一定喜歡？魏大師挑了挑眉，多了一分好奇。

秦語上場，拿起小提琴。不到十秒，魏大師似乎聽到了什麼，他把手中的杯子丟在桌子上，微微瞇起眼，冰冷地看向秦語。

秦苒的音樂個人風格極強，靈性跟天賦都是魏大師平生少見的程度，不然也不會被明確拒絕了這麼多次，依舊念念不忘。

魏子杭就住在陳淑蘭家樓上，魏大師第一次聽秦苒拉小提琴還是在她七歲時，一個人坐在老舊的陽臺上，黑漆漆的眼眸透著一股看不透的孤寂。

魏大師第一次知道有種人就算不用技巧，也能用小提琴演奏出震撼心靈的音樂。她在編曲上有著超乎尋常人的想像力。

魏子杭告訴他，那一天她父母離婚了。

秦苒有個小提琴老師，是秦苒的人生導師，魏大師知道，所以沒做出奪人所好的事。直到有一天，魏子杭打電話告訴他秦苒跟那個師傅決裂了，魏大師不遠千里地從京城趕過來，只是秦苒似乎對京城十分排斥。

陳淑蘭對他很客氣，還帶他去看秦苒的房間，他在秦苒房間的垃圾桶裡見過不少被揉皺的曲譜。

秦語前十秒的編曲普普通通，聽不出什麼，只是從第十秒之後，就開始穿插著一種跌宕起伏的節奏，不歡樂，而是讓人從心靈深處感到壓抑。

魏大師對音樂的敏感度高到嚇人。他記得三年前秦苒生日的時候，她拉過一首曲子，帶著一點煩躁又抑鬱，又讓人捉摸不透的濃濃悲痛及壓抑感。

每個人拉小提琴都有自己的風格，秦苒的風格其他人無法複製。

魏大師的手指放在桌面上，面無表情地看著秦語。

她的彈奏有五分鐘，其中有幾段穿插著讓魏大師十分熟悉的片段。加起來足足有三分鐘，而這三分鐘也是秦語演奏的這段小提琴中的亮點。

臺下，秦語一演奏完，林錦軒就立刻站起來往門外走。

他的同學在他後面說：「錦軒，你這妹妹厲害，中間有好幾段我的雞皮疙瘩都起來了，比起那些大師也毫不遜色。」

林錦軒漫不經心地「嗯」了一聲，清俊的臉上沒什麼表情。

「你妹妹不是聽說要拜師嗎？你不等等結果？」他同學往後看了一眼，有些依依不捨。

「不等了，我去找苒苒。」林錦軒的眉頭輕輕皺著，拿出手機打給秦苒。

這兩天不時就會從林錦軒嘴裡聽到「苒苒」這兩個字。

他同學勾起唇笑著，伸手搭上他的肩膀。

「說起來，苒苒妹妹比你這個妹妹好看多了，高三是嗎？那明年是不是就能來我們學校了？」

「來不了。」聽到這個，林錦軒始終清淡的臉上露出淺淺的笑，如同清風拂皺的湖面波紋，又馬上消失，「她成績太差了。」

同學一愣，然後笑著說，「那真是可惜。」

與此同時，坐在邊緣的徐搖光聽完秦語的演奏也站起來。

他想了想，又微微低頭跟寧晴說了一聲，就拉上口罩往後臺走去。

寧晴這時候正緊張地等著結果，來不及理會徐搖光，只是側過頭，刻意壓低嗓音問林婉，「前面的老師有什麼反應啊，語兒的表演怎麼樣？」

林婉沒說話，沈老爺子卻扶著扶手從裡面站起來，目光落在寧晴身上，朗聲笑道：「語兒這次表現得不錯，比平時的水準高出不少，走，我們去前面看看。」

林婉看著寧晴，也是難得的溫和語氣：「放心，音樂主辦人說了，魏大師一定會喜歡她這種的。」

聽到林婉保證的一句話，寧晴才安定下來。她站起來，又理了理自己的衣服才跟著沈老爺子和林婉往前走。

前面已經沉默了兩分鐘，沒有任何一個人有反應。

這些人中，肯定是以魏大師為首。

此時的魏大師只是靠上椅背，一雙略顯渾濁的眼睛盯著秦語，似乎要洞悉他人。

半晌，一名老師才看向魏大師，細心詢問：「魏老，這兩個苗子您覺得怎麼樣？」

「有資料嗎？我看看。」魏大師的指尖扣在桌子上，淡淡開口。

若有一兩處相似，可以說是碰巧，但五分鐘的曲子，他聽出了有三分鐘相似，這就不僅僅是碰巧了。

魏大師記得在這之前有人告訴他，這次的兩個學員演奏的都是原創曲目。

有人立刻拿資料給魏大師，魏大師接過來，伸手慢慢地翻看著。

他看得認真，旁邊有人小聲開口，「魏老看得這麼認真，肯定是有了想收徒的心思，那個女孩很明顯也是衝著魏老來的……」

坐在旁邊的戴然滿臉鬱色，他顯然也是看中了秦語。

如今的小提琴分成這麼多派，戴然比不過魏大師，不想再找傳人、徒弟的這件事上也被魏大師贏過去，而秦語拉的曲目是真的驚豔到他了。雖然中間有很多技巧不熟練，但曲目夠有靈性，足夠加分。

魏大師渾然不知旁邊的議論，只是淡淡地翻看著手裡的資料。上面有人生簡歷以及小提琴的等級、從小到大獲得的獎章。

這些都是虛的，魏大師淡淡掠過。

最後，帶著溝壑的指尖停留在一行字上——**『本次表演曲目均為原創。』**

「秦語是吧？」魏大師隨手把資料放在桌子上，淡淡看向秦語，「妳說這曲目是妳原創的？」

聽到這句話，秦語的手一緊。

前天晚上，她幾乎用一整晚的時間把言昔的音樂聽了一遍。

言昔早期有張專輯跟她的曲目風格確實很像，但只是風格類似，裡面的編曲完全不一樣。

她抬眸，禮貌又自信地說，「是。」

魏大師點點頭，又問：「什麼時候？」

「九月分開始的。」秦語十分大方自然：「在學校裡練過很多次，我同學都知道。」

得到這個答案，魏大師一句話都沒說，撐著桌子站起來，又拿起保溫杯，朝其他老師頷首，「諸位，我還有事，先離開了。」

在場所有人，包括戴然都認為魏大師問得這麼細，是看上秦語這個徒弟了。哪知道他什麼話都沒說，拿著杯子就要走了？

沈老爺子、林婉和寧晴剛來到前面就看到這個情況，三個人都愣住。

「魏大師，您是什麼意思？您不要秦語？」戴然直接站起來，目光炯炯地問。

魏大師端著茶杯，對戴然的動作不難理解。他第一次聽到秦苒的小提琴時，差不多也是這種反應。

「嗯，不要。」魏大師的聲音依舊淡淡的，聽不出任何情緒。

一直勝券在握的秦語不敢置信地抬起頭。

她對自己的這首曲子十分有信心，演奏這首曲子的幾個月來，無論是徐搖光還是沈老爺子都讚譽有加，她幾乎都把以後的前程放到這首曲子上了，卻沒想到，魏大師竟然給她當頭一擊。

他怎麼可能會這麼冷淡地說出「不要」兩個字？

其他老師也不理解。

剛剛那個男生的靈性沒秦語好，魏大師都能說出「還可以」三個字了。

「您真的不要？」戴然卻有些意外的驚喜，他刻意壓制住自己，不太放心地又問了一句。

「不要。」魏大師繼續往出口走，頭也沒回。

戴然鬆了一口氣，除了魏大師，沒人跟他搶秦語，他似笑非笑地說，「魏大師果然是大師，連秦語都看不上，不知道要是什麼樣的天資縱才才能被您看上。」

這一句，自然是嘲諷。

每年來拜師的人那麼多，戴然還真的沒發現過比秦語還有靈性的學生。

哪知道魏大師的腳步一頓，他側過身，意味不明地笑著：「這你還真的猜對了。」

似乎想到什麼，他心情又變好了，轉身繼續走，腳步還很快。

站在臺上，被魏大師點名說「不要」的秦語握緊手，有些不甘地抿唇看向魏大師，「魏大師，是我的原創曲目哪裡不夠好，所以您才看不上？」

「妳別誤會，妳演奏的音樂中，有幾段我特別喜歡，因為確實有靈性。」

秦苒的曲目都是隨興而來，他不確定有沒有原稿，但也從來沒有公開發表過。拿不出實際性的證據，抄襲編曲的人自然有恃無恐。

魏大師漫不經心地想著，臉卻沉下來。

秦語沒看到，繼續反問，聲音鏗鏘有力地重複：「那您為什麼看不上？」

「為什麼？」他轉頭盯著秦語，笑容消失，「因為我聽過類似的曲目。妳說妳是原創的，好，我問了妳時間，妳說是今年九月原創的……秦語，妳很厲害啊，是怎麼在今年九月把人家三年前的曲目原創回來的？」

說完之後，魏大師又覺得很沒意思，沉著一張臉，直接朝大門外走。

剩下的人，包括戴然跟沈家一行人都目瞪口呆，愣在原地。

另一邊的徐搖光並不知道底下的狀況，他直接來到了後臺，先去找負責人。

徐搖光是這裡的常客，只要有關於小提琴的表演，他一定都在，所以負責人認識他。

「徐少……」聽到徐搖光的要求，負責人很驚訝，但想了想，沒多說什麼，「您跟我來。」

徐搖光摘下口罩，清咳了一聲，跟著負責人往前走。

兩個人從走廊走到轉角處，走上樓，正好碰到剛從舞臺下來的魏大師。

徐搖光對魏大師很恭敬，他跟負責人都停下來，「魏大師。」

「是小徐少啊，」魏大師的臉色稍微緩了緩，「你們這是要去哪裡？」

幾年前，因為徐搖光喜歡小提琴，徐老曾帶徐搖光去拜訪過魏大師。

「去看一下監視器。」徐搖光拿著口罩看向魏大師，眸光清冷，「剛剛人太多，我去洗手間時有個東西丟了。」

能讓徐搖光自己去找監視器的東西應該很重要。

魏大師點點頭。他也急著回去找秦苒，因此開口：「那你去吧，人多，可能不太好找。」

說完，兩方告別，朝兩個方向走。

走了兩步，徐搖光又頓了頓，轉過身來，「魏大師——今天有人在您的休息室嗎？」

這一句問得很突然，魏大師不動聲色地停下來詢問：「那東西……是在我的休息室弄丟的？」

「不是。」徐搖光垂眸，搖搖頭，「打擾您了。」

到了監控室，工作人員調出廁所到走廊旁的監控影片給徐搖光看。

「不用這個。」徐搖光沒坐下來，側倚著桌面，手指撐在桌子上看監控畫面，「休息室的監視器你們有嗎？」

工作人員按著滑鼠的手一頓。他詫異地看了一眼徐搖光，不過對方是音樂會主辦方親自帶過來的，對方還很恭敬地叫他「小徐少」，因此也不敢拒絕。

休息室是公共場所，沒祕密，工作人員的手動了動，把休息室的各個監視器調出來。

徐搖光直接指著對準魏大師門口的那個監視器，聲音清淡地開口：「就這個，放大。」

工作人員點點頭，直接點開這個檔案，按照徐搖光說的時間開始拖放。

徐搖光撐在桌子上的手指微微發緊，目不轉睛地看著畫面。

工作人員幫徐搖光播放的，是他在走廊上那個時間段的監視器畫面。因為第一場合奏在即，整個休息室外的大廳亂糟糟的，都是人，只有魏大師的休息室門一直沒打開。

徐搖光也不急，就半靠著桌子盯著影片，裡面的人總會出來的。

而走廊外，魏大師沒立刻回車上，而是打了一通電話給陳淑蘭。

陳淑蘭這段時間昏昏沉沉的，接電話的是看護，這個時間點她早就睡了。

魏大師擰了擰眉，除了秦語的事，他又開始擔心起陳淑蘭的狀態。陳淑蘭對秦苒的重要性不用說，從今年夏初就開始住院，到現在也沒聽說要出院。他回到車上，依舊是心事重重。

「爺爺，怎麼這麼晚？」

車上，魏子杭靠著椅背算著時間點，抬頭問魏大師。

魏家今天開的是一輛加長型轎車，秦苒跟魏子杭坐在最後一排，魏大師坐在前面。

「遇到了小徐少，」魏大師低頭拍拍衣袖，「我們就多聊了兩句。」

「徐搖光？」魏子杭對他沒什麼興趣，「來看演奏會吧。」

魏大師抬眸，眉宇間沒什麼波動，「嗯，他有東西丟了，在找工作人員看監視器。」

魏子杭點點頭，沒有說話，秦苒卻瞇了瞇眼，不知道想到了什麼。

她先是用手機敲了一下魏子杭的手臂，等他轉頭看過來就直接開口，「去前面坐。」

魏子杭也沒過問，直接拿著手機走到前面，坐在魏大師隔壁的位子上。

他坐到了前面，秦苒則坐到靠裡面的位子，翻開手機的水晶掀蓋，又展開兩邊，重新打開了一個頁面，打開編輯器。

「苒苒，妳決定要繼續跟我學小提琴了嗎？」魏大師靠在椅背上，手臂放在窗戶上，指尖沒有規律地敲著。

秦苒從背包裡拿了一本書，把鍵盤投影在書上。她一邊試用鍵盤一邊跟魏大師說話，白淨的臉微微低著。

車裡沒有開燈，她的臉上映著一點螢光，不疾不徐地說，「不知道，還要再想想。」手上的動作卻很快。

皇家表演廳的地址很好找，監控路線也是。一般除了機密文件，很少有人會對這種普通監視器加密。一串字母打完，秦苒往後靠，然後十分冷酷地按下確認鍵。

她不關注徐搖光，卻也從喬聲嘴裡聽說過幾件事。他一直盯著學校的藝術大樓，去查過監視器許多次。

另一方面，以往的秦苒提到這件事都是一臉拒絕，今天好不容易鬆動了，出乎魏大師的意料。

「好，妳好好想想，一定要好好想想，我帶你們去吃御膳坊。」魏大師一秒坐直身體。

秦苒低頭，慢吞吞地把手機收起來。

「不用了，」秦苒看向窗外，想了想，「把我放在這裡，我要等人。」

「妳……」

魏大師本來想說妳在京城無親無故的，等什麼人？但他忽然想到那天開門的程木，頓了一下，雖然有些不捨，但還是開口叫司機停車，離開時又叮囑她，這一次一定要想清楚。

——音樂廳。

還在後臺看監視器的徐搖光將畫面開了四倍速快轉。

從最初的慌亂人群，到現在監控畫面內空無一人。工作人員覺得無聊，已經隨手開始滑起手機了，徐搖光卻依舊耐心地等著，清冷的眉宇間沒有絲毫不耐。

一直不動的休息室門開了——

然後忽然不動，監視器畫面突然卡在這裡，最後又閃退。

「它怎麼了？」徐搖光伸手敲著桌子，另一隻按著眉心，看得出來正壓著火氣。

工作人員放下手機，重新打開了很多次，但每次放不到一分鐘就閃退。

他畢竟只是個監控人員，不是技術人員，一時間也想不通，便轉頭十分抱歉地說：「小徐少，影片檔案可能壞了，暫時看不了。」

「什麼時候能修好？」徐搖光盯著電腦頁面。

「這個……不知道它怎麼了，可能要請專業人員來看。」工作人員遲疑。

主辦方往前走了一步，「能複製嗎？複製一份給小徐少帶回去。」

監視器畫面不能隨意傳播，不過在京城的一些人眼裡，有些東西其實並不需要什麼規則，這些規則只是用來約束普通人的。

工作人員找了個隨身碟，幫徐搖光複製了一份，讓他帶走。

——音樂大廳。

自從魏大師說了那一句，其他人面面相覷。

寧晴引以為傲的臉上表情凝滯，她聽見自己僵硬的聲音，「語……語兒？」

秦語的臉色也瞬間白了，腦子猶如五雷轟頂，頻頻作響。她拉了這麼多次，沒有一個人聽出這不是她原創的，讓她有了僥倖心態，誰知道會一下子就被魏大師聽出來！

如果這件事不好好解決，她所有的前程跟夢想都會停滯不前，包括現在她在沈家、林家所擁有的一切。

「我沒有，」秦語掐著掌心，努力保持臉上的表情，「我知道魏大師說的是言昔三年前的黑暗風專輯，可是我聽了，只是風格很像，並沒有一模一樣的編曲。」

她拿出手機，當場撥了一首言昔黑暗風專輯的歌。有幾段的編曲風格跟秦語的特別像，但是並沒有雷同或者重複的編曲。

本來其他老師都皺著眉，不欲再多加理會秦語，但聽到這裡，又互相看了好幾眼。

「魏大師就是要求太高，眼界太高了，才導致現在一個徒弟都找不到。」戴然理了理衣服，淡淡開口，「我看他也是老糊塗了，這編曲這麼驚豔，如果是三年前聽到的編曲，不可能一直默默無聞，什麼都不做吧？諸位在這三年有聽過嗎？」

這樣一說，其他人也覺得有道理。

「確實，沒人會把這樣的編曲放在家裡收藏。」有人點頭，他看向秦語，臉色又變柔和，「妳很有靈氣，黑暗系的編曲能跟言昔三年前的編曲相比，年紀輕輕，以後的成就不可限量。」

言昔是一個流量歌手，但在音樂界，包括戴然這群人，沒有人會輕視他。

因為他有一個神級編曲，是音樂界公認的。無論是彈鋼琴還是小提琴、古箏等等的大師，近幾年都喜歡把言昔的曲譜翻出來，然後彈奏成純音樂。這跟歌是兩種意境，有些人會因為這樣紅遍網路，發家致富。

聽到這句評語，秦語提起來的心終於重重落下。

戴然笑了笑，他走向秦語，語氣和藹：「我是戴然，妳可以叫我戴老師，不知道妳願不願意跟在我身後學小提琴？」

戴然的名聲在小提琴界沒有魏大師那麼響亮，但是在四九城，戴家、戴然這兩個名號卻響亮到不行。

沈老爺子從一開始的陰沉臉色變成喜出望外，往前走了兩步，低下頭，「當然，這是她的榮幸，語兒，快叫戴老師。」沈老爺子用眼神示意秦語。

秦語以為魏大師沒有收自己為徒，沈家人就不會管自己了，沒想到沈老爺子熱情依舊。她緩緩吐出一口氣，走到戴然面前，十分恭敬地叫了一聲「老師」。

其他人紛紛恭喜戴然找到了一個有靈氣的徒弟，語帶羨慕。不過沒有辦法，除了魏大師，沒人能搶贏戴然。

而戴然只是朝魏大師離開的方向輕輕勾起唇，有些意味不明地笑了笑。

另一邊，秦苒還坐在馬路旁等陸照影。

陸照影開車過來時，秦苒還坐在馬路旁看手機，應該是在跟人聊天，頭頂戴著帽子。

今天她換了一件黑色連帽衣，雖然懶懶散散地坐著，但整個人好像更冷冽了，只能看到幾縷黑髮從帽子邊緣垂下來，然後就是拿著手機的纖長手指，周圍停下來等車的人都不由自主地看著她。

陸照影降下車窗，喊了她一聲，秦苒就拉了拉帽子，慢吞吞地站起來。

手機還沒收起來，一條訊息就跳出來：『**兄弟，你編曲拖三個月了。**』

每三個月，秦苒都會固定寄曲子給言昔，不過這一次因為陳淑蘭，秦苒很久沒有寄編曲了。

她拿著手機，一邊回覆一個字，一邊往陸照影這邊走。

上車後，他在前面開車，秦苒就在後面滑手機。

言昔可能知道她有事，並沒有催她。秦苒往下滑了滑，就看到顧西遲之前傳給她的那份檔案。

之前因為被程木等人打斷了，她來不及看，現在才翻出來。

顧西遲傳來的是一份名單和一份簡單的資料，沒什麼需要太保密的東西，但秦苒還真的在上面翻到了自己的名字，她微微瞇起眼。

不到十分鐘，車停在一間會所外。

地處鬧市，卻極其清幽，陸照影直接帶著她去頂樓。

頂樓只有兩個包廂，每個包廂空曠異常，各種娛樂設施都有，每個門外都站著四個服務人員，在陸照影來時微微彎腰，面帶笑容，目不斜視。

包廂裡的人不多，對面是電視，寬敞的桌子上擺著紙牌跟一堆大冒險遊戲道具，然後就是一堆稀奇古怪的酒。

程雋坐在靠裡面的沙發上，就著扶手坐著，手輕輕放在扶手上並往後靠，眼眸半垂著，嘴裡咬著一根菸。長外套脫下後隨手放在了桌子上，黑色襯衫的領口微微敞開，似乎很沒精神。

周圍的人沒幾個敢大聲說話的，也只有江東葉跟幾個人在玩牌。

聽到服務生的聲音，江東葉微微側過頭，「來了？」說著，還往旁邊挪，讓了個位置給秦苒和陸照影。

其他人也紛紛叫了一聲「陸少」，然後眼睛不由自主地打量秦苒，暗暗想著這位是不是就是最近傳言中陸照影的那個妹妹。

秦苒在陸照影身後停住腳步。她看向程雋，咳了兩聲，沒繼續往前走。

「是跟陸少來的？」

一個波浪捲髮、大紅唇的女人以白皙修長的手指夾著菸，微微側頭瞥了秦苒一眼，吐出一道煙圈。

秦苒低頭把顧西遲傳給她的檔案存下來，沒什麼興致地回答：「算吧。」

女人上下掃了她一眼，又俯身把菸灰彈到菸灰缸裡，意味不明地笑著：「還在上學吧？現在的學生可真……」

陸照影坐上江東葉讓出來的位置，見到秦苒沒跟上來，叫了一聲：「秦小苒，坐這裡。」然後指了一下程雋旁邊的位置，讓她過來。程雋的位置正好臨近她身側。

他說完後，又伸手敲敲桌子，抬起下巴叫服務生過來，「一杯熱牛奶。」

在這裡，什麼稀奇古怪的要求都有，服務生不敢打量這裡的任何一個人，收到要求後就去拿熱牛奶了。

秦苒往陸照影那邊走。剛剛在抽菸的女人臉色一白，拿著菸的手都抖了抖。

程木坐在程雋對面的沙發上，與他一起坐的還有程金，他讓服務生幫他上了一套茶具，現在正在研究怎麼泡茶。

聽到陸照影的話，程木面無表情地看向他，「不喝茶了？」

「不是，」陸照影往後靠，翹著二郎腿，「我們家老爺子昨晚還在說喝茶的話，睡眠品質會不好。」想了想，他又偏頭看向程雋，「是吧，雋爺？」

程雋稍微坐正了一點，現在一手嚴謹地把鬆散的一顆釦子扣上，一手把菸往桌上的菸灰缸壓。

聽到陸照影的話，他懶洋洋地「嗯」了一聲。

別說程金看得一臉呆愣，就連江東葉也僵硬地轉頭，看著突然一本正經的程雋。

看起來還是那副沒睡好的慵懶模樣，芝蘭玉樹，形相清臒，清雅從容，鋒芒半點也不突出，半點也看不到響徹圈子的斯文敗類模樣。

「程木，你昨天沒來你女神的宴會，真是太虧了。」不遠處，一個金髮男人拿著撞球桿漫不經心地走過來，拍拍還在執著於泡茶的程木，「你們知道有一件驚爆的大事嗎？」

聽到有關於歐陽薇，程木抬起頭，眉眼一動，「什麼事？」

「昨天才放出來的消息，知道今年的出題人是誰嗎？」金髮男人笑著看了坐著的人一圈。

看到坐在一旁小口喝著牛奶的秦苒，他眼睛一瞬瞪大。

其他人沒發現他的異樣，全都被他說的那個出題人吸引了。但陸照影沒理會他，江東葉卻是笑了笑，「張向歌，別賣關子了，到底是誰？沒看到雋爺也很好奇？」

張向歌，陸照影大學時期的校友，他這個人比較會找樂子，一直跟陸照影交好到現在，以至於透過陸照影加入了程雋的這個圈子。

張向歌看到程雋確實看向了他，他緊張了一下，然後壓低聲音，「我也是聽歐陽小姐說的，聽說是一二九的一位高手出題的。」

一二九的高手，從上往下數，也只有第一代那幾位。

陸照影本來不打算跟張向歌說話的，聽到這一句，他有些忍不住好奇心。

「哪位高手？晨鳥？渣龍？」陸照影顯然是跟一二九打交道久了，說的都是經常活躍的高手。

但張向歌都搖了搖頭。

陸照影皺眉，「難道是常寧親自出題？」

「都不是，你們絕對猜不到的，」張向歌神祕地搖了搖頭，然後扔下一個炸彈，「是孤狼。」

「我靠！」陸照影顯然被炸了一下。

他手中的酒杯翻倒在桌子上，猩紅色的酒順著桌子，沒入地毯。

對這件事不太感興趣的江東葉也挑起眉，「那個死活都不接我單的NO.1？」

江東葉也和一二九下過不少單，都是追查顧西遲，三倍下單，然而別說接單了，一二九連他的單子審都不審。

「這下熱鬧了。」程木忍不住抬頭，放下手邊的茶杯，「衝著孤狼去的人不少吧？難怪我女神今天沒來，今年壓力應該比往年大。」

程雋也靠著沙發，微微瞇眼看著張向歌。

「我出去透透氣。」

秦苒低下頭，本來在認真地聽他們講話，聽到這裡，她不由得伸手摸摸鼻子。

程雋看了她一眼，這個會所很安全，服務生很會看眼色，頂樓也不是一般人能上來的，沒人敢隨意得罪人。

「嗯，別走遠了。」程雋敲著茶杯，不急不緩地開口，「妳外婆要我看好妳。」

秦苒走後，程雋看了包廂裡的人一眼。

陸照影也發現了，「你、你、你，還有你，」他伸手點了幾個人，「都把菸給我熄掉，還有高三生在場。」說完，又讓服務人員進來打開通風口。

張向歌一看到秦苒，就意識到陸照影說的那個妹妹八成就是她了。現在看到兩人的這番動作，他心底更沉。

頂樓走廊的盡頭處，一位西裝革履男人堵著一個背對著攝影機的女人。

女人面容稍顯清秀，鏡片後的一雙眼睛卻很黑，聲音很冷：「瞿子簫，我都說了，我查一二九的資料不是因為你的小、情、人，你是有病，聽不懂嗎？」

「不是最好。」男人讓開了一步，冷淡地看著面前的女人。

他口袋裡的手機響了一聲，男人立刻接起來，聲音頓時變得柔和，「薇薇……好，我馬上過來。」

掛斷電話。

「上次你說的我答應了，一年之後，協定自動結束。」他瞥了女人一眼，轉身去按了電梯。

電梯門關上之後，女人把攝影機拆下來，拿起手機撥出常寧的電話，這時卻正好看到了不遠處的人，她的手頓了頓，然後揉了一下眼睛，「我靠，瘋了吧？」

她拿著攝影鏡頭往前走了幾步。

「同學，」走近後，確實是本人，何晨把剛接通常寧的電話掛斷，「妳怎麼來京城了？」

「剛來。」秦苒也沒想到會在這裡看到何晨，她頓了頓，「妳不在邊境了？」

「我也才剛回來，跑跑小新聞。」何晨捏捏秦苒的臉，「嘖，真嫩，話說，妳來京城不打給我也不打給常寧，皮癢了啊？」

「我來處理私事，後天就回去了，不想打擾你們。」秦苒就讓她捏了一下，眉眼輕佻。

「不打算見其他人了？」何晨摘下眼鏡，笑道，「除了我跟常老大，還沒有人知道妳是個小女生。」

秦苒把手機塞回口袋裡，「下次有機會再說吧。」

兩人聊了幾句，剛剛在包廂裡的張向歌就拿著手機出來了。

他是專門來找秦苒的，一眼就看到了在跟何晨說話的秦苒。

「秦小姐，」張向歌朝這邊走來，看到何晨後頓了頓，「這位是……」

何晨偏頭看了一眼張向歌，伸手把眼鏡戴上，「啊，那我先去忙了。」

「秦小姐的朋友真酷。」張向歌笑了笑，他看到何晨的棉衣肩頭有一根線頭，隨口問道：「她是做什麼的？」

秦苒有禮貌地看向張向歌，「狗仔。」

「……喔。」

張向歌點點頭，不提何晨了，然後十分認真地對秦苒道了歉，主要是為了昨天沒有去陸照影飯局的事。

「沒事。」秦苒轉過身，眉眼散漫，很酷地開口。

兩人一同回到包廂裡，張向歌當場自罰了三大杯紅酒，又當著眾人的面對秦苒跟陸照影道歉。

「秦小姐會打撞球嗎？」喝完了三杯酒，張向歌主動陪玩，把球桿遞給秦苒。

秦苒低著頭，似乎在看手機，程雋就把球桿放到一旁，漫不經心地開口，「她不會。」

張向歌更震驚地收回手。

因為有秦苒這個高中生在，一行人不到十二點就散場了。等程雋一行人走了之後，張向歌才緩過神來。

「江少，那位秦小姐是什麼人？」張向歌開口，他數遍京城姓秦的人，也沒找到符合的。

「雲城人，」江東葉不緊不慢地站起來，拍拍自己的衣袖，「一個普通高三生，有雋爺罩著，沒事別往外傳。」

張向歌點點頭，「難怪，不過她怎麼會認識狗仔？」

「狗仔？」江東葉瞇了瞇眼。

「就是剛剛我去外面找她的時候，她正在跟她朋友說話，秦小姐說她那位朋友是狗仔。」張向歌說完，發現江東葉十分沉默，於是又叫了一聲，「江少？」

「沒事。」江東葉風清雲淡地往車子走。

他只是想起了「賣藝的」，那那位朋友真的是個「狗仔」？

張向歌也沒說話，只是往程雋那行人離開的方向看了看。

「張向歌，那位秦小姐就是陸少的妹妹嗎？」旁邊有人小心翼翼地問，「不是說他妹妹是雲城人？怎麼會跟雋爺在一起……」

「是啊，連歐陽小姐……」

「沒聽到江少的話？再提起這件事，後果不用我說了吧？」張向歌打斷他們的話，瞥了他們一眼，「可能也只是一時，反正這件事還沒結束就不要對外提起。」

當然，他自己也想不通，不過那位秦小姐長得確實好看。

*

——次日。

秦苒很早醒來，睡不著就拿著筆，又找服務生拿了一張空白的紙，開始寫要給言昔的簡譜。

寫了沒多久，外面就有人敲門喊她。

陸照影和程雋知道她今天不離開，一大早就來找她出去玩。

「稍等，我去洗個臉。」秦苒打開門，把紙壓在書下，在洗手間洗臉。

「嗯。」程雋坐到窗邊，扯了扯自己的衣領，翻翻她的書，漫不經心地開口。

陸照影靠在桌子上，看到她擺在桌子上的手機亮了，揚聲大喊：「秦小苒同學，有一個叫C的同學打了視訊通話給妳！」

叫C的同學？

「不用管。」秦苒低著頭，認認真真地洗手。

不用看也知道是常寧傳來的，昨天晚上何晨應該跟他說了她在京城的事。

這次的行程很緊湊，秦苒一個都不想見，她把她的行動範圍控制在音樂廳跟京大周邊的範圍，唯一沒有預料到的是一直在當戰地記者的何晨突然回來了。

秦苒從旁邊抽出一條毛巾，擦了擦手，出去時，常寧的視訊通話已經自動掛斷了。

程雋還在翻著她的書，那是一本外文小說，寫的內容很空泛，整體背景很壓抑。

他翻得很快。

陸照影看了一眼，深奧複雜的數字看得他頭痛，於是隨手抽出她壓在下面的紙來看，上面是一堆混在一起，寫得很亂的簡譜，寫了又畫掉，畫掉又重寫。

陸照影挑起眉，沒想到秦苒還有這種細胞，學過音樂？想到這裡，他摸了摸下巴，想起魏大師來找秦苒的事。

三個人一起出門，秦苒帶了一件深色外套，穿在連帽衣外面，又把帽子扣到頭上。

昨天晚上回來的時候，知道秦苒今天要空出時間去看古代建築，陸照影就自告奮勇要帶路。

雖然不是什麼節假日，但來京城旅遊的人一樣不少，大多是老爺爺、老奶奶的旅遊團。

正門的遊客多到不行，還限流，只是程雋跟陸照影帶她走的不是正門，而是側門。

看門的是個老爺爺。老爺爺應該跟陸照影他們很熟，看到他們，懶懶地抬起眼皮就把門打開了，連一句話都懶得說。

「這裡不對外開放。」程雋慢悠悠地走在她身後。

「因為住得不遠，我們小時候經常翻牆進來。」陸照影小時候看多了，沒多大的興致。

秦苒不是很喜歡這些，但還是拍了不少照片。

「拿回去要給明月看，」秦苒在每個景點都會停下來一次，然後認真拍下來，低著眉眼，「她很喜歡這些。」

程雋本來單手插口袋看著她拍照，沒有半點不耐煩。

她想儘量拍好看一點，不過效果一般般，後來程雋看不下去，就伸手接過她的手機幫她拍。

秦苒站在他身後看他拍的畫面。

「你拍的似乎比我高？」她指著那個樓閣，靠近他後開口。

「嗯。」程雋的耳朵輕輕動了動，臉上卻漫不經心地應了一聲，拍完後也看了一眼，覺得不太滿意，「還行，一般般吧。妳要不要也拍一張？」程雋頓了頓，懶洋洋地笑了一下，「來京城打個卡之類的？」

她的微信加了很多人，打個卡，不就全都知道她在京城了嗎？

秦苒摸了摸下巴，搖頭，「麻煩。」只跟在他後面，看著他拍。

「雋爺學過攝影，」陸照影壓低聲音，跟她解釋，「買了好幾台單眼，不到半年就放進倉庫裡了，興趣、愛好特別多。對了，潘明月很喜歡這些？」解釋完之後，陸照影想起了明月就是秦苒的那個朋友，微微挑起眉。

「嗯。」秦苒拉低帽子解釋。

寧海也是一座古城，不過沒有被開發。

兩人國中蹺課時，她會去網咖打遊戲，潘明月則去各處的古代建築流浪，然後晚上一起回家。兩人的成績都是全班倒數第一，全校老師都認得她們。

陸照影點點頭，「那她可以考京大的考古學，程木上過，還可以。」

他記得潘明月的成績，一中論壇以前經常說衡川兩寶是徐搖光跟潘明月，不過現在又多了一寶秦苒。

考古本來就是冷門科系，潘明月考這個綽綽有餘。

「以前她還想去全球流浪……現在她要考檢察官。」秦苒看著程雋拍完，走去下一個景點，語氣淡淡地開口。

聽到這個答案，陸照影不由得摸了摸腦袋。

檢察官？跟她本人相差真大。

接下來，秦苒似乎沉默了不少，三個人逛了一圈，拍完了所有建築的照片，直到出去吃飯時秦苒的心情才回升了不少。

下午陸照影還要帶她出去玩，秦苒就說她要睡覺，明天要早起回雲城。

——樓下，車中。

「雋爺，跟你說一件事。」陸照影在前面開車，從後視鏡看著半眯著眼睛的程雋，「秦小苒那天晚上不是說要來找親戚嗎？然後說她親戚是賣藝的。」

程雋「嗯」了一聲，伸手扯過毯子，反應沒有特別大。

「然後你知道那個賣藝的是誰嗎？」陸照影嘖了一聲，「魏大師。」

程雋不再「嗯」了，他抬起下巴，又坐起來，「魏琳？」

「就是他，秦小苒昨晚就是去聽他的演奏會。」陸照影想了想，又問：「你說，魏大師什麼時候變成秦小苒的親戚了？」

陸照影沒追問秦苒，但好奇心是肯定有的，不管從哪方面來說，秦苒跟魏大師都搭不上邊。

程雋思考了一瞬，然後給了陸照影三個字：「魏子杭。」

魏家是書香門第，雖說在京城沒什麼實權，但聲望極高，幾個家族都願意給魏家面子，這一點連姜大師都比不上。

此時的秦苒翻了翻程雋拍的照片，然後坐在窗邊的椅子上，打了一通視訊通話給常寧。

她戴上耳機，把手機靠在不用的杯子上，之後又拿起筆，在那張還未打完草稿的紙寫寫畫畫。

『還在京城？』常寧正在看所有報名者的資訊，看到她的視訊邀請就暫時放下來。能看出她背後的裝潢是飯店。

「嗯。」秦苒沒抬頭，一直在改編曲，要給言昔的編曲她一向十分鄭重，這個曲風她在腦子裡構思了好幾個月，但一直沒有下手寫，現在寫起來也得心應手。

常寧放下手中的滑鼠，看著鏡頭裡那張十分年輕的臉，還是很不習慣地開口：『什麼時候走？有空見一面嗎？跟妳說說這次的招新，妳要不要過目一下名單？』

「明天的飛機，暫時沒空。」秦苒寫到一半又放下筆，拿起放在一旁的礦泉水，擰開來喝了一口。

『為什麼不告訴我，讓我幫你安排好行程？』常寧有些失望，還耿耿於懷，『是為了妳外婆的藥才來的嗎？』

秦苒隨手把礦泉水瓶扔到一旁，「不是，有其他事，」想了想又開口，「馬修你認識嗎？」

常寧靠上椅背，挑起眉，『妳說的是哪個馬修？』

「國際刑警。」這是顧西遲的形容。秦苒了解的不多，她重新拿起筆，想了想又開口，「應該是吧？」

她只是幫顧西遲解決掉幾群很麻煩的人，對他的個人生活沒有太大的入侵，也沒有刻意調查。

『妳要他的資料？』常寧動手回到一二九的主頁。

眾所周知，一二九擁有全球最大的情報網，不過這些資料只有在一二九大廈的範圍內才可以查看，還不能下載——這是所有人擠破頭都想要進入一二九的目的之一。

「給我一份。」看到常寧找到了，秦苒就低頭繼續寫曲譜。

秦苒確實沒有要見面的想法，常寧其實知道她住在哪個飯店，但不敢擅自過來。

想要掛斷電話時，他忽然想起他上次派人去調查的一件事。

『對了，妳記得上次國內的藥物突然被轉到境外的事嗎？』

秦苒拿著筆的手一頓，聽著常寧的語氣，她瞇起眼，扔下了筆，「有內情？」

若不是何晨正好在境外，陳淑蘭絕對撐不過去，外人也絕對不會知道連林家都弄不到的實驗藥她能拿到。

『有點奇怪，』常寧敲著桌子，沉吟了一下後道：『第一實驗室的人，就是他們院長，說這些藥物之所以送到邊境是為了做實驗，理由很牽強。妳外婆認識這些人？』

「我知道了。」秦苒點點頭，沒回答，冷酷無情地卸磨殺驢，「沒什麼事的話，我掛了。」

掛斷電話，秦苒也有些寫不下去了。

她靠在椅背上，沉默了半晌又放下筆，把曲譜壓在書下面，然後拿著外套跟背包出門。

走到門邊的時候，她想起放在櫃子上的黑色口罩，又折回去拿。

這是程雋離開時丟給她的。

——京大。

秦苒去的時候已經接近四點，還沒下課，校園裡的人沒有很多，她一路往醫學系的方向走。

帽子戴上，口罩也戴上，連下巴也看不到了，但依舊很冷，個人風格極其明顯，見過一次就能認出來，門口的看門大叔認得她：「對了，是妳。教授出差了，說妳要來，要我把這個給妳。」

說著，他從櫃子裡拿出了一個外賣袋子，遞給秦苒。

秦苒接過來，打開一看——裡面放著一瓶透明的水，瓶子上還有白紙被撕掉的痕跡，底下壓著一張寫滿字的Ａ４紙，字跡既潦草又飄逸。

「謝謝。」秦苒把東西都裝進背包，拉下口罩，很有禮貌地道謝。

警衛擺擺手說不用，又問她，「妳不是醫學院的學生吧？」

如果是，那他以前不應該沒見過，這種學生見過一次肯定會有印象。

「不是。」秦苒拉上口罩，然後往外走。

與此同時，京大校門外，秦語、林婉跟寧晴在等林錦軒出來。

「這間學校真好。」

寧晴站在京大校門外，對著校門拍了好幾張照片，身邊有不少人跟她一樣不是京大的學生，大多都是來旅遊、拍照的。

全國的高校都是以京大跟A大為主。在寧晴那個時代，能考上京大，全鄉的人都會列隊慶祝，都是因為他們那個地方很難得能有一位京大的高材生。主要是因為地方窮困，教育又落後。

算起來，這也是寧晴第一次看到京大。

要是以往，林婉勢必會輕嘲一番，但秦語的拜師宴在即，按照戴然對秦語的態度，幾乎是把她當成了親傳弟子，寧晴也算是藉著秦語，半隻腳踏進了京城這個圈子，林婉對她的態度就沒有以往那麼隨意。

林婉就轉移了話題，淡淡開口：「京大當然好，明年語兒也能來。」

秦語只是緊張地看著校門口。

林錦軒很快就出來了，他身高腿長，面容清俊，走在人群裡也是鶴立雞群，在學校的人氣應該很高，所到之處都會有人小聲議論，一眼就能看出來。

林婉是親自來告訴林錦軒秦語被戴然看中的消息，又跟他說明天有個拜師宴。

「看情況吧，明天我跟封辭有樁生意要談，不一定來得及。」

林錦軒沒一口答應，知道秦語要成為戴然的弟子，也只是稍微看了秦語一眼，表情不算驚喜。

他目光隨意地看著周遭。這兩天都沒有聯繫到秦苒，他不知道對方還在不在京城。因為他只在京大看過她，所以走在路上都會下意識地尋找她的人影。這兩天都沒找到，他覺得對方應該是離開了。

卻沒想到眼睛一掃，還真的讓他在校門口逮到了。

不過對方身邊還站著另外一個男生，兩人似乎很熟，正在低頭說話。

林錦軒一直望著一個地方，使其他三人都不由自主地順著他的目光看去，一眼就看到了站在門口的秦苒和站在她對面的男生，那個男生似乎給了秦苒一疊東西。

看到那個男生的側臉後，林錦軒一愣。

秦語來不及掩飾驚訝，直接開口：「姊姊還沒走？她不是跟魏子杭在一起嗎？她身邊那個人又是誰？」

鑒於秦苒身邊的人都很亂七八糟，林婉淡淡地移開目光，不太感興趣，「誰知道是什麼人。」

寧晴則臉色微沉。

林錦軒回過神來，看了三人一眼，「宋律廷，去年雲城市榜首，全國第一名，妳們不認識？」

雲城的衡川一中跟雲城一中，每年高考都廝殺攀比得異常激烈，兩間老牌學校於明裡暗裡都在爭第一。

雲城一中偏文一點，衡川則偏理一點。而宋律庭之所以這麼出名，有一半是因為他一個雲城一中的應屆生，竟然拿到了理科的市榜首！

不僅是雲城市，還是全國第一。

這件事讓衡川這個偏理的學校極其鬱悶。

京大每年不知道招收了多少個市榜首、省榜首，但全國榜首就只有一個，宋律庭又長得好看，剛來京大，資料就被京大的一群人都挖出來了。大家發現他高二時力壓眾多國外學生，拿到了物理競賽的第一名，又剛來京大就成為物理系院長的弟子，京大的其他人只能徹底折服，他也毫無意外地力壓眾多學長學姊，成為物理系的第一人。

至於雲城人的宿舍裡，大家都知道林錦軒，自然聽過身邊的人介紹過他有一個很猛的同鄉。只是宋律庭一直跟在物理系院長身後，兩人只在各種表彰大會中見過，沒說過話。

這些細節，林錦軒沒有提。他知道這件事，但林婉跟寧晴這些人並不清楚。

林婉不是雲城人，自然不會關注雲城的八卦；秦語當時是高二生，她向來知道自己要什麼，那屆高考生中沒有她認識的，看到新聞也只是草草看一眼。

她心想，圍繞在秦苒身邊的人，不是混混就是社會人士。物以類聚，秦苒那種成績，基本上也只能與他們為伍，就秦語現在的見識，她認為秦苒就算混幾年也爬不進來這個圈子。

但她跟林婉都還沒說什麼，林錦軒就扔下了一個炸彈。

秦語是真的被震驚到了，因為她確實沒想到一個學渣竟然認識學霸，看起來還很熟。

她還沒說什麼，林錦軒跟她們說了一聲就去找秦苒了，寧晴也緊隨其後。

秦語抿起唇，也跟著他們走。

宋律庭也是在路上碰到秦苒的。

他匆匆回寢室拿了些東西，但接下來還有課，來不及帶秦苒去轉一圈校園就要回去上課了。

他剛走，林錦軒就來了。

「妳現在住在哪裡？什麼時候回去？」林錦軒看了宋律庭的背影一眼，然後轉向秦苒，微微蹙眉。

秦苒有禮貌又客套地點頭，「明天回雲城，我還有其他事，先走了。」

寧晴小跑著過來，一句話都還沒跟秦苒說到，秦苒就跟林錦軒打了聲招呼，低頭拉低帽子，轉身離開。

林錦側身看了身邊跟過來的三個女人一眼，有禮貌地說：「小姑、寧姨，我就不送妳們了，明天應該沒時間去赴宴。」說完就轉身離開。

秦語看著林錦軒的背影，抿了抿唇，心中不只冷笑了一次。秦苒表面上不顯山不漏水的，但手段真的很厲害。

她轉身看向寧晴，「媽，姊姊怎麼會認識宋律庭？」

寧晴想起了宋律庭這個人，「他好像是寧海鎮上的人……」

林婉不清楚，聽到寧晴的解釋後淡淡開口：

「京大每年有多少個狀元，但真正出頭的又有幾個？語兒又不是考不上京大。」

京城就是個大染缸，不公平的事情多得很，沒背景的人只能搶得頭破血流地往上爬，但能爬上去的人是鳳毛麟角，不亞於鯉魚躍龍門。

在京城裡，隨便抓一個人過來都可能擁有不凡的身世，看多了這種人，再看到宋律庭，林婉也只能誇一句他實在優秀而已。

另一邊，林錦軒並沒有追到秦苒，她看似走得很慢，但是融入人海裡後，沒半分鐘就看不到人影了。

他站在原地皺眉。

口袋裡的手機響了一聲——是封辭打過來的，林錦軒接起電話，又愣了半晌。

掛斷電話後，他打了通電話給林麒。

『這件事你就不要管了。』聽完林錦軒的描述後，林麒沉默了一下，秦苒的反應在他的預料之中。『明天你妹妹的拜師宴，我沒時間、去不了，你有空儘量去一趟。』

兩人沒說幾句話，但林麒的反應讓林錦軒心裡一沉。

他這麼聰明，自然能想到他離開雲城之後，秦苒應該是跟林家發生什麼嫌隙，不然林麒不會連一句話都不過問，秦苒也不會這樣躲著他。

秦苒回到飯店後，先拿起背包裡的透明瓶子看了一下。

瓶身上之前貼著一張寫了「Q」的紙，被她撕下來扔掉了。

看了一會兒，她又把瓶子隨手放在桌子上，拿出那張寫得很飄逸的紙看了一會兒。

裡面有很多專業名詞，大多是醫學系的專用術語，她隨便看了看就把兩個東西放在一起，又放回背包，繼續低頭開始寫沒有完成的簡譜。

這次的靈感在她腦子裡存了很久，無論是音色的選取搭配還是節拍速度，她心裡都有規劃，腳邊是一堆被揉皺的廢紙。

到晚上七點的時候，她隨手拍下寫出來的大概框架，傳給言昔。

這時候的言昔正在錄音室錄一首電影的主題曲。

他對音樂一向認真，從下午到現在都沒出來，手機放在經紀人那裡。

藝人的手機很多時候都是交由經紀人保管，避免錯過重要的電話。

他的手機亮了一下，經紀人在外面等到不由自主地打了個呵欠，習以為常地拿出來看了看，螢幕上顯示的是一條收到「圖片」的訊息，沒有其他的話，很乾脆俐落的訊息。

經紀人下意識地抬眸，往上看到了傳訊者的名字，昏昏欲睡的腦子忽然清醒。他顧不得言昔正在錄歌，立刻打開門衝進去。

——與此同時，京城步行街的咖啡店內。

秦語終於找到了機會來見徐搖光，並把一份請帖遞給他。

「明天是我的拜師宴，由戴家主辦的。」秦語用勺子攪了攪咖啡，抬頭看了一眼徐搖光，態度明顯比以往隨意很多，「你還是想一想，再決定要不要明天回雲城吧。」

戴家是京城的新銳貴族，最近這幾年因為一直在跟魏家明裡暗裡地比較，十分突出。而戴然也是次席，雖然跟著魏大師只是陪跑，但是因為魏大師的名聲，他確實認識了不少達官貴人，不管從哪個方面來說，都比沈家高出一大截，以至於現在秦語在沈家的地位很超然。

她急著回去，沒跟徐搖光說幾句話就拿著手機離開了。

徐搖光心裡有事，應付了幾句，等秦語坐上沈家的車子離開後站在路口，吹了幾下冷風，一輛低調的紅旗車就開了過來。

路口的人看到那輛車，都不由自主地避開。在京城，什麼豪華轎車都看得到，但是待久了，就會發現那些真正低調開紅旗車的家族，才是真的惹不起。

＊

徐家不在別墅區裡，而是在一條老弄堂內，這裡不對外開放，各個出口都有警衛看守。基本上都是大四合院，老一輩的人總喜歡稱大四合院為大宅門。占地面積看似廣，實際上每個弄堂只有一家，一直都是京城那幾家流傳下來，沒有沒落的勳貴家族。

車子停在一處大宅門前，管家早就在門前等候著，拉開了後車門。徐搖光隨意順手地把手中的請帖遞給他，順著抄手遊廊走去正院。

管家跟在徐搖光的身後三步，等徐搖光回到自己的房間，他才低頭翻了翻徐搖光隨手遞給他的請帖。路過的傭人看了一眼，沒認出來：「沈家？戴家？這是什麼拜師宴，也送到少爺手裡？」

管家淡淡地看一眼，就隨手扔到一旁。

每天送到徐宅的請帖多得是，除了少數幾個宴會，徐家人通常都不理會。

房間內。

四合院是翻修過的，徐家算是比較現代化，徐搖光則獨自住在一個院子裡。

他坐回自己的電腦桌面前，喬聲就叫他登入遊戲打競技場。

『徐少，你明天三點到雲城是吧？』喬聲選好卡牌就開始排隊，『你們都去了京城，只有我一個人在學校，超無聊。』

「嗯。」徐搖光隨意地應著，「還有誰也來京城了嗎？」他想到魏子杭。

『就苒姊啊，她跟你請了一樣的天數。』喬聲排到了就進入競技場，召喚卡牌，『本來還有魏子杭陪我吃飯，但是他聽到苒姊去了京城，當晚就買了最快的航班飛過去了。』

徐搖光那天在音樂廳也旁敲側擊了幾句，知道魏大師的休息室裡有魏子杭，還有一個人不知道是誰，但聽到喬聲的話，徐搖光忽然抬起頭，「你說誰也來了京城？」

『就魏子杭啊，他買了最快的班機……』喬聲頓了一下，然後重複。

徐搖光沒召喚卡牌，緊緊握著滑鼠，「不是，前面一句。」

電腦那頭的喬聲摸了摸腦袋，小聲開口，『苒姊？』

「嗯。」徐搖光沉默地蹦出一個字。

一場遊戲打完，他沒有跟喬聲約下一局，而是拉開抽屜，從裡面拿出一個黑色的隨身碟，是上次音樂廳的工作人員給他的。

影片的內容他去找相關技術人員看過，原始檔案被破壞掉了，無法恢復。本來沒有什麼想法的他因為喬聲的一句話，將所有線都纏繞在一起了。

秦苒……

徐搖光深吸了一口氣。

——晚上十點，管家來敲門。

「少爺，明天的航班是否要取消？」他端宵夜過來，並低聲詢問回來時他遞給他的那張請帖。

徐搖光關掉電腦，往餐桌旁走，沒思考就說，「不用，航班照舊。」

這一點，管家早就預料到了。他點點頭，不說話，站在一旁看徐搖光吃宵夜，糾結了半晌，他遲疑地開口：「老爺是不是在雲城遇到了中意的繼承人，所以才一直沒回來？」

徐搖光頓了頓，垂著眼睫，「你聽誰說的？」

管家壓低聲音，「我猜的，老爺這幾年有哪件事不是為了繼承人而做的？」

徐搖光吃完後放下筷子，抽了張紙巾擦手，語氣冷淡，「這件事別再提了。」但沒否認。

管家心裡一緊，他拿著托盤出來，站在院子外，心裡隱隱有一種京城這四分的天下即將變天的感覺。

*

次日，秦苒早上六點起來，收拾好自己的東西。

飯店地上有一堆被她揉皺的紙條，被她整理好，扔進垃圾桶。外套還是身上那一件，東西除了一個黑色的背包還有一個白色塑膠袋，裡頭放著幾本筆記本。

六點半，她打開房門，陸照影已經在門外等著了。

不過只有他一個人。

難得這麼早起，陸照影打了個呵欠，手上還拿著車鑰匙。

「雋爺有個臨時任務，大概還要好幾天，我暫時也不回去，只送妳去機場。」

他沒解釋是什麼臨時任務，秦苒也沒問。

她離開的時間除了陸照影，其他人都不知道。魏大師雖然知道她今天要回雲城，但不知道具體的時間。

看著秦苒領了登機證走去登機口，陸照影又打了個呵欠，準備回去再睡一覺。

走到車上時，江東葉打電話給他。陸照影戴上藍牙耳機，緩緩將車駛入車流。

『人走了？』昨晚陸照影在群組裡說早上要早起送人，江東葉就知道是秦苒。

陸照影「嗯」了一聲，忽然想起了什麼，「今天歐陽薇的成績是不是出來了？」

『程木他們昨天討論一個晚上了。』江東葉對這個沒什麼興趣，『不過，那位秦小姐有一點邪門，前天晚上張向歌說在會所頂樓看到了她的狗仔朋友，後來我回去一想，狗仔能進天堂嗎？』

那天晚上，他們所在的就是天堂會所，是京城最高檔的會所，不知道老闆是誰，但所有人都知道這家會所隱祕性特別高，想要惹事的人不是會悄無聲息地消失就是沒有下文，連明星都會來這家會所。

普通的狗仔能安然無恙地到達頂樓？當天堂的保全系統跟巡查強度是擺設？

「狗仔？」陸照影靈光一閃，他想起程木跟他說過的何晨，「是戰地記者吧？一個月前，她還在邊境。」

聽到戰地記者，江東葉雖然也很意外，但還是表示能接受。他走進廚房，端一杯牛奶出來，『比賣藝的魏老還好。』

兩人都覺得比起魏大師，何晨簡直太正常了！

＊

秦苒是上午九點的飛機，十一點到雲城。剛下飛機，程雋的電話就打來了。

不是秦苒熟悉的號碼，而是一個奇奇怪怪的數字。

程雋只問她到了沒，得到回答後就掛斷了電話。

秦苒低頭，看著通話紀錄裡奇奇怪怪的數字想了半晌，決定不追蹤。

她的資料動態全都掌握在自己手裡，任何人有想查她的跡象她都會知道。上次顧西遲說馬修手裡有她的名單，她之所以會篤定地說沒有，是因為她沒有收到有人查她資料的動態。

看到顧西遲傳過來的名單，她確實有點意外。至於程雋跟陸照影則都沒有查她老底的意思，倒是那位張向歌，那天晚上後，動作多了不少。不過秦苒沒在意，她要是不想，連常寧也弄不到她的個人資料。

秦苒沒回學校，而是先去了醫院。

正值吃飯時間，陳淑蘭靠在靠枕上吃午飯。

看護很負責地搬來一張椅子坐在陳淑蘭身邊，看著她吃飯。秦苒揮揮手讓看護出去，自己則坐到椅子上，幫陳淑蘭削蘋果。

陳淑蘭沒什麼力氣，拿勺子的手動作很慢。她抬起眼眸，儘量不那麼明顯地問：「妳怎麼跟魏大師說？」

「不知道，我沒想好。」秦苒低頭把玩著水果刀，漫不經心地開口，「明年才高考，不急。」

她把蘋果切成一小塊一小塊，放在陳淑蘭手邊，又去拿了一根牙籤插在上面。

「妳小姨最近都沒來，」陳淑蘭慢慢地吃著，皺起眉頭，「她一向心高氣傲，發生了什麼事也從來不說，當年妳媽接手了妳小姨丈那件事，她寧願一天打三份工，也不願意拿後面的錢。」

「我待會兒要送東西去給沐楠，順便去看看。」秦苒有些煩躁地點點頭。

秦苒抿了抿唇，陳淑蘭最近的狀態總是有種在交代後事的感覺。

「還有，」陳淑蘭又慢慢地說，「魏大師是少見的好老師，子杭也不是許慎……」

秦苒斂下忽然湧起的情緒，淡淡地說：「我管不了那麼多，妳要管，就自己管。」

病房裡沒有其他人，這個時間，醫生也不會來查房，她就靠著椅子坐著，把背包裡的東西倒在桌子上，沉默地看著。

陳淑蘭偏過頭，看到秦苒倒出來的一堆東西中有她讓沐盈塞進去的盒子。

秦苒伸手拿起那個木盒，放在手裡掂了掂，然後挑起眉，面無表情地看她一眼。

陳淑蘭則只看到一個十分熟悉的塑膠瓶，立刻收回目光，低頭認真吃飯，不敢再看秦苒那邊。

等陳淑蘭收回了目光，秦苒才把木盒塞回背包裡，拿起塑膠瓶，低頭想了半晌後抿抿唇，擰開了瓶蓋。

秦苒回來後，陳淑蘭吃飯的速度快了一點。不到半個小時，她就吃完了午飯，秦苒隨手遞給她一杯溫水，看著她喝完，才不緊不慢地幫陳淑蘭把飯盒整理好，按鈴叫看護來把飯盒拿出去。

「陳奶奶，外孫女來了，您看您的氣色都好了不少。」看到陳淑蘭，看護笑了笑。

她看著陳淑蘭變得有些健康的紅潤，心底也很驚訝，難怪人家都說人逢喜事精神爽。

秦苒陪了陳淑蘭一下午，她也沒幹嘛，就是坐在窗邊看書，直到五點的時候，她才拿著袋子跟背包離開醫院。她沒攔車，在醫院底下的公車站等六二三號公車去寧薇家。

今天是星期三，學校有課，晚上也有晚自習，但是沐楠通常都不會上晚自習，非住宿生從高一到高三都不強制。

寧薇每天晚上都很晚回來，沐楠會幫她做好飯、把衣服收起來，而沐盈基本上每天晚上都會上晚自習。

*

秦苒走後，陳淑蘭才睜開眼，若有似無地嘆息一聲，然後拿起放在床頭的手機，打了通電話給魏大師。

「魏大師，您上次找我，是有什麼事情嗎？」陳淑蘭撐著床坐起來，她咳了一聲，沒有往日那麼沒精神。

京城這邊的魏大師拿著手機走到外面，『您好，打電話給您，沒其他意思，就是想問問您，當初苒苒的那些曲譜都還在嗎？』

「在呢。」陳淑蘭眉眼一抬，想起魏大師看那些簡譜的認真模樣，又笑了起來，「我都幫她收得好好的，是……出了什麼事嗎？」

魏琳從第一次認識陳淑蘭這個人的時候起，就知道她不是什麼簡單的人，但也沒想到她的嗅覺

會這麼敏銳。他不敢多說，怕多說多錯，怕敷衍了陳淑蘭幾句就掛斷電話。

這一邊的陳淑蘭卻沉下眼眸。她靠在床邊，眸光渙散了半晌，手抵著唇，又咳了幾聲。

——寧薇家。

沐楠面無表情地開了門，然後繼續回到廚房。

一分鐘後，又拿著刀出來，眉眼冰冷地開口：「吃飯了沒？」

「沒。」秦苒把手裡的塑膠袋放到桌上，然後拖出一張椅子，翹著二郎腿坐在桌旁。

沐楠做飯一直都很快，不過秦苒發現他只端出了兩人份的飯菜。

「小姨晚上不回來？」秦苒拿著筷子，微微瞇起眼。

沐楠坐在一旁，聲音跟以往沒什麼差別，「她要上夜班，明天早上回來。」

寧薇一向很拚，秦苒暗中幫她找了好幾家企業，還開了兩萬的薪水給她她都不去。最後秦苒沒有辦法，就強硬地往他們的住處裡塞東西。

秦苒抿起唇，低頭沒說話。

寧家人，都是如出一轍的執拗。

「沐盈也不回來？」秦苒又抬起頭，漫不經心地問。

「她去京城了，昨天大姨打電話給媽，讓媽去京城參加什麼拜師宴，媽沒去，就讓她去了。」

沐楠吃了兩口就放下碗來，從頭到尾都不看秦苒的眼睛。

秦苒沒注意到，她將手放在桌子上，有些大剌剌地坐著，腦子裡卻在神遊。寧晴打電話給寧薇，寧薇就算不去，也不會讓沐盈去才對，這次還真是奇怪。

吃完飯，秦苒把宋律庭拿的筆記本丟給沐楠。

「妳見到宋大哥了？」沐楠的眉眼動了動。

「嗯，」秦苒準備回宿舍洗澡，就拿起自己的黑包包要離開，不再多留，「好好學習，京大等你。」

沐楠看了她一眼，「妳物理零分。」

秦苒：「……」

沐楠還是這個沐楠。秦苒一句話也沒說，把背包甩到背後，直接開門離開。

等秦苒離開後，沐楠收起表情。他把筆記本放到一旁，去廚房拿了保溫桶，裝了飯跟一點湯，搭上公車去了一家小醫院。

臉色沉冷，眸色漆黑。

畢竟是在大城市，不管哪家醫院，普通床位都很緊繃。而沐楠是在醫院走廊的病床上找到寧薇的。

她左腿打了石膏，應該還要繼續處理，上面有明顯的血跡。

沐楠站在走廊盡頭，手指捏緊了一些才一步一步緩慢地往病床那邊走。

「我會向大姨借錢。」沐楠坐到病床旁，低著眉眼，聲音聽不出情緒。

寧薇的臉色有些蒼白，眼角的皺紋十分明顯，抿著唇說，「沐楠，不許去！」

「好，我不去，」沐楠點點頭，「表姊今晚來了，她已經起疑心了。」

聽到這一句，寧薇的手指握緊：「這件事千萬要瞞著她，不能被苒苒知道！當時明月那件事，她差點把許慎那些人打死，要是被她知道我的事，以她的脾氣來說肯定會忍不住。我們廠長不是許家，以他的人脈，要是把苒苒送進監獄了，到時候要讓她怎麼辦！」

寧薇不管事，但不代表她看不清楚。林家對秦苒是什麼態度她看得很清楚，實際上，寧晴在林家的地位也一直處於尷尬的地位，她絕不允許自己拖累他們。要是被秦苒知道她為什麼待在醫院，肯定少不了一番腥風血雨。

「那台機器檢查過，一直都沒有故障，到了我這裡就出了差錯……我們廠長是什麼人，你不清楚嗎？我們要拿什麼跟他硬碰硬？這件事……背後或許還有其他……我的腿本來就是瘸的，現在只是斷了，也沒什麼，不能再拖累苒苒還有你們了！你外公……」寧薇抓著沐楠的手臂，目光充血，「沐楠，你給我聽著，你妹妹去京城了，這件事你一定要瞞好，苒苒、你外婆，對這兩個人一個字都不准給我提，你答應我！」

沐楠緊緊握起的手指又鬆開，然後低下頭，「我知道了。」

他一向知道分寸，寧薇鬆了一口氣，往後面靠了靠，神色有些渙散：「沐楠，你外婆給你的東西你要保管好。」

沐楠端起湯，遞給她。

寧薇沒用止痛藥，痛得要命，所以沒吃晚飯，只喝了一點湯。

沐楠明天早上還要去上課，趕坐末班車回到了家裡。

秦苒從京城帶回來的一堆筆記本還放在桌子上，沐楠走到桌旁，伸手把袋子裡的書一本一本拿出來。

大多是物理資料跟物理筆記，還有好幾本物理競賽習題。

沐楠微微低頭，睫毛低低地垂著，在他的眼瞼處落下一層陰影。

看了半晌，他伸手把這堆資料放到櫃子裡，鎖起來。

—下集待續—

高寶書版集團
gobooks.com.tw

CP Capt CP003

神祕主義至上！為女王獻上膝蓋03

作　　者　一路煩花
插　　畫　Tefco
責任編輯　陳凱筠
封面設計　林檎
內頁排版　林檎
企　　劃　鍾惠鈞

發 行 人　朱凱蕾
出　　版　三日月書版股份有限公司
Printed in Taiwan
地　　址　臺北市內湖區洲子街88號3樓
網　　址　www.gobooks.com.tw
電　　話　(02) 27992788
電　　郵　readers@gobooks.com.tw（讀者服務部）
傳　　真　出版部　(02) 27990909　行銷部 (02) 27993088
郵政劃撥　50404557
戶　　名　三日月書版股份有限公司
發　　行　英屬維京群島商高寶國際有限公司台灣分公司
Global Group Holdings, Ltd.
初版日期　2021年 8 月

國家圖書館出版品預行編目(CIP)資料

神祕主義至上!為女王獻上膝蓋/一路煩花著.-- 初版. -- 臺北市：英屬維京群島商高寶國際有限公司臺灣分公司, 2021.05-
冊；　公分. --

ISBN 978-986-06564-8-0(第2冊：平裝)
ISBN 978-986-0774-18-4(第3冊：平裝)

857.7　　110007981

GOBOOKS
& SITAK
GROUP©